금오신화 을집[01]

조영주 장편소설

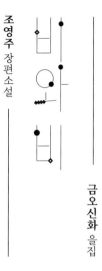

밤의 비

금오신화 을집

폴앤니나

소설 속 등장하는 인물은 대부분 실존 인물을 바탕으로 만들었습니다. 당시의 왕 성종, 공혜왕후, 월산대군을 비롯해 이극균, 김시습, 이비, 박비, 안견의 아들 안소희 등은 모두 실존 인물을 바탕으로 만든 캐릭터입니다만, 역사에 기록된 것과는 다릅니다. 혹여 그 모습이 실존 인물과 다르다 하더라도 이것은 어디까지나 허구의 산물이니 부디 그 후손분들께서 크게 노여워하지 않기를 바랍니다.

차례

무릉도원 들어서니 꽃은 피어 만발이라

전라감영에 미남으로 소문난 관노비가 있었다. 키가 크고 얼굴 윤곽이 뚜렷한 외모 덕에 멀리서도 뭇 여성들의 고개가 휙 돌아간다는 소문이 난 박씨 노비, 줄여서 박비였다.

많은 양반집 마나님들이 박비를 탐냈다. 자신의 사노비와 바꾸길 몇 번이고 관청에 요구했으나, 관청에서는 단 한 번도 요구를 받아들이지 않았다. 외모나 지력이 비상식적으로 월등한 사노비라든가 뛰어난 무술 실력을 갖춘 사노비, 혹은 본래 신분이 양반이었어서 써먹을 데가 많은 사노비를 데려와도 박비와 바꿔주지 않았다.

그러다 보니 박비에 대한 소문이 많이 돌았다.

박비는 상상을 초월하는 무술의 달인이다, 흑마를 허

락받은 데다 화살을 메고 다니는 게 그 증거 아니겠는가 하는 풍문이 돌았으나 사실과는 거리가 멀었다.

박비가 흑마를 타는 건 그와 속도가 비등한 백마를 따라잡기 위함이었고, 활과 화살을 허락받은 것은 백마의 주인인 왈패의 경호를 위해서였다.

박비. 그는 누구 말도 듣지 않는 전라도 관찰사 이극균의 수양딸 이비를 통제할 수 있는 유일한 사내였다.

박비는 복숭아밭 앞에서 이비의 백마를 발견했다. 그 옆에 흑마를 세운 후 복숭아밭에 들어서 이비의 발자국을 찾았다. 얼마 안 가 박비는 이비가 즐겨 신는 가죽신의 발자국을 찾아냈다. 복숭아밭을 따라 큰 보폭으로 이어지는 발자국으로 보아할 때, 이비가 또 날 듯 뛴 모양이었다.

한참 이어지던 이비의 발자국이 끊긴 곳은 이 과수원에서 둘째가라면 서러울 높이의 복숭아나무 앞이었다. 박비는 복숭아나무 아래 멈춰 서서 심호흡을 크게 하고 소리 질렀다.

"아씨! 이비 아씨!"

대답은 돌아오지 않았다. 파릇파릇한 이파리가 봄바람에 흔들리는 것 말고 답이 없었지만 박비는 아랑곳하지 않았다.

"주인어른이 어서 모셔오라고 하셨어요! 분순어사가

곧 도착할 예정이시라 문안 준비를 해야 한다고요!"

이비는 박비의 목소리를 귓등으로 흘려듣고 있었다. 지금 이 순간 집중을 흐트러뜨렸다가는 가까스로 제 것이 될 듯한 매를 또 놓칠 수 있었다.

한 달 전, 전라감영에 매 한 마리가 날아들었다. 관노비들은 바로 잡으려고 달려들었으나 이름 모를 매는 영리하기가 보통이 아니었다.

이비도 매사냥에 달려들었다. 박비를 대동하고 다니며 매에 대해 꼬치꼬치 물었다. 가장 먼저 물은 것은 매의 종류였다.

"보라매입니다."

박비는 흘깃 매를 보더니 말했다.

"한 살도 채 되지 않은 새끼 매니까 잡으면 좋은 사냥꾼이 되겠지요."

"그렇다면 저놈 이름은 부리다."

"부리요?"

"그래, 눈을 부릅뜬 모양이 부리부리 그럴듯하니 이제부터 부리로 부르겠다."

이후 이비는 틈이 날 때마다 복숭아밭을 찾았으나 부리는 틈을 보이지 않았다. 아무리 덫을 놓고 먹잇감으로 달래도 소용없었다.

그런데 이게 웬 횡재수인가.

오늘, 부리는 이비가 앉은 나뭇가지서 정확히 두 뼘 떨어진 가지에 내려앉았다. 이비는 바로 부리를 잡으려 했으나 손을 뻗어 잡을라치면 냉큼 날아올랐다. 이비가 물러서면 정확히 두 뼘 떨어져 내려앉았다.

이 모습에, 이비는 또 한 번 예전 박비가 한 충고를 떠올렸다.

"부리가 곧 아씨 곁으로 다가올 겁니다. 허나 아씨의 팔에 앉을 생각은 안 하고 묘하게 잡힐 듯 말 듯 거리를 둘 테죠. 그리하면 이제 부리는 아씨의 매나 다름없습니다."

문제는 이다음이었다. 어떻게 해야 부리가 이비의 매가 되는지 박비는 그 방법을 이르지 않았다.

다시 한번 박비가 "아씨"를 찾는 소리가 났다. 이비는 그 말을 신호로 부리에게 손을 뻗었다. 부리는 그 손을 잽싸게 피하며 말 그대로 솟아올랐다. 제자리에서 맴돌며 이비를 조소하듯 몇 번 울더니 가버렸다.

"치잇."

이비는 애타게 자신을 부르는 박비의 소원을 들어주기로 했다. 날 듯 발을 놀려 복숭아 나뭇가지들을 타고 내려갔다. 산발에 흙투성이가 되어 바닥에 착지했다. 감영의 계집종들이라면 까무러칠 듯 놀라 달려들었겠지만 박비는 팔짱을 끼고 구경할 뿐이었다. 이비가 다음 순간 멋들어지게 공중제비를 돌 것을 안 탓이었다.

"이 정도면 무과에도 급제하지 않겠느냐?"

이비는 자신만만했으나 박비는 더욱 인상을 쓸 뿐이었다.

"또 명나라 옷입니까?"

이비는 어렸을 때 명나라에서 산 탓에 한복을 거추장스러워했다. 양반의 폭 넓은 소매며 치마를 참지 못했다. 입는다 해도 대부분 천민의 옷, 폭 좁은 저고리에 바지를 입으려 들어 아버지 이극균이며 양어머니인 이씨 부인을 기겁하게 했다.

"당장 갈아입으셔야 합니다."

"알았다고, 오라비."

"오라비란 호칭도 그만두시고요."

"그럼, 그 활 줄 거야?"

이비가 박비가 등에 멘 활과 화살을 턱짓했다.

"왜 이야기가 활로 번집니까."

"명나라에서는 무언가를 원하면 반드시 그에 상응하는 조건을 갖추게 되어있어. 나는 명나라의 사람이니 그 조건에 맞춰 살 테야."

"아씨께서는 명나라의 사람이 아니라, 조선의 백성이

십니다."

"누구 맘대로."

이비는 코웃음을 쳤다. 보란 듯이 공중제비를 놀며 소리쳤다.

"이 몸은 명나라의 으뜸가는 광대니라!"

"분순어사 앞에서 그런 장난을 쳤다가는 아버지가 국문에 처하실 겁니다."

"치잇."

이비는 다시 한번 입을 삐죽거렸으나 그 이상 공중제비를 돌지는 않았다. 아버지 이야기가 나오면 이비는 늘 얌전해졌다.

복숭아밭을 나서자마자 박비는 백마의 아래에 한쪽 무릎을 꿇고 앉았다. 양손을 무릎 위에 올리며 말했다.

"오르시지요."

이비에게 박비의 손을 밟고 말에 오르란 뜻이었다.

이비는 코웃음을 쳤다. 가볍게 몸을 날려 단번에 박비의 흑마에 올랐다. 바로 고삐를 쥐고 방향을 바꿨다.

"왜 어사가 들이닥친 게야?"

박비는 한숨을 쉬며 백마에 올랐다. 나란히 말을 몰며 짧게 대답했다.

"글쎄요."

"아버지의 공을 치하하려는 걸까?"

이극균은 전라도 감영에 부임한 후 백성들의 세금을 감면했다. 곡창을 열어 굶주리는 백성들에게 나눠주었다. 덕분에 유리되거나 도적으로 변모하는 백성들이 크게 줄어 산이며 바다로 도망친 유민들이 본래 살던 곳으로 돌아올 수 있었다.

"하긴, 경기도에 있었던 때에 비하면 이곳에선 너무 오래 있었어! 맞아, 고관으로 유명한 허종도 그랬다며! 전라도에서 감사를 하다 큰 공을 세워 공신록에 이름을 올렸다 들었어!"

박비는 연신 쓴웃음을 지으며 아무 말도 하지 않았으나, 이비는 눈치채지 못했다. 흑마의 고삐를 재촉하느라 바쁜 탓이었다.

날 듯 달리는 두 마리 말은 빠르게 벌판을 통과해 저잣거리에 들어섰다. 바쁘게 오가던 관노비며 무사들이 이비를 보자 본능적으로 웃었다. 누군가 이비를 향해 "아씨, 오늘도 복사꽃처럼 해맑으십니다!" 소리치자, 이비는 고삐를 움켜쥐며 말을 몰아세웠다. 말 등 위에 거꾸로 서 재주를 피웠다.

"아씨!"

박비가 뒤에서 호통을 쳤으나 이비는 아랑곳하지 않았

다. 공중제비를 몇 번이고 반복하며 사람들의 박수를 즐겼다.

이비는 이 순간이 좋았다.

모두가 자신을 바라보는 이 순간, 진심으로 웃고 환호하는 이 순간을 위해서라면 얼마든지 공중제비를 돌 수 있었다.

다시 한번 이비가 공중에 뜰 때, 우렁찬 피리 소리가 났다.

"분순어사 행차요!"

이비는 균형감을 잃었다. 박비가 급히 몸을 놀려 이비를 안았기에 망정이지, 그대로 땅에 떨어질 뻔했다.

"적당히 하시라니까 말 안 듣고."

"오라비가 있으니 괜찮아."

이비가 박비의 목에 양손을 두르며 말했다.

"제가 언제까지 곁에 있을 줄 아시고 그런 말씀을 하십니까?"

"어디 갈 테야?"

박비는 대답 대신 바닥에 이비를 내려놓았다. 바닥에 납작 엎드렸다. 어느새 이비를 제외한 주변의 모든 사람이 바닥에 몸을 납작 엎드리고 있었다.

"아씨도 몸을 낮추셔야 합니다."

"왜?"

"분순어사 행차시니까요."

나랏님은 각 지방의 일이 잘되어가고 있는가 어사를 보내곤 했다. 이번에 오는 자의 이름은 정훼로, 한명회의 최측근이었다.

한명회는 계유정난 이후 공신록에 이름을 올린 실세다. 나는 새도 떨어뜨린다는 말이 무성하다. 그러한 한명회가 직접 최측근인 정훼를 전라도까지 보내다니, 전라감영은 겁에 질렸다. 때문일까, 행차 길이 쥐 죽은 듯 고요했다. 닭이며 짐승조차 숨을 죽이고 분순어사가 지나가기만을 기다리는 것만 같았다.

낯선 광경에 이비는 약간 기가 죽었다. 평소라면 고개를 발딱 들고 가마 안에 탄 문제의 인물을 쳐다봤을 텐데, 그랬다면 가마꾼이 그 무게를 버티기 힘들 정도로 살찐 정훼를 보고 키득댔을 텐데, 이번만큼은 그럴 수 없었다.

"가시죠, 아씨."

정훼가 사라진 후 이비와 박비는 발을 더욱 서둘렀다. 분순어사와의 연회가 시작되기 전 이비의 단장을 끝내야 했다.

계집종들은 이비를 보자마자 비명부터 질렀다. 이비의 온몸이 먼지투성이였다. 말을 타고 달려온 데다 저잣거리에서 공중제비를 논 탓이다. 종들은 이비의 옷을 찢듯 벗겨 욕탕에 들여보냈다. 뜨거운 물을 부어 씻긴 후 장미유를 온몸에 발랐다. 복숭앗빛 한복으로 갈아입힌 후 머리도 명나라식이 아닌 댕기로 땋았다.

머리를 땋는 내내 이비는 아프다고 비명을 질렀다. 허나 마지막으로 계집종들이 내민 거울에 비친 자신을 보는 순간, 방금까지 마음에 담았던 불만은 깡그리 잊어버렸다.

반듯하고 넓은 이마에 동그란 눈, 복사꽃을 꼭 닮은 두 볼에 도톰한 입술까지, 무척 낯익으면서도 그리운 얼굴이 거울 안에 있었다. 그건 이비가 기억하는 아름다운 '엄마'의 모습이었다.

"어머님께서 찾으십니다."

계집종의 부름에 이비는 입을 다물었다. 거울에서 시선을 뗐다. 한복 치마를 양손으로 잡아 종아리가 다 보이도록 들어 올리자 뒤에서 다시 한번 계집종들의 비명이 터졌다. 이비는 마루를 달려 안방 문을 열고 냅다 들어갔다.

"요 천둥벌거숭이 녀석, 어딜 갔다 인제 오는 게냐!"

"오랜만에 치장을 하느라 늦었을 겁니다, 형님. 다른 누이들도 조금씩 늦지 않습니까."

"목욕재계하느라 늦었을 거예요."

"언니는 평소에 씻기 싫어하니까요."

"의정이 말이 명쾌하구나."

맏이 세후를 시작으로 둘째 세건, 어린 여동생 의정과 미정까지 한마디씩 해댔다. 이비는 말을 적당히 귓등으로 흘리고는, 자매들 옆에 털썩 앉으며 말했다.

"묵은 때 지지 않아 쇠솥 닦듯 짚으로 문지르고 장미유를 부어 말똥 냄새를 지우느라 이리 늦었단다."

자매는 비의 말에 까르륵 웃음을 터뜨렸다.

"《시전》도 《서전》도 읽지 않았더냐. 갖은 수고를 하더라도 늦는다면 어디 쓰겠느냐?"

어머니는 냉랭했다.

"본래 네깟 것 올 자리 아니다. 돌아가서 자숙하거라."

어머니의 말에 모두 표정이 굳었다. 자매는 어머니와 이비 사이에서 어쩔 줄 몰라 서로를 바라보았고 엄하게 말했던 첫째 세후도, 편을 들었던 세건도 입을 다물었다.

"잘됐네요, 이씨 부인."

이비는 댕기를 힘껏 잡아당겨 빼며 말했다.

"저 같은 잡것이 어디 감히 어사 행차에 나서겠어요? 그만 사라지겠습니다."

이비는 모두의 앞에서 머리를 헝클었다. 산발이 되어서는 색색 저고리와 치마를 벗어던졌다. 흰색 속곳 차림으로 방을 뛰쳐나가 버선발로 백마에 올라타고는 단번에 감영을 벗어났다.

정훠는 분순어사이나 담당은 함경이라, 전라도는 실수로도 들를 수 없었다. 허나 정훠는 부러 전라도까지 왔다. 영감님이 전라감사 이극균의 꼬투리를 잡으라 친히 명을 내리신 탓이었다.

그리 어려울 것 같지 않았다. 어느 감영이든 조금만 털어도 먼지가 났다. 특히 자식 농사가 꼬투리 잡기에 십분 용이했다. 첫날 바로 꼬투리를 잡아 쥔 후 다른 도로 이동하리라 여겼건만, 실패했다.

정훠는 관청에 도착하자마자 바로 이극균에게 전라감영의 상황을 보고하라 일렀다. 육방과 짜고 조작할 틈을 주지 않을 셈이었다. 그런데 바로 보인 장부에 빈틈이 없었다. 다음으로 연회를 준비하라 일러서는 술을 먹여 실수하길 기다렸으나, 이것 역시 헛발질이었다. 오히려 정훠는 이극균이 손수 키웠다는 복숭아나무 꽃으로 담근 도화주 맛에 푹 빠졌다. 게다가 이극균은 대화를 할수록 진국이었다. 정훠의 기분이 상하지 않도록 적당히 분위기도 탈 줄 아는 데다 학식도 풍부했다.

하긴, 그럴 수밖에 없다. 이극균은 소문난 명문 자손이다. 이극균의 아버지 이인손은 다섯 아들을 모두 과거 급제시킨 명문 중의 명문으로 영감님과 마찬가지, 훈구파였다. 또 형제 중 몇은 왕의 경연에 나아가기도 했다.

이극균 역시 출중했다. 스무 살에 과거 급제 후, 무관으로 재능을 인정받아 주로 지방을 돌며 도적을 쫓거나 명나라에 칙사로 다녀오며 차근차근 관직에 등용되었다.

이런 이극균이 영감의 심기를 거슬러 정훼가 전라도까지 오게 하다니, 대체 무슨 까닭일까. 아무리 생각해도 마음에 걸리는 것은 단 하나밖에 없었다. 이극균이 아닌, 이극균의 아버지가 벌인 일.

계유정난으로 나라가 떠들썩했을 때 풍문이 돌았다. 죽은 박팽년의 아들 둘 중 한 명의 처가 이인손의 친척이라, 뒤에서 손을 써 노비가 될 것을 몰래 자신의 사노비와 바꿔치기해 구했다는 이야기였다.

몸조차 제대로 가누지 못할 수준에 이르러서야 연회가 끝났다. 정훼는 다시 가마를 타고 방으로 움직여야 했다. 워낙 무게가 많이 나간 탓이다. 정훼는 방에 들어가자마자 관노비들을 내쳤다. 관노비들이 다리를 주물러드리겠다 해도 마다했다. 관노비들이 다리를 주무르는 것보다 훨씬 효과가 좋은 방법을 아는 탓이었다.

정훼는 관복을 벗어던지고 벌러덩 드러누웠다. 한쪽 벽에서 다른 쪽 벽까지 데굴데굴 굴렀다. 절로 입에서 "아이고 시원하다" 소리가 나왔다. 감각이 반쯤 돌아온 저린 발에 뭔가 차였지만 신경 쓰지 않았다.

한참 바닥을 굴렀더니 땀이 뻘뻘 났다. 목이 탔다. 분명 자리끼가 어디 있을 텐데 찾을 수 없었다. 눈알만 굴려 주변을 두리번거리다 엎어진 대접과 바닥에 고인 물웅덩이를 발견했다. 바닥을 구를 때 뭔가 발에 차인 것이 자리끼였나 보다.

정훼가 밖을 향해 호통을 쳤다.

"여봐라, 게 누구 없느냐."

답은 돌아오지 않았다.

정훼는 툇마루로 나갔다. 다시 한번 주변을 두리번거리며 호령하였으나 여전히 대답은 없었다.

적당히 신을 구겨 신고 댓돌에 내려섰다. 모퉁이를 돌아 간영 안마당에 들어섰다. 불 켜진 방은 단 하나도 없었다. 고작 해시[02]건만 전라도 촌구석에서는 관노비들조차 이 시간엔 깊은 잠이 드는 모양이었다.

소년 왕은 낮보다 밤에 일하길 즐겼다. 그를 따라 저잣거리도 밤낮이 바뀌어 밤중이 더 번화했다. 일각에서는 가뭄으로 뒤숭숭한 시국에 호롱불 기름마저 아껴야 무슨 짓이냐 했으나, 소년 왕이 자진하여 신하들을 불러 밤까지 나랏일에 힘쓴다면 황송할 따름이라는 훈구대신의 목소리에 다들 수그러들었다.

　한참 정훼가 주변을 두리번거릴 때, 새하얗고 거대한 것이 어둠을 가로질렀다. 정훼는 처음엔 그것이 곰인가 싶었다. 허나 구름을 벗어난 달이 그것을 비춰보니 백마를 탄 계집이었다. 소복 차림에 머리는 산발했다.

　정훼는 오금이 저렸다. 누군가 찾아보려 목청을 높일까 생각도 하였으나 마음처럼 목소리가 나지 않았다. 그토록 크게 불러도 나오지 않던 관노비들이 지금 이 순간 나올 리 만무하였다. 오히려 괜한 소리를 냈다가 이승인지 저승인지 소속을 모를 계집의 비위를 건드린다면 곤란했다. 대신 수풀에 숨어 계집의 얼굴에 감탄했다.

　"언월의 자태와 견천에 비견할 얼굴이로고.[03]"

　그랬다가 잠시 후, 뜻밖의 사실을 깨달아 혼절하고 말았다. 계집의 미모가 지나치게 익숙한 탓이었다.

　"왕, 왕비마마!"

　낯익은 미모가 계집의 정체를 증명하였으니, 계집은 분명 이승이 아닌 저승에 속한 자였다. 정훼가 감히 우러러볼 수조차 없는 존재, 돌아가신 공혜왕후가 지금 전라 감영에 납시었더라.

　감영 지붕에 올라 활과 화살을 다듬으며 밤하늘을 올

려다보는 것이 박비의 유일한 휴식이었다. 허나 이비가 저리 달려나가는 꼴을 보니 더 이상 여유는 없었다.

박비는 날 듯이 지붕에서 뛰어 내려왔다. 마구간에 묶어둔 흑마에 올라타 한 줄 검은 선이 되어 감영을 빠져나갔다. 이비의 자취는 끊긴 지 오래였으나 박비는 갈 곳을 헤매지 않았다. 지금 이 순간, 이비가 갈 곳은 한 군데밖에 없었다.

복숭아밭.

이비는 이씨 부인에게 한소리 듣고 나면 늘 복숭아밭으로 달려갔다. 한시를 읊으며 서글픈 표정을 지었다.

무릉도원 들어서니 꽃은 피어 만발이라

님 그리던 이 정회를 어이 다 이르리오

쌓고 늘인 머리에 금비녀 나직하고

초록색 모시 적삼 봄빛이 새로워라

봄바람에 피어나는 두 송이 꽃이거니

애꿎은 비바람이 꽃가지를 스칠세라

선남선녀 옷자락은 봄바람에 너울너울

계수나무 그늘 속에 항아아씨 춤이런 듯

좋은 일 끝나기 전에 시름도 따르나니

　무언가 사연이 있을 것 같은 내용의 한시였으나, 박비는 단 한 번도 연유를 캐묻지 않았다. 누구나 사연은 있다. 박비도 그러했다. 결코 타인 앞에서 쏘는 일 없는 활, 그것이 박비가 품은 사연의 정체였다.

　어두운 밤이지만 이비를 찾는 건 어렵지 않았다. 이비는 낮에 박비가 그를 찾았던 복숭아나무 가지 위에 서 있었다.

　낮에 이비는 자신의 모습을 감추려고 얼굴에 검댕칠을 하고 헌옷을 입었다. 하지만 지금은 소복에 흰 낯이다. 6월, 푸르게 만발한 나뭇가지 위에 선 모습은 지난봄 만발했던 복사꽃 같았다.

　박비는 이비를 부를까 하다가, 이내 이비가 몸을 쭈그려 앉는 것을 보고 말았다. 이비가 가지 위에 쭈그려 앉을 때는, 대부분 죽은 어미 생각에 빠질 때였다.

　이비는 본래 명나라 광대였다. 그런 이비가 속한 극단의 단장이 돈을 들고 도망치는 바람에 창기로 팔리게 되었다. 이때 우연히 이비를 발견하고는 불쌍히 여겨 손을 뻗은 이가 당시 천추사로 명나라를 찾았던 이극균이었다.

　이극균은 이비가 본래 조선 사람으로 어쩌다 보니 명나

라까지 흘러갔다는 사연을 기구하게 여겨, 자신의 딸이 되겠느냐 물었다. 누구라도 단번에 그러겠다고 좋아할 법한 질문이었건만, 이비는 바로 답하는 대신 이렇게 물었다.

"그곳에도 복사꽃이 피어요?"

"흐드러지게 핀단다."

이극균은 약속을 지켰다. 부임해 가는 곳마다 복숭아나무를 심고 가꾸었다. 전라감영 역시 사정은 매한가지라 이비의 거처인 별당을 비롯하여 감영 지척에 복숭아나무가 그득했다.

이비가 나무에서 내려왔다. 눈과 코끝이 빨개진 얼굴로 박비를 올려다보며 말했다.

"오라비는 절대로 혼인하지 마. 아니, 혼인해도 좋아. 하지만 결코 아이는 낳지 마."

이비는 새하얀 속곳 치마에 얼굴을 파묻었다. 들썩이는 어깨를 따라 흔들리는 속곳 치마의 처량함이 마치, 이젠 모두 져버린 봄꽃의 잔상 같았다.

박비는 그런 이비의 얼굴에 손을 대고 싶었다. 눈물을 닦아주고 싶었으나 참았다. 감히 노비가 양반의 얼굴에 손을 댈 수는 없었다.

개도 생각 있어 제 자취를 감췄거늘

분순어사가 찾아오고 열흘, 이비는 박비를 볼 수 없었다. 지리산에 갔다, 태백산맥을 돈다더라, 그게 아니라 금강산이다 소문만 무성했다.

이비는 심심했다. 박비가 사라진 데다 자신만 보면 게거품을 물던 종들이 하나같이 입을 다문 까닭이었다. 예전엔 한복을 입으라 그리 난리를 치던 계집종들이 이제는 반드시 명나라 복식, 그것도 남장만 하라고 난리였다.

이씨 부인도 묘했다. 시서를 읽으라고 닦달하던 이씨 부인이 직접 말에 안장을 올려주며 나가 놀라고 성화였다. 또 그 안장 올린 말이 이비의 애마가 아니라 조랑말인 것도 희한했다. 이씨 부인 말에 따르면 백마가 아프다, 무슨 병에 걸려 격리를 당했다는데, 아프다던 백마는 밤마다 운동을 시킨답시고 들판을 떠돌았다. 기운차게 울어젖혔다.

"히히히힝."

이비는 말 울음소리를 흉내냈다.

그 소리에 부리가 움찔 이비를 잠시 바라보았다가 다시 모른 척, 휙 고개를 돌렸다.

그나저나 아무리 봐도 질리지 않는 녀석이로다.

총명하게 빛나는 황금빛 눈에 반하여 이름을 부리라 지었으나, 다른 곳도 흠잡을 데 없었다. 부리의 오똑함도, 눈빛을 꼭 빼닮은 등줄기 깃도 감탄사가 절로 나왔다.

이 녀석이 내 말을 듣는다면 얼마나 귀여울까, 날개는 말갈기와 어찌 다를까, 저 부리의 느낌은 매끈한 옥 같을까, 스산한 상아를 닮았을까. 이비는 이 모든 것이 궁금해 몸이 배배 꼬일 지경이었다.

"요놈, 늠름해졌구나!"

이비가 아니라, 이비의 발아래에서 누군가 소리쳤다.

그 후 바로 그 누군가는 이비의 허리를 낚아챘다.

너무나 갑작스러운 일이라 이비는 낙법조차 하지 못했다. 바닥에 떨어지며 본능적으로 팔꿈치를 움직였다. 괴한의 복부를 힘차게 쳤다.

괴한은 "어이쿠야!" 외마디 비명을 지르며 이비를 끌

어안은 손에 힘을 풀었다. 그 틈을 타 이비는 잽싸게 떨어졌다. 적당한 거리를 유지하고 괴한의 정체를 확인했다.

우스꽝스럽게 생긴 사내였다. 이비보다 한 뼘은 키가 작고 오동통했다. 머리에 쓴 삿갓의 삐딱한 꼴이 어딘가의 비렁뱅이라 해도 할 말이 없었다.

사내가 말했다.

"네놈의 이름이 외자 비더냐?"

"알아서 뭐 하려고?"

이비는 바로 사내의 얼굴로 주먹을 뻗었으나 사내는 봉으로 막았다. 이비의 팔을 봉으로 얽은 후 끌어당겨 얼굴을 가까이서 들여다보더니 말했다.

"네놈…… 계집이냐?"

"이것 놔!"

이비는 손목이 아파 비명을 질렀다.

"괄괄한 목소리를 보면 계집일 리 없는데 이목구비를 보면 수상하단 말이다."

"놓으라고 하잖아!"

"이럴 때 확인하는 방법은 단 하나지."

사내가 이비의 가슴에 냉큼 손을 갖다댔다.

"잘 여문 복숭아 두 개가 잡히는 것을 보니 계집이 분명하구나!"

"이게 무슨 짓이야!"

이비가 비명을 지르며 가슴을 잡은 사내의 손목을 손날로 쳐 내렸다. 사내는 아랑곳하지 않고 낄낄거렸다. 한 걸음 뒤로 물러나 이비의 손목을 다시 한번, 이번엔 아프지 않게 봉으로 내리쳤다.

이비는 부아가 났다. 명나라에서 광대놀음 하며 어깨너머 무술을 익혔다. 엔간한 감영의 무사들은 이비의 상대가 되지 않았다. 한데 눈앞의 괴한은 여유롭게 이비의 손을 피하고 있었다.

"가만두지 않을 테야!"

"무엇을 어찌 가만두지 않을 테냐?"

"네놈의 그 뻔뻔한 면상을 가만두지 않는다고!"

이비가 한 손을 번쩍 들어 사내의 삿갓을 가리켰다.

그 순간, 부리가 고공 낙하했다. 사내의 삿갓을 발톱으로 낚아채 다시 날아올랐다. 부리는 멀리서 울다 삿갓을 떨어뜨렸다.

부리가 내 말을 들었다!

이비는 눈앞의 광경에 당황하면서도 기뻤다. 다시 한번 손을 번쩍 들며 소리쳤다.

"부리!"

부리가 화답하듯 길게 울었다.

"저놈의 머리 가죽을 삿갓처럼 벗겨버려라!"

다시 한번 부리가 울며 고공 낙하했다. 삿갓이 벗겨져 반들반들하게 빛나는 사내의 민머리를 향해 발톱을 곤추세웠다.

"산골 개 저물녘 짖듯 짖어대는구나."

사내는 아랑곳하지 않았다. 한 손에 든 봉을 땅에 내리꽂았다.

쿵.

이비는 몸을 비틀거렸다. 가볍게 봉을 내리꽂는 것 같았는데 예상 못 한 진동이 왔다.

다음 행동은 더욱 뜻밖이었다.

사내는 그대로 바닥에 털썩 주저앉더니 품에서 손바닥만 한 크기의 종이와 붓 한 자루를 꺼냈다. 부리는 고공 낙하를 계속했으나 사내는 아랑곳하지 않았다. 침을 퉤퉤 발라 붓끝을 적시더니 종이에 한자를 적었다.

산골 개가 저물녘에 짖는다

컹컹 바위 굴속에서 개가 짖는데

구름은 흩어지고 솔문 가에 저녁 해 비꼈구나

개도 생각 있어 제 자취를 감췄거늘

사내는 단숨에 시를 갈겨쓴 후 날아드는 부리의 머리를 붓 꽁지로 사정없이 내리쳤다. 붓이 반 동강이 나는 것과 동시에 부리의 머리가 피투성이가 됐다. 그대로 바닥에 나동그라졌다.

"부리!"

이비가 비명을 질렀다.

"네 이놈!"

이비는 공중에 몸을 띄웠다. 방금 전 부리가 노렸던 사내의 머리를 향해 발을 날렸다.

"아깝다, 아깝도다."

사내는 너무나 쉽게 이비의 발차기를 피했다. 게다가 반 동강이 난 붓을 살필 여유도 있었다.

"보라매 열 마리로도 사지 못할 족제비털붓이 박살이 나버렸으니 이 말괄량이야, 어쩔 셈이냐?"

이비는 가까스로 바닥에 멈춰 선 후, 다시 사내에게 달려들었다.

"그래, 붓값은 네 조상에게 치르게 해야겠다."

사내는 다가오는 이비의 손목을 잽싸게 잡아당기는가 싶더니 밀쳤다. 이비는 균형을 잃고 그대로 쓰러졌다. 부리와 꼭 같은 자세로 하늘을 보고 누워 정신을 잃었다.

"나으리, 다가와 꼼꼼히 살펴주셔요."

계집이 저고리 고름을 풀며 말했다. 정훼는 새하얀 속
살에 홀려 저도 모르게 젖가슴으로 얼굴을 들이대다 계집
냄새에 정신을 차렸다.

"저, 저만치 떨어져라! 누, 누가 네 얼굴을 자세히 보
이랬지 가슴을 드러내라더냐!"

"쇤네가 그리 나으리 마음에 차지 않으십니까?"

계집은 슬픈 표정을 지었다.

"아니 그런 뜻이 아니라……"

정훼는 그 모습에 마음이 약해졌다가 고개를 저으며
정신을 차렸다.

"그, 그만 물러가거라!"

계집은 훌쩍이며 저고리 고름을 맸다. 문을 열고 나가
자 일렬로 늘어선 미녀들이 눈을 초롱초롱 빛냈다. 눈이
마주칠 때마다 애교 넘치는 눈웃음을 치는 탓에 정훼는
현 상황을 잊고 흐물흐물 늘어질 뻔했다가 가까스로 정신
을 차렸다. 표정을 바꿔 소리쳤다.

"지금 밖에 서 계신 낭자는 모두 돌아가셔도 좋소!"

미녀들이 아쉽다고 야유했다.

정훼 역시 아쉽긴 마찬가지였다. 마음 같아선 일일이 미녀들을 곁에 앉히고 싶었으나 그럴 처지가 아니었다. 한시라도 바삐 공혜왕후인 척 나타난 작자를 찾아내야 했다.

혼백을 만난 정훼는 이것이 정녕 사람이라면 그 정체를 밝히겠다고 작정하였다. 이극균에게 공혜왕후의 혼백을 본 것 같다며 누군지 확인해야겠으니 전라감영에 이름난 미녀는 모두 모으라 명했다.

이극균은 곰 같은 덩치를 움찔하더니 그악한 표정을 지었다. 정훼를 마주보고 서서 할 말이 많은 표정을 한참 짓다 마지못한 소리를 냈다.

"분부대로 따릅지요."

그 후 열흘간, 정훼는 전라감영의 미녀를 되는대로 만났다.

그런데 이 미녀들이 죄다 이상했다. 방에 들어오면 일단 무릎걸음으로 정훼에게 다가왔다. 무작정 저고리 고름을 풀며 달려드는가 하면 목에 팔을 두르고 입을 맞추려 들었다. 또 누군가는 다짜고짜 자신은 이미 낭군이 있다며 대성통곡했다. 왜들 이러는가 연유를 물으면 하나같이 대답했다.

"첩실을 구하신다고 들었습니다."

"나리를 따르면 한양 물을 먹을 수 있다지요?"

"그저 어여쁘면 된다던데 사실인가요?"

그제야 정훼는 크나큰 오해가 있다는 사실을 깨달았다.

그 소동도 이로써 끝이다. 정훼는 방금 전 이극균이 모아준 미녀를 모두 내쳤으니, 그 안에 달밤에 본 미녀는 존재하지 않았다.

정녕 혼백이었나.

정훼는 심란하기 짝이 없었다. 이 일을 대체 어찌해야 할까 끙끙 속으로 앓는데 갑자기 문밖이 시끄러웠다. 무슨 일인가 문을 열고 나가보니 계집종들이 사방팔방 뛰어다니고 있었다.

"무슨 일이더냐?"

정훼의 부름에 종 하나가 멈춰 섰다. 고개를 조아리며 말했다.

"도, 도적이 별당아씨를 보쌈했습니다!"

처음 듣는 호칭이었다. 이극균은 가족을 소개할 때에 정실 이씨 부인이 낳은 세후, 세건, 의정, 미정이 전부라고 말했다. 한데 별당아씨가 있었다. 게다가 보쌈을 당했다니, 정훼는 별당아씨의 얼굴이 궁금할 수밖에 없었다.

"그곳이 어디냐? 안내하거라!"

이극균은 전전긍긍했다.

갑작스레 온 분순어사의 목적을 알 수 없어 박비에게 뒷조사를 시켰더니, 알아낸 내용이 가관이었다. 압구정 한명회가 정훼를 부려 이극균의 뒤를 알아내라 시켰다.

설마 '이비의 일'을 눈치챈 건가.

이극균은 애간장이 탔다.

이러다 정말 큰일이 날 수 있었다. 무슨 일이 있어도 이비와 정훼를 만나지 못하게 하겠다고 결심했다. 이씨 부인에게 은밀히 말해 이비를 숨기라 했다.

어떻게 위기를 넘겼다고 생각했는데, 분순어사는 무슨 꿍꿍이가 있는지 도통 돌아갈 생각을 하지 않았다. 오히려 감영을 들쑤셔서 전라감영의 미녀를 모두 모아 눈앞에 대령하라고 명을 내렸다.

이극균은 일단 분부를 받들었다. 나름 꾀를 내 기생을 미녀들 사이에 끼워 넣어 정훼의 혼을 쏙 빼놓으라고 신신당부했다. 동시에 박비에게 '그 남자'를 찾으라고 명하였다. 한데 그 남자도, 그 남자를 찾아나선 박비도 열흘이 되도록 감감무소식이었다.

"나으리, 아씨가, 별당아씨가!"

그때 방문이 돌연 열렸다. 안색마저 창백해진 계집종이 달려 들어와 소리쳤다.

이극균은 가슴이 내려앉았다. 마침내 분순어사가 이

비와 맞닥뜨렸는가! 그 정체를 알아버렸는가!

"도적이 별당아씨를 보쌈했습니다!"

"아, 그래."

이극균은 순간 분순어사 일이 아니라고 안심해서는 별생각 없이 화답했다가, 다음 순간 정신이 번쩍 들었다.

"도적이 우리 비를 어쨌다고!"

이극균은 벌떡 일어났다. 손 닿는 곳에 놓인 장검을 뽑아 들고 버선발로 뛰쳐나갔다. 도적이라 하자마자 이극균의 머릿속에 당장 떠오르는 인물이 있는 까닭이었다.

도적 장영기. 이극균이 경상도에 부임했을 때 극성이던 도적단의 우두머리다. 무안 출신 농부란 소문이 있었으나 그 정확한 정체는 누구도 알지 못했다. 단, 한 가지만큼은 분명했다. 장영기가 매우 뛰어난 무술과 지략을 펼치는 작자란 사실이었다.

장영기는 지리산을 중심으로 전라도와 경상도의 경계를 귀신같이 오갔다. 희한하다 싶을 정도로 관군을 잘 구별하여 경상도 관찰사가 뜨면 전라도로 도망을 치고, 전라도 관찰사가 들이닥치면 경상도로 내뺐다. 지리산으로 쳐들어가면 완도 앞바다에 나타나고, 양 관찰사가 힘을 합쳐 몰아붙이면 텅 빈 감영을 털며 조소했다.

마침내 당시 전라도 관찰사였던 허종이 장영기를 잡

았다. 효수시켜 공신록에 이름을 올렸으나 허종이 잡은 장영기는 가짜란 소문이 파다했다. 장영기가 잡힌 후로도 양 도에서 도적이 들끓었기 때문이다.

하여 이극균은 도적이 이비를 업고 왔다는 이야기를 듣자마자 장영기와 그 패거리를 떠올렸건만, 정작 눈앞에 나타난 사내는 장영기와 거리가 멀었다.

장영기는 이극균 저리 가라 할 정도로 덩치가 좋았다. 생김새도 산적답지 않게 수려해 뭇 아낙의 마음을 사로잡기로 유명했으나, 눈앞의 사내는 그와 정반대였다.

반으로 박살 난 삿갓을 쓴 중이었다. 끌고 온 조랑말엔 웬 인물이 정신을 잃고 엎드린 모양새로 쓰러져 있었으니, 명나라 복식으로 볼 때 딸 이비가 분명했다.

"네 이놈!"

이극균이 호통을 쳤다.

"감히 예가 어디라고!"

이극균은 흥분해 칼을 다잡고 사내에게 달려들었다.

"오랜만이요, 방형."

"예가 어디라고 함부로 내 이름을 부르느냐!"

"날 못 알아보시겠소? 허나 17년 전 여름은 기억하시겠지."

사내가 반쯤 박살 난 삿갓을 벗었다. 제 얼굴을 온전

히 드러내며 함박웃음을 지었다.

그 얼굴을 본 이극균은 급히 칼의 방향을 바꿔 바닥을 향했다. 장검이 바닥에 부딪히며 반 동강이 났다.

"17년 전 여름을 어찌 잊었겠소, 열경[06]."

바닥에 떨어진 칼날에 사내의 얼굴이 비쳤다. 박비를 시켜 전국을 뒤지게 만든 장본인, 매월당 김시습이 눈앞에 나타났다.

김시습이라 하면 세간엔 천재 신동, 한시며 소설을 짓는 기인으로 알려져 있었으나 본래 신라 알지왕의 후손이다. 조상의 은덕을 입어 무예가 출중하였으니 그 실력이 글재주에 비견할 바는 아니더라도 이극균과 삼합을 겨뤄 두 번 이기고 한 번 비길 수준은 되었다.

"내 이곳에 오자마자 여러모로 놀랐네."

김시습이 동강 난 칼날을 주워 이극균의 발 앞에 던지며 말했다.

"첫째로 계집이 아닌 사내가 여적 살아 있어 놀랐음이오, 둘째로 놀란 이유는 사내가 계집인 까닭이며 마지막 연유는 그 외모였지. 하여 자네가 왜 날 찾았는가 바로 알았음이야."

"맞소, 열경! 자네 말대로 그 아이는……"

갑자기 김시습이 입을 다물었다. 이극균에게 눈빛으

로 조용히 하라 시키더니 소리쳤다.

"어사나리께서 공혜왕후의 혼백을 찾아 헤맨다 들었습니다."

정훼는 보쌈 소동이 일어났다는 말에 발을 서둘렀다. 공혜왕후의 혼백으로 보이는 별당아씨를 무슨 수를 써서 숨기려는 것 같았다. 그런데 소문이 아닐 수도 있는 것이, 감영 중앙에 사람들이 모여 있었다.

사람들에게 둘러싸인 사내는 확실히 수상쩍었다. 머리에 쓴 삿갓에 비렁뱅이 같은 차림새하며, 도적이 아니라면 어딘가의 부랑자일 게 뻔했다.

한데 묘하게 저 사내가 낯이 익었다. 저 비렁뱅이를 어디서 봤을까 고개를 갸웃거리는 사이, 사내가 완벽하게 삿갓을 벗어 얼굴을 드러냈다. 그와 동시에 정훼는 사내의 정체를 기억해냈다.

오세五歲 김시습.

태어난 지 여덟 달 되던 해에 글을 알아 천자문을 배우고 세 살에 시를 짓기 시작하여 《정속》《유학》《자설》《소학》을 연이어 떼어 나라님을 놀라게 한 신동. 다섯 살의 나이에 궁에 들어가 비단과 '오세'란 별명을 단번에 얻은 사내. 하지만 결국 미쳐버린 사내.

김시습은 사육신의 절단 난 몸뚱이를 안고 저잣거리서 웃고 울다 사라졌다 들었다. 절간 변소에 빠진 후 전국을 떠돌며 한시를 짓고 세상을 비웃는다고도 하였다. 이후로도 김시습의 소문은 끊이지 않았다. 동에 번쩍 서에 번쩍, 조정에 나타나는가 하더니 한문소설을 떡하니 발표했다.

《금오신화》는 세조마저 탄복시켰다. 저 미치광이를 어떻게든 조정에 들여라, 몇 번이고 사람을 보내 달랬으나 미치광이는 말을 듣지 않고 오직 〈접동새〉만 읊었다.

천첩 봉머리에 달은 지는데

소리소리 귓가에서 애 저리게 우짖네

가고파 울건마는 너 어디로 가려노

고국은 머나먼 가을가 서쪽 [07]

이 한시에 세조가 또 한 번 감탄하여 김시습에게 평생 제 맘껏 전국을 유랑하라 허한 것은 유명한 일화다.

"분순어사 정훼나리께서 공혜왕후의 혼백을 찾아 헤맨다 들었습니다."

김시습이 정훼를 눈치챘다.

정훼는 당황했다. 김시습이 어찌 자신의 이름을 알고 있는지 어리둥절해 하면서도 일단 앞에 나섰다.

"그, 그러합니다."

"전라감영의 미녀를 모두 모아 그 얼굴을 확인하였건만 여적 찾지를 못하셨지요? 내 사정이 있어 방형의 여식을 맡기로 하였으나, 이대로 데리고 떠났다간 어사님 마음이 어떠시겠습니까? 하여 제가 이 아이를 부러 예까지 데려왔으니 어서 얼굴을 확인하시지요. 저는 그사이 떠오른 영감을 정리하여 한시라도 적으려 합니다."

김시습은 그대로 바닥에 주저앉았다. 커다란 소맷부리 안으로 손을 집어넣고 뒤적이더니 종이와 반 동강 난 붓을 꺼냈다.

"누가 벼루와 먹을 다오! 글을 쓰고 싶어 좀이 쑤시는구나!"

정훼는 그런 김시습에게 상반된 감정을 느꼈다. 별당아씨 보려던 핑계가 단번에 해결된 것은 고마웠으나, 김시습이 정훼를 보자마자 그 마음을 읽은 것이 찜찜했다. 허나 따지고 들 틈은 없었다. 일단 지금은 아낙의 외모를 확인하는 것이 급선무였다.

이극균의 여식, 별당아씨가 정녕 공혜왕후의 혼백이라면 보통 일이 아니었다. 정훼가 찾고 있는 여식을 이극균은 부러 숨긴 것이니 영감의 말대로 흠을 잡고도 남을 일이었다.

정훼가 조랑말로 다가갔다. 가까이 다가가 정신을 잃은 채 안장에 엎드린 계집의 용모를 살폈다. 명나라 복식을 입은 것이 희한했다. 그런데 자세히 보니 얼굴이 참으로 낯이 익었으니 이 계집은 분명…….

계집이 정신을 차렸다. 눈앞에 나타난 정훼의 얼굴을 보더니 애교 넘치는 웃음을 띠며 달려들었다. 보드라운 양손을 목에 두르며 "나리" 하고 달콤한 숨을 내뱉었다.

반 시진 전, 정훼에게 제 젖가슴을 보이던 계집이 눈앞에 있었다.

"이, 이 미녀가 자네 딸이었던 겐가?"

정훼가 말마저 더듬으며 이극균에게 물었다.

이극균은 그저 멍청히 그 모습을 바라보기만 했다.

"어사 양반은 어찌 그리 눈치가 없으시오."

대신 김시습이 나섰다. 한참 무어라 적어 갈긴 종이를 접어 옆에 선 계집종에게 건네며 혀를 찼다. 새끼손가락을 들어 보이며 말했다.

"별당 '아씨'를 꽁꽁 숨겨놓는다 하였을 때 눈치를 챘어야지."

그제야 정훼는 깨달았다.

이 계집은 별당아씨인 척 이극균이 숨겨놓은 첩이었으리라. 그 사실이 혹여 정훼에게 알려지면 흠이 잡힐까 싶어 별당아씨라 칭한 것을 정훼가 눈치 없이 파고든 것이리라.

"그렇다면 내가 본 것은⋯⋯"

정녕 혼백이었는가.

정훼는 새삼 어지러워 그대로 쓰러졌다. 혼절할 때에 얼핏 하늘이 보였으니, 어디선가 날아든 보라매 한 마리가 제자리를 뱅뱅 돌며 그를 보고 조소하더라.

이비가 김시습에게 한바탕 얻어맞은 후 정신을 차려 보니, 눈앞엔 박비가 있었다.

오랜만에 만난 박비는 평소의 댕기 머리에 바지저고리 차림이 아닌 갓에 두루마기를 챙겨 입은 모습이었다. 박비는 이비에게 당장 떠나야 한다며, 옷을 갈아입고 나오라고 했다.

박비의 느낌이 평소와 달랐다. 이렇듯 진지한 박비도, 그리고 가까이 다가온 박비의 얼굴도 처음이었다.

이비는 여러모로 당황하며 일단 박비가 시키는 대로 했다. 왜 그래야 하느냐고 묻고 싶었으나, 박비가 서둘러 자리를 뜨는 탓에 그럴 수 없었다.

이비는 여종의 도움을 받아 상투를 틀고 갓까지 쓴 후 마구간으로 향했다.

거의 동시에 마구간에서 계집종 하나가 빠져나갔다. 계집종은 무척 상기된 표정이었다.

이비가 마구간에 들어섰다. 안에는 박비 혼자 있었다. 박비는 평량자를 쓰고 바지저고리 차림이었다. 한 손에 든 종이를 한참 들여다보고 있다가 이비를 눈치챘다. 종이를 소맷부리에 집어넣으며 말했다.

"바로 가셔야 합니다."

"어디로? 왜? 우리가 왜 떠나야 하는데?"

"도포는 벗으시죠."

이비가 박비의 말대로 도포를 벗었다. 박비는 이비의 신분을 증명해줄 술띠만 챙긴 후 겉옷은 적당히 마구간에 던져놓았다. 그러는 것과 동시에, 이비에게 그간 무슨 일이 있었는가 설명하였다.

정휘가 이비를 우연히 보고 공혜왕후를 닮았다고 전라감영의 미녀를 모두 모으라 한 일과, 이극균이 이를 심려해 박비에게 김시습을 찾아오라 한 일, 그런 김시습의 명령에 따라 박비와 이비가 전라감영을 떠날 수밖에 없게 된 상황에 대하여.

"그게 왜 내가 떠나야 할 이유야?"

"대명률[08]에 위배되기 때문입니다."

"내가 공혜왕후를 닮았다는 게 대관절 왜?"

"이제부터 아씨는 순천 박씨로 그 이름은 박일산朴—珊, 아버지 성함은 순입니다."

"갑자기 그게 무슨 소리야? 내가 왜 그런 사람이 돼?"

"그대로 계십시오."

박비는 대답 대신 이비의 갓을 벗겼다.

박비의 손이 이비의 턱에 스치듯 닿았다. 까슬까슬한 손의 촉감에 이비는 저도 모르게 가슴이 뛰었다.

박비는 이비의 당황스러움을 눈치채지 못했다. 갓 대신 평량자를 씌워 턱 밑에서 고정하느라 바빴다. 모두 끝낸 후 박비는 이비를 번쩍 안아 백마에 올렸다. 양손에 고삐를 쥐여준 후 자신 역시 흑마에 올라탔다.

"나머지는 매월당나리께 들으십시오."

박비가 고삐를 잡아당겼다. 말이 고개를 치켜들었다.

"그분은 아씨와 아씨 가문의 은인이니까요."

이비는 박비가 무언가 더 말해주길 바랐으나 박비는 말을 몰 뿐이었다.

감영을 빠져나올 무렵, 비명이 터졌다.

이비는 고삐를 움켜쥐어 말의 머리를 틀었다. 잠시 감영을 바라보며 저곳에서 무슨 일이 났을까 염려했다. 그런 이비에게 박비는 다시 한번 "가시지요" 하고 갈 길을 재촉했다.

앵무새야 이 노래를 퍼뜨리지 말아다오

이비와 박비는 한밤중이 되어서야 지리산 초입에 도착했다. 박비는 산 입구 주막으로 다가갔다.

열린 방문 사이로 반쯤 드러누운 주모가 보였다. 중년의 주모는 장사할 생각이 없어 보였다. 호롱불 불빛에 의존해 술 한 잔에 곰방대를 빨며, 자신에게 다가오는 박비와 이비를 빤히 바라보기만 했다.

박비가 먼저 주모에게 말을 걸었다.

"매월당이 보냈습니다."

"매월당……?"

"청한 말입니다."

"설잠스님을 말하는 게로군. 사나흘 후 부부가 올 거라고 하더니 어째 형제가 왔어."

부부.

이비는 주모의 말에 얼굴이 벌게졌다.

"그렇게 됐소."

주모는 그 이상 묻지 않았다. 호롱불을 들고 방을 나오더니, 이비와 박비를 외양간으로 안내했다. 말 두 필을 묶으라 한 후 그 옆 짚단을 턱짓했다.

"여기서 묵어."

"방을 주세요. 어찌 이런 곳에서 몸을 뉘라고 그러세요?"

이비가 말했다.

"계집도 아닌 것이 뭘 그리 따져?"

주모의 말에 이비가 또 한 번 얼굴이 달아올랐다. 이비가 아무 말도 못 하는 사이 주모가 호롱불을 갖고 외양간을 나섰다.

외양간이 어두워졌다. 온갖 냄새가 어둠을 희롱했다. 짐승 냄새와 똥 냄새 무엇 하나 지독하지 않은 것이 없었다. 하지만 무엇보다 이비의 마음을 희롱하는 것은 박비의 사내 냄새였다. 닿을 듯 가까운 곳에 박비가 모로 누워 있었다. 박비와 단둘이 있는 건 한두 번이 아니었으나, 몸이 닿을 듯 나란히 누운 건 처음이었다.

갑자기 박비가 몸을 일으켰다. 잠시 앉아 있는가 싶더

니 부스럭거리다 외양간을 나섰다.

어스름한 달빛에 박비의 자태가 드러났다. 박비는 한 손에 활과 화살을 들고 있었다. 이비가 몇 번이고 달라고 졸라도 주지 않았던, 단 한 번도 타인 앞에서 쏘는 법이 없었던 활과 화살을 들고 어디론가 가고 있었다.

박비는 잠들 수 없었다. 갓끈을 끄르다 닿았던 부드러운 얼굴의 감촉, 방금 전 모로 누운 둥그스름한 육체의 선 탓이었다.

'오라비는 절대로 혼인하지 마. 아니, 혼인해도 좋아. 하지만 결코 아이는 낳지 마.'

박비는 화살을 꽉 쥐었다. 애써 이비 생각을 떨치며 마음속으로 되뇌었다.

'나는 그 누구에게도 정을 주지 않는다.'

어떤 양반집은 세를 불릴 셈으로 여종을 혼인시키지 않았다. 주인이 아무하고나 배를 맞추고는 그 자식을 종으로 삼았다.

박비도 이 사실을 잘 알았다. 박비 역시 노비니까.

박비는 인적 드문 곳에서 발을 멈췄다. 혹시 모른다는 생각에 주변을 빙 둘러 아무도 없는 걸 확인한 후, 자리를 잡고 섰다. 저만치 멀리 버려진 수레를 과녁 삼아 노려보다 눈을 감았다.

화살이 어둠을 갈랐다.

박비가 다시 눈을 떴다. 수레로 다가갔다. 화살은 어디에도 꽂혀 있지 않았다. 한 손에 든 활로 수풀을 훑으며 주변을 살피니 한참 떨어진 곳에서 화살을 발견할 수 있었다. 박비가 화살을 힘주어 잡아 뺐다.

박비는 본래 경상감영에 속한 노비, 즉 관노비였다. 열 살 되던 해, 박비는 처음 계집을 안았다. 노비의 숫자를 늘려야 했다. 또 일찌감치 계집 맛을 봐야 한다며 억지로 열 살 많은 계집과 합방시켰다. 이때, 이극균이 박비를 눈여겨보지 않았다면 박비는 비질과 밤일만 반복하다 생을 마감했으리라. 수많은 씨앗을 뿌려 그 아이들을 모두 자신처럼 관노비로 만들었겠지.

박비는 다짐했다.

'결코 혼인하지 않겠다. 자식을 낳는 일도 마찬가지다.'

마음이 흔들릴 때면 지금처럼 복숭아나무를 깎아 만든 활과 화살을 가다듬으며 어머니를 떠올렸다.

박비가 다시 한번 활을 들었다.

화살을 쏘았다.

이번에도 화살은 거대한 과녁을 맞히지 못했다. 다시 한번 활을 쏘았지만 마찬가지였다. 한참을 빗나갔다.

박비의 어머니는 복숭아나무를 좋아했다. 복숭아나무 꽃이 필 때면 자주 그 꽃잎을 따서 어머니가 가장 좋아하는 언문소설의 표지에 다닥다닥 붙여 꾸몄다.

"복숭아나무엔 벽사의 힘이 있다고 해요. 흉사불상凶邪不祥과 마령악귀魔靈惡鬼의 해에서 이탈하는 주물이지요. 축귀구마逐鬼驅魔의 영력이 있어 백귀를 제하는 선목이라고도 하고요. 귀신에 복숭아나무란 말은 괜히 나온 이야기가 아니랍니다[09]."

허나 복숭아나무는 어머니를 지키지 못했다. 지나치게 아름다운 외모 탓에 누군가의 사노비와 바꿔치기 당했다[10]. 박비는 어머니가 누구의 사노비로 갔는지조차 확인하지 못했다.

아니.

박비는 어머니의 이름도, 얼굴도 몰랐다. 저 이야기는 어머니가 남긴 책에서 보았다. 박비의 어머니는 여자에 노비건만 글을 알았다. 유려한 언문과 점점이 찍은 그림을 담은 책을 박비에게 물려주었다.

박비는 책으로 어머니를 배웠다. 복숭아나무의 벽사를 믿었다. 이리 영특하신 어머니라면 분명 다른 노비들처럼 차례로 범해지는 일은 없으리라 생각했다.

다시 활을 들어야 한다.

박비가 호흡을 가다듬었다. 시위를 당겼다. 이번에 쏜 화살은 과녁을 맞히지 못한 것으로도 모자라 사라져버렸다. 어둠은 본래 존재하지 않았다는 듯 완벽하게 화살을 살라먹었다.

　그때 뒤에서 인기척이 났다.

　"누구냐!"

　박비는 본능적으로 화살을 겨눴다.

　"정체를 드러내라!"

　박비는 나타난 상대를 보고 활시위를 잡은 손의 힘을 뺐다.

　이비였다.

　지리산은 산세가 험하기로 유명했다. 도적소굴이라 들었다. 이비는 눈앞의 박비에게서 도적의 모습을 어렵사리 상상할 수 있었다. 허공을 향해 활을 당기고, 또 그 화살을 찾는 박비는 짐승 같았다. 지리산을 헤매는 산적 같았다.

　"왜 안 주무시고 나오셨습니까?"

　"냄새가."

　"냄새?"

　"말똥 냄새가 너무 지독해서……."

이비의 말에 박비의 표정이 풀어졌다. 미소를 짓자 이비가 잘 아는 오라비의 얼굴로 돌아왔다.

"하긴."

박비가 피식하고 미소 짓더니 이비에게 다가왔다.

"복숭아나무에 익숙하신 아씨께 외양간은 무리지요."

이비는 그 표정에 안심했다. 고개를 크게 끄덕이며 박비의 팔짱을 꼈다.

"오라비, 이제 그 활 쏘는 거야?"

이비의 말에 박비가 다시 표정이 굳었다.

"그런데 오라비는 영 활솜씨는 없더라. 역시 날 주는 편이 나을 것 같아. 안 그래?"

"부리가 이제 아씨 말을 듣는다지요?"

박비가 말을 돌렸다.

"어찌 그 이야길 알았어?"

"매월당이 말씀하셨습니다. 총명한 보라매 한 마리가 아씨 말을 들어 삿갓을 훔쳐 날랐으니, 고놈 잘 키우면 토끼잡이는 거뜬하겠다고요."

박비가 휘파람을 불었다.

바로 하늘에서 화답하는 새소리가 났다. 머리에 길게 흉터가 난 매, 부리였다. 부리는 그대로 박비의 어깨에 사뿐히 앉았다.

"어떻게 한 거야?"

"어찌하다니요?"

"나한테는 절대로 그렇게 다가오지 않는걸!"

"아씨가 명령을 내리지 않은 탓이겠지요."

박비가 제 검지를 부리의 발밑에 갖다댔다. 부리는 자연스레 그 손으로 사뿐 옮겨 탔다.

"이놈은 말 못 하는 금수입니다. 달래지 말고 명령을 내려 겁을 줘야 알아듣습니다."

박비가 부리가 앉은 손을 이비의 팔에 갖다대자, 부리는 당연하다는 듯 이비의 팔로 옮겨 앉았다. 이비가 신기해서 빤히 부리를 바라보자 박비가 말을 이었다.

"사람도 마찬가지입니다. 인간이란 본래 비겁한 존재입니다. 겁을 주고 막말을 하는 사람을 두려워 공경합니다. 아씨께서는 지금부터 어딜 가더라도 이 사실을 잊지 마십시오."

이비가 박비의 말에 부리에게서 시선을 거뒀다. 입을 삐죽 내밀고 고개를 숙이더니 작게 소리를 냈다.

"치잇."

"왜요?"

"난 누가 날 겁주고 괴롭히는 것이 싫어. 그런데 내가 그런 짓을 한다면, 나는 내가 싫어하는 사람이 되는 거잖

아. 그래서는 안 되는 거 아냐?"

"저는 아씨가 싫어하는 사람입니까?"

"그렇지 않아!"

"저도 때에 따라 사람을 겁줍니다. 달래며 다스립니다. 아씨는 이런 저도 싫어하셔야 앞뒤가 맞지 않지 않겠습니까?"

이비는 대답하지 못했다.

박비가 휘파람을 불었다. 부리는 바로 이비의 팔에서 날아올라 박비의 어깨로 옮겨 탔다. 본래 이비는 거들떠보지도 않는다는 듯 어깨에 앉아 박비의 얼굴에 제 얼굴을 갖다대며 목울림 소리를 냈다.

"사람을 겁주는 것과 괴롭히는 것은 다릅니다. 아씨께서는 이 말을 유념하십시오."

이비가 다시 한번 심통 난 표정을 지었다. 부리는 그런 이비를 빤히 보다가, 갑자기 날아올라 박비의 손등에 발톱으로 생채기를 내고는 이비의 어깨로 옮겨 탔다.

"부리, 이게 무슨 짓이야!"

이비가 놀라 꾸짖었다.

"아씨를 이르는 제 말투가 마음에 안 든 모양입니다."

박비는 아무렇지 않다는 표정으로 피가 난 손을 탁탁 털며 말했다.

"어쩌면 좋아, 오라비. 어쩌면…… 그래."

이비가 그 손을 잡았다. 그대로 제 입술에 갖다댔다.

"이렇게 하면 금방 피가 멎는다고 아버지가 일러주셨어. 내 무릎에 피가 났을 때도 이렇게 하셨어."

이비는 박비의 손을 놓지 않았다. 다시 입술을 대고 있다가 고개를 들었다.

박비와 이비가 눈이 마주쳤다. 이비의 입술이 연지를 바른 듯 붉게 빛났다. 박비가 당황해 시선을 돌렸다. 아까보다 더 심하게 가슴이 뛰었다. 마음을 진정시키려고 손에 힘을 꽉 주었다가, 애꿎은 화살만 부러뜨리고 말았다.

주모가 치마를 열고 종아리를 북북 긁었다. 봄부터 기묘하게 덥다 했더니 초여름 모기가 극성이었다. 특히 지리산 모기는 지독하기로 유명했다. 주모는 연신 곰방대로 연기를 뿜어 모기를 물리치려 노력하며, 생각했다.

'어서 모기장이며 향을 들여야겠어. 그 비용은 외양간에 묶은 저 연놈이 대주겠지.'

평생 지리산에서 주막을 열었다. 그간 수많은 양반과 노비 한 쌍을 보았다. 저 둘은 딱 그 짝이었다. 계집은 어딘가의 고운 양반집 자식이요, 사내는 그 노비일 것이다. 아니라면 야밤을 틈타 두 연놈이 차례차례 사라졌다가,

손을 맞잡고 돌아올 까닭이 없었다.

주모는 잽싸게 추노꾼을 불렀다. 어쩔 수 없다, 이건 모두 산모기 탓이다, 라고 설잠에게 댈 핑계를 생각하며.

"계신가."

주막 문으로 두 명의 추노꾼이 들어왔다. 헐벗은 사내들이었다. 두 사내는 한밤중에도 땀을 뻘뻘 흘렸다. 저고리를 벗은 웃통이 검게 빛났다. 한 손에는 각기 도끼와 낫을 들고 있어 산발한 머리에 충혈된 눈과 너무나 잘 어울리는 것이 한밤의 야차 같았다.

"이쪽이요, 이쪽."

주모는 반색하며 치마를 내렸다. 여전히 한 손에 곰방대를 든 채 신발을 꺾어 신고 나가 속삭였다.

"외양간에 있수."

"확실한 거야?"

"내가 지금껏 몇 연놈을 찾아 일렀는가 잊었수? 분명 아침만 되면 방방곡곡 방이 붙을 게요. 저 연놈 찾는다고."

주모의 말에 두 사내는 입맛을 다셨다. 한 놈은 어깨에 도끼를 메고, 다른 놈은 낫을 바로 잡았다. 살금살금 걸어 외양간으로 향했다. 서서히 문을 열며 입 모양으로 어디냐고 묻자, 주모가 짚더미를 가리켰다.

과연, 사람의 모양이 있었다. 한쪽은 선이 고운 것이

계집이요, 다른 한쪽은 사내가 분명했다.

"내가 계집을 맡지."

"성님, 이러지 맙시다. 콩떡도 나눠 먹으란 말 모르시오."

둘은 아웅다웅했으나 결국 도끼 잡은 '성님'이 이겼다. 살금살금 짚더미로 다가갔다.

주모는 기분이 이상했다. 외양간 풍경에 뭔가 부족한 것이 있었다. 무엇이 부족한가, 한참 따져보니 연놈이 타고 온 조랑말 한 쌍이 온데간데없었다. 느낌이 좋지 않았다. 이 사실을 추노꾼들에게 알려야겠다고 생각하며 곰방대를 뻐끔거리며 발을 옮겼다.

"조용히 하시게."

갑작스러운 위협만 아니었어도 주모는 외양간에 들어가 이 사실을 알렸으리라. 단도를 쥔 곱상한 손이 주모의 목에 들어왔다.

주모가 웃었다.

"왜 웃는 게냐?"

"네년이 상대를 잘못 골라서 웃는다."

주모가 한 손에 들고 있던 곰방대의 담뱃재를 이비의 얼굴에 털었다. 이비의 눈으로 먼지가 날아들었다. 이비가 비명을 질렀다. 손을 허우적대다 단도 끝에 무언가 부덮쳤다. 주모의 비명이 들리더니 뜨뜻미지근한 것이 이비의 얼굴로 튀었다.

가까스로 눈에 들어간 재를 턴 이비는 목에서 끊임없이 피를 뿜어내는 주모를 발견했다. 이비가 비명을 질렀다.

두 추노꾼이 그대로 무기로 짚더미를 내리쳤다. 한데 손끝에 닿는 느낌이 없었다.

"야음을 틈타 무슨 짓거리더냐."

대신 등 뒤에서 사내의 목소리가 났다. 두 추노꾼이 몸을 돌렸다.

박비가 눈을 감은 채 뒷짐을 지고 서 있었다.

"이놈, 눈을 감았다?"

"맹인이란 말은 없었으니 간이 배 밖으로 나온 것이냐, 아니면 잠이 덜 깨 잠꼬대를 하느냐."

"혹여 못 볼 것을 볼까 미리 눈을 감은 것이니라."

"네놈 지금, 우리 둘을 상대로 눈을 감고 싸우겠다는 말이냐?"

박비는 대답 대신 빠르게 칼을 잡은 손을 뻗었다가 거두었다. 아무 일도 일어나지 않았다. 추노꾼들은 헛짓거리를 하는구나, 하고 비웃었다. 그런데 묘하게 도끼가 가벼웠다. 박비의 일격에 도끼와 낫이 반 동강이 났다. 추노꾼들은 쓸모없어진 무기를 바닥에 던진 후 바지춤에서 단도를 꺼내 들었다.

"그만하자니까 그러네."

박비가 한숨을 내쉬며 달랬으나 둘은 들은 척도 하지 않고 덤벼들었다. 갑작스레 들린 이비의 비명만 아니었다면, 박비는 좀 더 추노꾼을 가지고 놀았을 것이다.

"아씨!"

박비는 마음이 급해졌다. 칼을 빼지도 않은 채 칼머리와 칼집으로 두 추노꾼의 머리를 차례로 맞혀 쓰러뜨린 후 밖으로 뛰쳐나갔다가 예상치 못한 광경을 맞이했다.

바닥에 피투성이가 된 주모가 쓰러져 있었다. 돼지처럼 멱이 따여 목에서 끊임없이 피를 뿜어내며 몸을 꿈틀거리고 있었다. 이비는 미친 사람처럼 비명을 지르며 손으로 주모의 목을 부여잡고 있었다. 피를 막아보려 했지만 소용없었다. 주모의 피가 이비의 얼굴이며 온몸에 튀어 점점 흉측한 꼴이 될 뿐이었다.

"아씨!"

박비가 급히 이비에게 달려들었다.

"살려야 해! 아직 안 죽었어! 살릴 거야!"

"아씨, 비야! 정신 차려! 이미 죽었어!"

"안 죽었어! 사람이 그렇게 쉽게 죽을 리 없다고! 내가 살릴 거야!"

이비는 막무가내였다. 흥분했는지 힘이 너무 세서 도무지 주모의 시체에서 떼어낼 수 없었다. 결국 박비는 이비의 뒷목을 가볍게 내리쳐 기절시킬 수밖에 없었다.

"이놈이 사람을 죽였어?"

그사이 추노꾼들이 정신을 차렸다. 외양간을 빠져나온 추노꾼들은 주모의 시신을 발견하고 표정이 바뀌었다. 긴장한 자세로 칼을 바로잡고는, 이비를 끌어안고 있는 박비를 노려보았다.

"눈을 감았으면 살았을 것을."

박비가 이비를 바닥에 조심스레 내려놓았다. 피가 묻지 않은 자신의 저고리를 이비의 위에 덮어준 후 다시 일어나, 검을 뽑았다.

"네, 네놈은 누구냐?"

"정체를 밝혀라!"

칼날의 서슬에 추노꾼들은 한 걸음 뒤로 물러서며 소리쳤다. 저토록 빛나는 칼날은 흔치 않았다. 그 말은 곧 이 사내가 보통 노비가 아니라는 뜻이었다. 누군가의 사병일 가능성이 컸다.

"내 이름을 알고 싶으냐."

박비가 추노꾼들을 향해 달려들었다.

한 놈의 배를 가르고,

"산 자 중에 내 진짜 이름을 들은 자 없으니."

다음 놈의 목을 동강 냈다.

"네놈들은 죽어야 그 이름을 듣겠구나."

박비가 검을 칼집에 집어넣었다. 정신을 잃은 이비와 함께 조랑말에 올라탄 후, 다른 조랑말 하나는 끌고 달아났다.

한참을 달려 지리산을 통과했다. 갈림길이 나왔다. 그새 이비는 정신을 차렸다. 하지만 넋이 나간 듯 아무 말도 하지 않았다. 박비가 말에서 내렸다. 이비 혼자 말에 태워 고삐를 꽉 쥐게 한 후 말했다.

"아씨는 한양에 올라 매월당을 찾으세요."

이비는 박비의 말을 잘 알아들을 수 없었다. 하지만 손길은 느꼈다. 자신에게 평량자를 씌우는 손길, 그리고 헤어지자 하는 손길.

"아시겠으면 고개를 끄덕이세요."

이비는 가까스로 고개를 끄덕였다.

"그러면 저는 가겠습니다."

'어딜 가려고?'

목소리가 마음처럼 나오지 않았다. 이비는 입도 벙긋거릴 수 없었다.

박비는 그런 이비의 얼굴을 쓰다듬었다. 너무나 소중한 것, 다시는 못 볼 것을 그리워하듯 까슬까슬한 손으로 몇 번이고 그 얼굴을 쓰다듬다 이비를 끌어안았다.

"살아야 한다. 반드시 너만큼은 살아야 한다."

처음이었다. 박비가 이비에게 말을 놓은 것은,

"너만큼은 살아다오."

그리고 이비의 이마에 입 맞춘 것은.

박비는 이비를 잔뜩 힘주어 끌어안은 후 늘 메고 다니던 활과 화살집을 풀었다. 이비의 등에 묶어준 후 말에 태웠다.

박비는 고삐를 한 번 쳐 말을 출발시켰다. 똑바로 앞을 향해 달리는 말의 뒷모습을 바라보다 지리산 도적의 땅, 어딘가 계곡에 신선이 산다는 그 땅으로 사라졌다.

이비는 한양에 가기까지 이레, 김시습이 있다는 수락정사에 도착하기까지 다시 사흘이 걸렸다.

김시습은 말의 고삐를 쥐고 터덜터덜 걸어 들어오는 이비를 아는 체도 하지 않았다. 고개 한 번 돌리지 않은 채 마루에 쭈그리고 앉아 세필 붓을 화선지에 놀리며 손놀림만큼 빠르게 말을 뱉을 뿐이었다.

"지리산에 김순신이 들이닥쳤다. 김순신은 일전 장영

기가 쏜 화살에 오른손을 다쳐 앙심을 품은 경상도 관찰사다. 김순신이 지리산에서 장영기의 잔당을 일망타진하였는데, 그중 수상한 인물을 찾았다고 한다."

이비가 마당에 털썩 주저앉았다.

"이 인물은 도적답지 않게 생김새며 복장이 단정하였다. 게다가 지리산에 들어온 지 얼마 되지 않았다. 김순신은 이 사내를 수상하게 여겨 주변을 캤더니, 지리산 초입의 주막에서 주모와 추노꾼 둘이 죽은 사건이 귀에 들어왔다."

이비는 마루 아래에 시선을 고정했다. 고양이 한 마리가 댓돌을 감싸듯 마루 아래로 들어가려 애쓰고 있었다. 고양이가 노리는 것은 쥐 두 마리였다.

"김순신은 친히 사내를 국문하려 들었으나, 사내는 날래기가 비범했다. 단칼에 관졸을 제압한 후 김순신의 옆구리를 노렸다. 김순신은 갑옷을 입고 있어 상처는 입지 않았으나 불같이 노했다. 사내에게 현상금을 걸고 방을 붙였다."

한 마리는 고양이에게 잡혀 머리부터 먹혔으나, 다른 한 마리는 내뺐다. 달아난 쥐는 안전한 구멍에 들어갔으나 꼬리를 숨기는 것을 잊었다.

"마침 나는 사건이 일어난 날 아침에 주막에 들렀다.

때문에 운 좋게, 혹은 운이 나빠 시체 세 구를 볼 수 있었지. 그 상처를 보니 모든 게 짐작되더구나."

고양이가 구멍 밖으로 튀어나온 쥐 꼬리를 노려보았다.

"주모의 쓰러진 몸뚱이 위로 두 추노꾼의 피가 튄 자국이 있었으니, 이는 곧 주모가 추노꾼보다 먼저 죽었다는 말이다. 주모는 목에 자상을 입었다. 단도가 목의 핏줄을 잘못 스쳐 즉사한 것이다. 말 그대로 돼지 멱 따인 꼴이다. 그에 반해 두 추노꾼의 상처는 장검에 당했다. 일말의 망설임도 없는 빠른 칼놀림이다. 무기가 두 개이니 범인도 두 명이리라. 한 놈이 서툴게 단검을 휘두르다 주모의 멱을 땄다. 그걸 본 다른 놈이 장검을 휘둘러 추노꾼두 놈을 죽였다. 서툰 놈의 죄를 감추기 위해서였겠지. 네놈이 그 서툰 놈이다, 안 그러냐?"

고양이가 쥐 새끼의 꼬리를 물었다. 쥐 새끼가 놀라 비명을 질렀다. 꼬리가 반이 잘린 채 구멍으로 사라졌다.

"이 아둔한 놈아, 어쩌자고 사람을 죽였느냐."

쥐 새끼의 길고 긴 곡성이 이비의 귓속을 깊이 울렸다.

"살려주십시오, 매월당."

"네놈은 살 것이다. 도망쳤으니 당연하지 않으냐."

"제가 아니라 오라비를 부탁드립니다."

김시습이 처음으로 놀란 표정을 지었다.

"내 무엇이든 시키는 대로 하겠습니다. 죽으라면 죽겠습니다. 그러니 제발 오라비 목숨만 살려주세요."

이비가 눈물이 잔뜩 고여 말했다.

"이 매월당 태어나 예상치 못한 일이 지금껏 세 가지 있었다. 첫째가 내 나이 오세 되던 해 궁에 가 임금께 친히 이름을 하사받은 일이요, 둘째는 사육신 사건이요, 셋째가 바로 네놈의 탄생이었다."

김시습이 시를 읊었다.

무릉도원 들어서니 꽃은 피어 만발이라
님 그리던 이 정회를 어이 다 이르리오
쌓고 늘인 머리에 금비녀 나직하고
초록색 모시 적삼 봄빛이 새로워라

봄바람에 피어나는 두 송이 꽃이거니
애꿎은 비바람이 꽃가지를 스칠세라
선남선녀 옷자락은 봄바람에 너울너울
계수나무 그늘 속에 항아아씨 춤이런 듯
좋은 일 끝나기 전에 시름도 따르나니
앵무새야 이 노래를 퍼뜨리지 말아다오[11]

이비는 당황했다. 이 시는 이비의 어미가 유언처럼 남긴 한시였다.

"이 시를 어찌 아십니까?"

"내가 이 시를 지었다. 설마 어언 18년이 지나 이 시를 다시 읊게 될 줄이야."

김시습이 어딘가 먼 허공을 바라보다 다시 입을 열었다.

"박비를 살릴 방법이 단 한 가지 있다. 허나 이 수를 잘못 썼다가는 네놈은 물론이고 내 목, 이극균과 그 일족 모두 멸할 수도 있다. 그래도 괜찮으냐?"

"아버지가……"

이비는 잠시 아버지의 따뜻한 미소를 떠올렸다가 고개를 저었다.

"하겠습니다."

"호오라, 네 애비보다 박비가 더 소중하다 그 말이냐?"

"오라비가 세상에 없다면 살아도 사는 것 같지 않습니다."

박비와 헤어진 후 이비는 늘 이마가 뜨거웠다.

"혼백이 되어서라도 그 뒤를 좇고 싶습니다."

그가 입 맞춘 곳이, 가슴이 아파 참을 수가 없었다.

김시습은 이비의 손을 뗐다. 그를 일으켜 세우더니 마루에 앉혔다. 마당에 내려서더니 이비를 향해 큰절을 했다.

"불초 매월당, 아씨께 인사를 올립니다. 신의 부덕함

으로 고귀한 분을 이제야 높은 곳에 모셨습니다. 이제 매월당이 아씨를 뵈었으니, 다시는 아씨가 누구에게 고개를 숙이게도, 험한 꼴을 당하게 하지도 않겠습니다. 아씨가 본래 갈 비단길로 제가 이끌어드리겠습니다."

"왜 이러세요, 매월당나리. 이러지 마세요."

이비가 당황해 김시습 앞에 무릎을 꿇었다. 그를 일으켜 세우려 했으나 매월당은 말을 듣지 않았다. 그 손을 마주 쥐고 말했다.

"어쩜 이리 어머니를 꼭 빼닮으셨는지……"

"매월당이 제 어머니를 아세요?"

"알고말고요. 아씨의 어머니가 제게 아씨를 신신당부했건만 제가 부덕하여 이제야 아씨를 제대로 모십니다."

"제가 누군데요? 제 어머니가 누군데요?"

"아씨의 조부는 취금헌 박팽년, 어머니는 광주 이씨로 이극균의 누이입니다."

들은 적이 있는 이름이었다.

사육신의 난 주동자 취금헌 박팽년.

박팽년은 열여덟 해 전 삼족이 멸하는 형을 받았다 들었다. 그 자손은 모두 관노비가 되어 종적을 알 수 없다고 하였다. 김시습은 이비를 가리켜 그 박팽년의 손녀라고 말하고 있었다.

"아씨는 사육신의 살아남은 유일한 후손이십니다. 매
월당은 아씨와, 취금헌을 비롯한 사육신의 복권을 위해
이곳에 왔습니다."

우리나라 윷가락은 쪽이 네 개

안소희는 제 이름 석 자보다 그 앞에 붙는 수식어로 유명하다. '당대를 대표하는 화공 현동자 안견'의 아들. 안소희 역시 아버지처럼 그림에 뜻이 있긴 하였으나 풍경화 대신 최경[12]처럼 인물화에 능했다.

안소희는 일찍감치 그림에 미련을 버렸다. 공부에 집중하여 스물셋 나이에 과거에 급제하였다. 허나 이후의 행로는 마음먹은 것처럼 되지 않았다. 화공의 자식은 벼슬에 오르지 못하노라 정해진 탓이었다.[13]

과거에 급제했지만 할 일이 없었다. 안소희는 서른이 되도록 반문이였다. 고관대작이며 왕가를 어슬렁거리며 아버지의 그림 값이며 청탁 심부름으로 소일했다.

열흘 전에도 이런 안소희를 찾는 이가 있었으니, 무려

월산대군 이정이었다. 왕가는 심부름꾼의 대접이 달랐다. 안소희에게도 가마를 보냈다. 평소 안소희는 가마 멀미를 달고 산다. 요즘엔 무더위가 극성이라 가마를 더욱 피한다. 그런데 왕가가 보낸 가마는 안락함이 달랐다. 좌우로 흔들림이 거의 없어 도착한 줄조차 모를 정도였다.

머슴 한 명이 월산저택 대문 앞에서 안소희를 기다리고 있다가 안내했다. 문턱을 넘을 때엔 "문턱이 있습니다. 발을 조심하십시오."라는 말을 덧붙이는 친절도 보였다.

안소희는 부채질을 하며 대문을 넘었다. 정자로 안내받았다.

"잠시 기다리시지요. 곧 대군나리를 모셔오겠습니다."

안소희는 정자 계단 옆으로 물러나 마당 풍경을 감상했다.

저택 밖은 한여름이다. 지독한 더위에 바싹 마른 나무며 수풀이 저잣거리를 채운 지 오래다. 한데 월산저택은 여름을 잊은 듯 사계화가 만발하고 소나무가 울창했다. 섬돌을 따라 걷자면 작약이 고개를 내밀고, 저만치 연못가엔 이끼 덮인 괴석이며 연꽃이 장관이었다. 가끔 개구리가 고개를 내밀어 연꽃을 희롱하니, 그 소리를 들은 사슴이 풀밭 어디선가 고개를 내밀 듯했다.

"월산대군 행차."

안소희는 이 소리에 구경을 멈추고 머리를 조아렸다.

얼마 가지 않아 다가오는 발소리가 났다. 가죽신을 신은 발이 바닥을 스치는 소리가 나더니 삐걱, 하고 누군가 계단을 올랐다.

"자네가 최경의 재주에 안견의 자질을 갖췄다는 그 화공인가."

"결코 그렇지 않습니다."

고개를 들어도 좋다는 말이 없었기에 안소희는 계속 바닥에 머리를 조아리고 있었다.

"취미로 가끔 붓을 놀리는 것에 불과합니다. 제깟 것이 어찌 감히 당대 최고라 일컫는 두 화공에 견주겠습니까."

"내 그 겸손이 마음에 듦이야. 그러니 그림을 한 장 그려주게."

"제 아비에게 그리 언사 전하겠습니다."

"이보게, 안소희. 내가 바라는 건 자네일세."

"천부당만부당합니다. 제깟 게 어찌 대군의 명을 받으리까."

"내가 부탁할 그림은 자네 애비가 그려서는 아니 됨이야. 나는 이 그림에 〈몽유도원도〉라는 이름을 붙이고 싶거든."

"〈몽유도원도〉라니요!"

안소희는 너무 놀라 고개를 번쩍 들고 말았다. 그대로 월산대군의 얼굴을 똑바로 바라보았다가 할 말을 잃었다.

어찌 저리 선이 고운 남자가 있을 수 있을까. 반듯한 얼굴 생김새와 그에 걸맞게 잔잔한 웃음에 절로 눈앞이 환해졌다. 두 눈은 결코 달콤하지만은 않으니, 풍랑이 그 안에서 묘하게 빛나고 있었다.

안소희는 얼굴이 벌게졌다. 이런 일은 처음이었다. 어찌 아낙도 아닌 사내의 자태에 이리 당황할까. 한참 넋을 잃고 보다가 자신이 저지른 무례를 깨달았다. 허락을 받지 않고 고개를 들다니, 대죄다. 안소희는 다시 얼굴을 바닥에 처박았다.

"잘못했습니다! 백 번 잘못하고 천 번 잘못했습니다!"

"괜찮네. 고개를 들어 내 얼굴을 잘 살피게."

"어찌 그런 말씀을 하십니까! 용서해주시옵소서!"

"고개를 들게. 자네가 내 얼굴을 직시하여야만 그림을 그릴 수 있단 말일세."

그래도 안소희는 고개를 들지 않았다.

월산대군은 그런 안소희에게 다가왔다. 새하얗고 보드라운 손가락으로 안소희의 턱을 받쳐 자신을 똑바로 바라보게 했다.

"내 간밤 꿈에서 아주 반가운 이를 만났으이. 흐드러지게 핀 복사꽃 사이 아우 내외가 서 있지 뭔가. 아우에게 이 꿈 이야기를 하였더니만, 그림으로 그려달라더군. 나는 아우의 청을 받아 자네를 만나기로 하였음이야. 그러니 자네는 내 얼굴을 잘 들여다보게. 아우의 용안은 보일 수 없으니, 자네는 내 얼굴에서 아우를 유추하여야 함이야."

월산대군의 말에 안소희는 혼비백산할 지경이었다. 월산대군에게 아우는 단 한 명밖에 없었다. 올해로 직위 5년을 맞이한 소년 왕 이혈, 그가 바로 월산대군의 친애하는 아우였다.

지금 월산대군은 안소희에게 어진을 그리라 명하고 있었다.

한데 그 처는 누구일까. 왕비는 공석일 터인데…… 설마.

"그 왕비란…… 공, 공혜왕후를 일컬으십니까?"

"그럼 누구겠는가."

월산대군이 빙그레 웃었다. 그 웃음에, 안소희는 실소했다.

공혜왕후는 지난 5월 훙서했다. 이제 그 얼굴을 볼 방법이 없다. 하필 월산대군은 그 얼굴을 그리라 시키고 있었다.

"차라리."

다음 순간, 안소희의 입에서 진심 어린 말이 튀어나왔다.

"차라리 소생을 죽여주시옵소서!"

"그게 무슨 소리인가!"

월산대군은 박장대소했다.

"걱정할 것 전혀 없어. 공혜왕후의 얼굴은 내 조목조목 알려줄 수 있으니까."

월산대군은 약속을 지켰다. 이날 이후, 매일 안소희를 곁에 두고 공혜왕후의 아름다움을 칭송하다 못해 아예 저택에 안소희의 숙소를 마련해주었으니, 그 광경이 오래전 안평대군이 안견에게 자기 집에 숙소를 마련해준 때에 비견할 만하였다.

문제는 안소희였다. 아무리 월산대군이 설명해도 도통 공혜왕후의 얼굴을 짐작할 수 없었다. 월산대군의 설명이 언월의 자태 견천의 덕, 한시에나 나올 법한 추상적인 표현인 탓이었다. 마음 같아서는 어디의 유명한 기생이나 양반집 마나님 얼굴에 비견해주길 바랐으나, 한 나라의 왕후를 아무데나 갖다붙이기는 천부당만부당한 일이었다.

어쩔 수 없이 안소희는 처음부터 다시 공부를 하기로 했다. 마침 그에겐 20년 전 또 다른 〈몽유도원도〉를 그렸던 당사자인 아버지 안견이 있었다.

안소희는 안견에게 〈몽유도원도〉에 대해 들려달라 청

했다.

"마침내 그림에 뜻이 생긴 것이냐?"

안견은 여전히 아들이 자신의 뒤를 이을 것이라 믿어 의심치 않았다.

"네가 내 뒤를 이어준다면 무엇보다 바랄 게 없지. 그래, 〈몽유도원도〉라. 어디 보자. 무엇부터 이야기를 해볼까."

안견이 새 화선지를 꺼냈다. 그 위에 정교한 필체로 그림을 그리기 시작했다.

"정묘년 4월 20일 밤의 일이니라. 안평대군이 꿈을 꿨다. 산길을 걷다 보니 골짜기가 나왔다. 무릉도원이 보였다. 어느새 곁에 박팽년이 나타났다. 중간에 최항과 신숙주도 함께 무릉도원에 갔으나 어느 순간 사라졌다. 결국 박팽년과 안평대군만 남았다. 안평대군은 이런 꿈을 꾼 것이 놀라워 당시 왕이었던 아버지 세종에게 이 내용을 고한후 그림으로 남겼다. 또 후에 자신이 본 풍경과 꼭 닮은 곳을 북악산에서 찾아내고는 무계정사라 이름 붙였다."

안견이 완성한 그림은 북악산과 그리로 향하는 무계정사를 그리고 있었다.

"이 그림이 안평대군을 죽음으로 이끌었지. 무계정사를 지은 곳이 감히 방룡소흥의 땅인 탓이라. 방룡소흥, 왕기가 서렸으니 장자가 아닌 왕자가 왕위에 오를 곳이란 뜻이다. 안평대군은 왕이 되려고 집을 지었다며 역적으로 몰렸다. 더불어 꿈속에서 안평대군과 끝까지 함께하였던 박팽년은 죽고, 최항과 신숙주는 배신해 살아남았다. 이것이 계유년에 일어난 계유정난, 몽유도원도의 사연이다."

안견은 완성한 그림을 안소희에게 건넸다. 안소희는 안견이 순식간에 그린 그림을 두 손으로 공손히 받았다. 아버지의 그림을 갖고 월산저택으로 돌아갔다. 잘 보이는 곳에 펼쳐놓은 후 다시 손을 들었다.

하지만 역시, 손이 쉽게 움직이지 않았다. 그리고 싶지만 그리고 싶지 않기도 했다. 그린다면 전설로만 남은 〈몽유도원도〉와 전혀 다른 그림을 그리고 싶었다. 하지만 그건 진정한 〈몽유도원도〉가 아닐 것 같았다. 그렇다고 아버지처럼 그리는 건 의미가 없다. 모작이 될 뿐이다. 대체 어떤 그림을 그려야 한단 말인가. 아니, 그리면 안 된단 말인가.

이런 안소희의 귀에 북악산을 떠돈다는 공혜왕후의 혼백에 대한 소문이 들린 것은 기적이나 다름없었다. 달빛조차 없어 어스름한 밤, 북악산 무계정사에 공혜왕후의 혼백이 나타난다는 소문에 안소희는 귀가 솔깃하였다. 안소희는 실패해봤자 본전치기란 생각으로 북악산으로 향했으니 8월 15일[14] 밤의 일이었다.

가마를 타고 산 밑에 도착한 안소희는 가마꾼들을 물렸다. 가마꾼들은 초롱을 들고 가시라 하였지만, 빛을 본다면 귀신이 두려워 몸을 숨길까 염려스러워 그조차도 마다하였다[15].

계단을 오를 때마다 방해가 있었다. 어둠을 겹겹으로 둘러싼 높고 낮은 봉우리가 발길을 에워쌌다. 혼란스러운 안소희를 도운 것은 희미한 구름 속 가끔 드러나는 달이었다.

절반쯤 길을 올랐을 때 새 울음소리가 났다. 하늘이 심상치 않았다. 갑자기 사방이 어두웠다. 별빛이 사라졌다. 봉우리가 어디에 있는가 알 수 없었다. 월식의 시작이었다.

안소희는 겁을 먹었지만 티를 내긴 싫었다. 헛기침을 하며 슬그머니 계단에 주저앉아서는 허공을 향해 "거기 누구 없소!" 작게 속삭이듯 소리쳤다가, 아무 대답이 없자 오히려 우렁차게 사람을 찾았다.

"거기, 누구, 없소!"

그리 소리치면서 한 손은 소맷부리에 집어넣고 엽전을 셌다. 혹시 누가 소리를 듣고 찾아온다면 입막음으로 돈을 쥐여줄 셈이었다. 체통 문제다. 유명한 화공의 아들이 이런 곳에서 어둠이 무서워 사람을 찾았다 소문이 나면 어찌 저잣거리서 고개를 들고 다닐까.

"뉘시오?"

답이 왔다. 저만치 아래, 은근한 초롱 불빛이 아른거렸다.

"여기요, 여기!"

안소희는 방금까지 걱정한 체통 문제조차 잊고 다급히 소리쳤다. 초롱 불빛이 그 소리에 화답하듯 허공에서 휘휘 좌우로 움직였다. 한 걸음, 또 한 걸음 계단을 올라온 초롱은 마침내 안소희와 마주보고 섰다.

"월식 날 밤, 초롱도 없이 버려진 정자를 찾는 사람이 있다니 놀랐습니다."

안소희는 대답하지 못했다. 체통 때문도, 어떻게 입막음을 해야 하나 고민하느라 소맷부리에서 한참 엽전을 굴린 탓도 물론 아니었다. 눈앞의 사내가 너무 아름다운 탓이었다. 안소희는 사내의 시선을 피하며 말했다.

"부끄럽게도 달 없는 밤이 이토록 어두울 줄 짐작하지 못했습니다. 초면에 외람되오나 길 안내를 부탁해도 되겠습니까? 초롱값은 치르지요."

"초롱값은 됐습니다. 홀로 산길 오르기는 무료하다 생각하던 참이었으니, 후에 술이나 한잔 사시구랴. 그래, 야밤에 무계정사를 찾는 그 연유나 주고받아 봅시다. 저는 무계정사에서 밀월하기로 약조한 낭자가 있어 이리 가는 중이온데, 선생은 무슨 용무이신지?"

"저도 누굴 좀 뵈러 갑니다."

"설마 선생도 소문난 한씨 미녀를 만나러 가시는 건 아니겠지요?"

선비가 굳은 표정으로 빠르게 물었다.

"제가 만나려는 낭자도 한씨이긴 하나, 같은 낭자가 아닐 겁니다."

"그 이름이?"

안소희는 망설였다. 혼백을 만나러 간다고 했다가는 미친 사람 취급을 받을 것 같았다.

"이것 보시오! 같은 낭자를 만나러 가시는 게 아니요! 그리하니 이름을 밝히지 못하는 것이지요!"

"결코 같은 사람일 리 없습니다."

"어서 이름을 밝히시오!"

"그건 좀 곤란한 사정이."

"거짓부렁인 것 다 압니다! 아니면 어찌 그 낭자의 이름을 말하지 않는단 말입니까!"

"정말 아닙니다. 이게 다, 사정이 있어 그럽니다."

"에잉, 몹쓸 양반! 연적을 도울 자비는 없소이다!"

선비는 안소희를 내버려뒀다. 초롱을 들고 성큼성큼 앞서 걸어 올랐다.

초롱이 멀어지자 주변에 다시 짙은 어둠이 깔렸다. 안

소희는 겁을 먹었다. 에라 모르겠다, 미친 사람 취급받아도 어쩔 수 없다 생각하며 소리를 질렀다.

"혼백이라 그럽니다!"

어둠은 대답이 없었다.

"제가 만나려는 낭자는 이미 이 세상 사람이 아니란 말입니다!"

그 말에 빛이 돌아왔다. 서서히 다가오더니 선비가 앞에 마주보고 섰다. 그악한 표정으로 안소희의 얼굴을 바라보며 한참 할 말을 고르더니 마침내 입을 열었다.

"서, 설마 선생은 요즘 무계정사에 나다닌다는 공혜왕후의 혼백을 만나러 오셨습니까……?"

"그러합니다."

"어찌 그런 일을! 게다가 이런 달 없는 밤에!"

"저도 이러기 싫습니다. 허나 저는 반드시 공혜왕후를 만나야 할 사정이 있습니다."

안소희가 길게 한숨을 내쉬었다. 위로 길게 뻗은 계단과 아래로 그만큼 뻗은 계단을 번갈아 보며 말을 이었다.

"그림을 그리라 명을 받았기 때문입니다."

"그림을요? 혼백의 그림을요?"

"자세한 상황은 말할 수 없습니다만 그렇습니다."

"거참 황당한 요구를 받으셨군요. 거절하시지."

"거절을 할 수가 없습니다. 마음 같아선 벼루라도 훔쳐 달아나고 싶은 심정입니다."[16]

"그래서 무계정사를 찾으신 겁니까? 혼백이라도 만나려고?"

"그렇습니다. 어떻게든 만나서 그림을 그려보려고, 그렇게 해서 가능하다면……."

아버지의 〈몽유도원도〉와 겨루고 싶습니다. 아버지에게 인정받고, 그를 뛰어넘고 싶습니다.

……아버지를 뛰어넘는다.

평생 안소희가 마음에 담은 말이었다. 허나 단 한 번도 다른 이에게 말할 수 없었다. 때문에 지금도 입을 다물었다. 그저 눈앞의 풍경을 바라보았다. 만약 공혜왕후가 나타난다면 반드시 그림을 그리겠다, 그리하여 마음껏 "내가 아버지를 뛰어넘었다!"라는 말을 해내겠다, 라고.

말을 끝까지 잇지 못하는 안소희를 대신해 선비가 초롱을 높이 들었다. 어느새 저 멀리 계단 끝이 보였다.

"저곳이 무계정사요."

선비가 가리킨 곳은 텅 빈 벌판이었다.

무계정사는 안평대군의 사사와 운명을 함께했다. 이제 이곳엔 아무것도 없었다. 오직 사시사철 꽃을 피우는 복숭아나무만이 존재했다.

나무로 다가간 안소희는 한기를 느꼈다.

주변은 한여름이었다. 안소희만 해도 다시 땀을 흘리고 있었다. 허나 복숭아나무는 흐드러지도록 봄꽃을 함빡 피우고는 바람 없는 어둠 속에서 홀로 빛나고 있었다.

어쩐지 이 주변만 온도가 낮은 것 같았다.

더불어 지금껏 생각지 못했던 점을 떠올리고 쓴웃음이 났다.

복숭아나무는 선목이라 하였다. 마를 쫓는다 하여 혼백이 가까이 오지 못한다. 그런 나무에 어찌 공혜왕후의 혼백이 올라서는 일이 가능하겠는가.

"그림이 완성된다면 떠들썩하겠습니다."

선비가 안소희의 곁으로 다가왔다. 나무를 쓰다듬으며 말했다.

"본래 있었던 〈몽유도원도〉는 불타 없어졌다고들 하니 다들 새 〈몽유도원도〉에 얼마나 흥미를 보이겠습니까?"

"아무래도 그렇겠지요. 허나 어찌 제가 그런 걸작을 그리겠습니까."

"공혜왕후를 만난다면 가능하지 않겠습니까."

"그런 일이 가능하다면야 어떻게든 되겠지요."

선비는 그 표정을 보고 빙그레 웃었다. 선목 앞에 털썩 주저앉았다. 한 손에 든 초롱을 앞에 두고 품에서 옻을 꺼냈다.

우리나라 윷가락은 쪽이 네 개

말밭은 둘러서 다섯 점씩

신수가 사나운 땐 개가 도로 되고

운수가 터지면 모 길이 단숨이다[17]

"매월당이 윷놀이를 주제로 지은 한시라고 합니다."

"들은 적이 있습니다. 또 매월당은 윷놀이를 주제로 소설도 썼다고 하지요."

"잘 아십니다그려."

선비가 웃으며 윷을 바닥에 쳐 양손에 모아들었다.

"〈만복사저포기〉, 말 그대로 절에서 윷놀이를 하는 이야기입니다. 어느 날 양생이 절에서 부처를 상대로 윷놀이를 하며 자신이 이기면 배필을 만나게 해달라고 하였더니, 엉뚱하게도 부처는 혼백을 보내줬더라는 이야기지요. 우리도 여기서 윷을 놀며 공혜왕후의 혼백을 기다립시다. 혹시 압니까. 본래 이곳에 있었던 무계정사의 주인이 우리를 불쌍히 여겨, 선생이 그토록 원하는 공혜왕후의 혼백과 제가 눈이 빠져라 기다리는 한씨 낭자를 보내줄지, 뭣보다 이 허허벌판에서 윷놀이와 술주정 말고 할 것이 또 뭣이 있겠습니까!"

선비는 품에서 술병을 꺼냈다. 한 모금 들이켠 후 안소희에게도 권했다. 안소희는 선비를 따라 한 모금 길게 들이켰다가 눈을 번쩍 떴다.

"이건 무슨 술입니까?"

"맞춰보시지요."

"이화주가 생각나기도 하지만 그와는 전혀 다른 뭔가 향긋함이 입안에 감도는 것이 진달래로 담근 술 같기도 하고…… 도통 감이 잡히지가 않습니다!"

"일단 윷부터 놉시다."

선비가 웃으며 말했다.

"선생이 먼저 한 판 이기시면 술 이름을 알려드리겠습니다. 아니, 그 술을 병째 드리겠습니다."

"그렇다면 선생이 이기면요?"

"제가 이기면 후에 그림 한 폭을 그려주십시오."

"그림이요?"

"오늘 만날 한씨 낭자의 그림 말입니다."

"설마 제가 찾는 낭자와 같은 한씨 미녀는 아니겠지요?"

안소희는 선비의 말투를 흉내 냈다.

"그럴 리 있겠습니까? 자, 그럼 윷을 놀아볼까요?"

"좋습니다!"

안소희가 선비와 마주보고 앉았다.

"더불어 제가 풍문으로 들은 공혜왕후 혼백의 이야기를 들려드려도 되겠습니까?"

선비가 먼저 윷을 던지며 말했다.

"얼마든지 하십시오!"

안소희도 따라 윷을 던지며 물었다.

"저는 이곳 한양이 아니라 저기 멀리 전라감영에 나났던 공혜왕후 혼백의 이야기를 들려드릴까 합니다. 때는 바야흐로 공혜왕후 홍서 사흘 후였으니, 혼백을 목격한 이는 왕의 명을 받들어 전라감영을 찾은 분순어사 정훼였다 합니다. 정훼는 야밤에 우연히 공혜왕후의 혼백을 목격하고는 기절초풍합니다. 허나 아무리 생각해도 그 혼백의 자태가 너무나 생생하였기에 전라감영의 모든 미녀를 불러들이라고 명령을 해서 일일이 대면합니다. 이 중, 정훼가 목격한 혼백은 없었습니다. 정말 혼백이었나 생각할 즈음 한 가지 사실을 알게 됩니다. 관찰사인 이극균이 자신의 딸 한 명을 보이지 않았다는 것을 알게 된 것입니다. 별당아씨라 일컫는 이였지요. 정훼는 별당아씨가 문제의 혼백이 아닐까 짐작합니다. 더불어 그렇다면, 왜 이극균이 별당아씨를 숨겼나도 눈치챕니다. 공혜왕후가 돌아가시어 세간이 뒤숭숭한 이때, 그와 꼭 닮은 딸이 있다면 세간을 혼란스럽게 할 수 있기에, 대명률에 위반될까 두려웠겠거니, 한 것이죠. 그것은 정훼의 노림수와 딱 맞아떨어졌습니다. 본디 함경도를 순찰해야 할 정훼가 이곳 전라도를 찾은 것 자체가, 한명회 영감의 말을 받들어 이극균의 꼬투리를 잡기 위함이었으니깐요. 그리하여 정훼는 문제의 별당아씨의 얼굴을 확인하는데 그 정체는……"

선비가 갑자기 입을 다물었다. 마침내 처마 끄트머리에서 모습을 드러내기 시작한 달을 바라보느라 넋을 빼앗긴 듯했다.

"어서 이야기를 계속하시오."

안소희는 궁금증에 입이 말랐다.

"그래서 관찰사의 딸이 정녕 혼백의 정체였소? 그렇다면 전라감영에 가면 공혜왕후에 비견할 미녀를 만날 수 있단 말이요?"

"정녕 알고 싶으십니까?"

"뜸 들이지 말고 어서요!"

"그렇다면 알려드리지요."

달빛이 선비의 얼굴을 묘하게 빛냈다. 그 얼굴을 본 안소희는 생각했다.

이 선비야말로 귀신인가.

생각해보니 이 선비야말로 기묘했다. 월식과 함께 찾

아와 안소희의 경계를 풀고 공혜왕후의 혼백을 그리는 사연을 불게 했다. 그러더니 풍문으로 들었다는 공혜왕후 혼백 목격담을 술술 푼다.

대체 이 선비는 누구일까.

"마침내 정훼는 계집의 고개를 돌려 얼굴을 확인하였습니다. 그랬더니 그곳에서 모습을 드러낸 것은, 반 시진 전 정훼에게 제 젖가슴을 보이며 훌쩍이던 계집이었습죠. 이극균은 제 첩을 별당아씨라 칭해 숨겨두었던 것이었습니다."

"그, 그렇다는 것은. 잠깐만요. 그렇다면 그 혼백은!"

안소희가 말을 더듬었다.

"정녕 분순어사가 본 것은 공혜왕후의 혼백이었다는 말이 되는 것 아닙니까!"

"그렇지요. 실제 공혜왕후의 혼령이 그곳에 잠시 나타났던 겝니다. 무슨 까닭인지 백마를 타고 산발을 한 모습으로."

선비가 웃었다. 반달 같은 눈썹이 단아하게 구부러지는가 싶더니 갓 아래로 얼핏 보이는 이마가 은은히 빛났다.

안소희는 그 모습에 또 한 번 가슴이 두근거렸다. 당황하여 한 손에 들고 있던 옻을 바닥에 떨어뜨렸다.

"선생이 이기셨습니다."

옻이 떨어진 모양새를 본 선비가 웃었다. 소맷부리에서 술병을 하나 더 꺼내 내밀며 말했다.

"내 선생의 소원을 들어드려야겠군요. 그 술의 이름은 도화주입니다. 바로 눈앞의 복숭아나무가 피운 꽃으로 담근 술이지요."

도화주가 유명하단 말은 많이 들었다. 귀하기 짝이 없어 초여름이면 수량이 동난다 하였다. 그 도화주를 이런 한여름에 마시다니.

안소희는 술병의 표면에 적힌 글자를 읽었다. 멋들어진 한자로 적혀 있는 말을 해석하니 다음과 같았다.

현실은 꿈, 꿈은 현실이니

눈을 뜨고 보는 것은 눈을 뜨고 보는 것인가

눈을 감고 보는 것은 눈을 감고 보는 것인가

보이지 않는 것은 보이는 것을 부러워하나

보이는 것은 보이지 않는 것만 못하니 이 모든,

현실은 꿈, 꿈은 현실일지니

"방금 선생께 들려드린 이야기는 오늘 만나기로 한 낭자가 들려준 것입니다."

선비가 갑자기 갓을 벗으며 말했다.

"그 남자는 아까 이야기 속에 등장한 한명회의 둘째 딸로 올해 스물입니다. 세간에서 일컫길 공혜왕후라고 하지요."

선비는 허투루 묶은 상투가 흐트러져 산발하였다. 그대로 공중에 뛰어올라 선목에 올랐다. 복숭아나무 사이에 서서 안소희를 내려다보며 미소 지으니, 그 아름다움에 안소희의 입에서 절로 감탄사가 튀어나왔다.

"언월의 자태, 견천의 덕이로다……."

안소희는 정신이 혼미해졌다. 잠이 쏟아져 견딜 수 없어 손에 들고 있던 옻을 떨어뜨렸다.

후드득.

옻 떨어지는 소리에 맞춰 안소희의 턱이 떨어졌다. 안소희가 놀라 벌떡 일어나니 북악산 풍경은 어디로 가고 월산저택, 커다란 한 폭의 비단과 붓이며 물감만 앞에 있었다. 기묘한 선비도, 또 그 선비와 옻을 놓았던 절간도 어디론가 사라졌다.

설마 그 모든 것이 꿈이었던가!

아니, 꿈이 아니다.

안소희의 앞에는 선비가 주고 간 술병이 있었다.

현실은 꿈, 꿈은 현실이니

눈을 뜨고 보는 것은 눈을 뜨고 보는 것인가

눈을 감고 보는 것은 눈을 감고 보는 것인가

보이지 않는 것은 보이는 것을 부러워하나

보이는 것은 보이지 않는 것만 못하니 이 모든,

현실은 꿈, 꿈은 현실일지니

보이는 것은 보이지 않는 것만 못하다…… 아, 그런 것이었나. 그런 것이었던가.

안소희는 붓을 들었다. 힘차게 뻗는 필체에서 안소희는 직감했다.

금일, 아버지를 뛰어넘을 〈몽유도원도〉가 태어나리라.

설의 계산이 천추에 썩지 않고

김시습이 퍼뜩 눈을 떴다. 잠깐 자다 깬 줄로 알았는데 일어나보니 온몸이 땀으로 흥건했다. 9월에 들어섰으나 더위도, 가뭄도 가시지 않았다. 그리고 손에 든 두루마리의 글자는 더욱 끔찍했다.

새벽까지 수락정사로 날아든 〈몽유도원도〉의 찬시를 살피다 선잠이 들었다. 어찌나 내용이 고루하고 글씨가 치졸하기 짝이 없던지 두루마리만 들었다 하면 잠이 쏟아졌다.

"일산이 어디 갔느냐, 이놈 일산아."

김시습은 기지개를 켜며 방 밖으로 나왔다. 옆방 문을 활짝 열었으나 안에는 있어야 할 사람이 없었다. 이불도 잘 개켜져 있는 것이 한참 전에 나간 모양이었다. 김시습은 주변을 두리번거리며 계속해서 '일산'을 찾았다. 허나 아무리 해도 일산은 답이 없었다.

"보아하니 이놈 또……."

김시습은 혀를 차며 주변을 뒤졌다. 병풍 앞에 대충 던 져놓은 두루마리를 찾아 펼쳤다.

불도에 이르는 가장 좋은 길은 번뇌를 벗는 것이니

밖으로 이미 속세를 떠나고 안으로 이미 마음의 때를 벗었도다

앞서 도를 깨치고 결국 도원에 들었으니

도화의 계산이 천추에 썩지 않고 전하리라

"참으로 명필이로다. 이 몸 청한 말고 누가 또 이렇게 쓸 수 있을까!"

뻔뻔하게도 김시습은 스스로를 칭찬했다.

요즘 일산을 가르치다 보니, 김시습은 새삼 자신이 얼마나 잘난 인간인가 깨달았다.

인간 김시습 마흔 평생 이런 천치는 처음 보았다. 하늘 천天 따 지地 검을 현玄 누를 황黃 집 우宇 집 주宙, 일산은 이 쉬운 것을 읽다 꾸벅꾸벅 졸았다. 결국 김시습이 먼저 두 손 두 발 다 들었다. 월산에게 바칠 두루마리를 대신 적으며, 제발 시를 외우기라도 하라고 신신당부했다.

한데 고놈이 두루마리 읽기를 게을리하여 제 방에서 도망쳤다.

김시습은 일산의 방을 나와 뒤뜰로 향했다. 봉을 들고 날 듯 담장을 넘었다. 얼마 가지 않아 나타난 커다란 느티나무 앞에 섰다. 봉으로 나무 위를 쑤시자 갓 쓴 일산, 다른 이름으로 이비가 튀어나왔다.

이비는 그대로 땅에 떨어지는가 싶었으나 넘어지지는 않았다. 공중제비를 하여 날렵하게 무릎을 꿇고 앉았다.

"역시 그 선목이 최곤데……."

이비가 혼잣말을 중얼거렸다.

"이놈이 아직도 정신을 못 차리고는."

김시습이 봉으로 툭, 이비의 어깨를 쳤다.

"네놈 때문에 안소희가 무계정사에서 매일 밤 윷판을 벌인다는 소문이 장안에 파다하다."

안소희가 만난 혼백의 정체는 이비였다.

안소희는 우연히 무계정사에서 이비를 만난 후 매일 밤 몰래 무계정사를 찾았다. 지난 8월 15일 월식 날에 시작하여 금일, 9월 4일이 되었으니 스무 날째였다.

"안 간대도요. 절대로 안 간대도요."

"믿어도 되느냐?"

"정말이래도요. 저도 혹여 들통날까 조마조마하다고요."

"한시는 얼마나 외웠느냐?"

"지금 외우고 있었다고요! 한데 스승님이 건드려서……."

"읊어보거라."

이비는 입을 삐죽 내밀며 목소리를 가다듬었다.

불도에 이르는 가장 좋은 길은 번뇌를 벗는 것이니

밖으로 이미 속세를 떠나고 안으로 이미 마음의 때를 벗었도다

앞서 도를 깨치고 결국 입멸에 들었으니

설의 계산이 천추에 썩지 않고 전하리라[18]

"또, 또!"

김시습이 냅다 이비의 머리를 봉으로 때렸다. 이비는 비명을 지르며 눈을 치켜떴다.

"왜요!"

"입멸이 아니라 도원, 설이 아니라 도화라 몇 번을 일컫느냐! 도원에 들어 기쁘기 한량없고, 그 꽃이 천추에 썩지 않음이 진정한 무릉도원이 눈앞에 있음을 찬양하는 내용이라 이르지 않았더냐!"

"아!"

"아!는 무슨 아!를 찾아!"

김시습이 이비의 머리를 봉으로 노렸다. 이비는 잽싸

게 피했으나, 김시습은 피하는 이비의 다리를 한쪽 발로 툭 차서 쓰러뜨렸다. 이비는 그대로 엉덩방아를 찧으며 김시습을 노려보았다.

"아파요!"

"아프라고 치지 그러면 이놈아, 편하라고 치겠느냐?"

김시습이 또 한 번 봉을 휘둘러 이비의 머리를 쳤다.

"어쩌면 이리 모자랄꼬. 대체 네놈은 누굴 닮은 게냐. 네놈 조상 중에 너처럼 머리가 딱딱한 놈은 없었다."

"그만하라고요!"

"도원, 도화! 도원, 도화! 도원, 도화!"

김시습은 구령 대신 시의 구절을 읊으며 '도'에 맞춰 봉으로 이비의 머리를 두들겼다.

"글쎄, 안다고 하잖아요!"

이비가 못 참고 달려들었다. 김시습의 품으로 파고들 어 팔꿈치로 명치를 공격했다.

"한시를 지으라 했더니 못 한다!"

김시습은 뒤로 한 발짝 물러나며 팔꿈치를 피했다.

"천하에 둘도 없을 천치라 천자문도 못 외운다! 그렇다 면 차라리 시를 외워라 하였더니만!"

바로 한 발짝 앞으로 나서며 손날로 이비의 머리를 노 렸다.

"알아들었다고요! 〈몽유도원도〉에 찬시를 적는 공을 세워라! 그 연줄을 이용해 양반으로 복권되고 박비를 사노비로 받아라, 이거잖아요!"

이비가 잽싸게 피했다. 공중으로 날아올라 발차기했다.

"작은 실수라도 하면 어찌 된다 하였느냐!"

김시습은 이비의 발을 손바닥으로 감싸듯 막더니 그대로 발목을 잡아 바닥에 패대기쳤다.

"삼족을 멸하라는 명을 지키지 않았다는 죄로 이번에야말로 참수를 당할 것이다! 네놈이 남장한 계집인 데다 박팽년의 여식이다, 그 사실을 알면서도 이극균이 수양딸로 삼았다는 사실이 알려지면, 네놈뿐만 아니라 이극균의 집안도 모두 용서받지 못할 것이다! 한데도 네놈은 그렇게 맘껏 입을 나불댈 것이냐!"

"안다고 했잖아요!"

이비는 지지 않고 벌떡 일어났다. 그대로 다시 한번 몸을 돌려 주먹을 쳤다.

"결코 망언하지 않을 겁니다!"

김시습은 손바닥으로 이비의 주먹을 막았다.

"'결코'로는 부족하다."

김시습은 아무런 타격도 받지 않은 듯 가볍게 이비의 주먹을 감싸며 말했다.

"목이 잘리고 싶지 않다면 죽을 각오로 임하거라."

김시습이 〈몽유도원도〉에 관여하게 된 것은 얼마 전의 일이다. 김시습은 월산이 새로운 〈몽유도원도〉를 그리는 일로 심려가 크다는 이야기를 듣고는, 옳다구나 하고 냅다 월산저택을 찾았다.

김시습이 월산저택을 찾은 날도 월산은 홀로 방 안에 앉아 〈몽유도원도〉를 바라보고 있었다. 매일 야행을 하고 비단을 들고 우왕좌왕, 수상한 작자들과 만난다는 풍문이 돌던 안소희가 마침내 그림을 완성해 바쳤다. 문제는 그 그림의 형태였다.

이 그림을 어찌한다.

월산은 한숨이 절로 나왔다. 누군가 조언을 구할 상대가 필요하다, 한참 생각할 때 문밖에서 계집종의 목소리가 났다.

"매월당이 뵙기를 청합니다."

월산은 별 희한한 일이 다 있다 싶었다. 김시습이라면 조정을 기피하기로 으뜸이라는 광인이었다. 그런 이가 조정의 큰어른으로 통하는 월산을 찾다니, 무슨 일일까.

월산은 〈몽유도원도〉를 힐끔 본 후 한쪽으로 치웠다. 세워두었던 거문고를 다시 무릎에 눕힌 후 계집종에게 김시습을 들라 하라고 일렀다.

김시습이 온다면 거문고를 꺼낼 수밖에 없었다. 그의 한시와 거문고의 음색은 참으로 잘 어울릴 테니. 허나 다음 순간 모습을 드러낸 김시습을 보고, 월산은 거문고를 슬그머니 밀어버렸다. 저도 모르게 코를 쥐며 생각하였다.

역시 김시습은 광증인가.

김시습이 다섯 살 때 세종을 감탄시켰다는 이야기는 유명했다. 허나 나이가 들며 천재성이 빛을 바랬다, 과거에 떨어져 미치광이가 되었다는 소문이 세간에 파다했다.

월산은 소문을 귓등으로 흘렸다. 범인凡人이 천재를 질시해 한 이야기라 여겼다. 하지만 직접 김시습을 보니 소문을 인정할 수밖에 없었다. 김시습은 비루하기가 10년 굶은 거지의 낯짝에 몸에서 풍기는 냄새는 십 리 밖부터 코를 쥐게 했다.

월산은 김시습과 풍월을 나눌 생각이 싹 가셨다. 어서 볼일을 보고 물러가게 하고 싶었기에 퉁명스럽게 물었다.

"그래, 무슨 일로 날 찾았는가?"

"귀한 물건을 하나 구했기에 찾아뵈었습니다."

"귀한 물건이라?"

김시습이 품에서 두루마리 하나를 꺼냈다. 계집종이 받아 월산에게 건넸다. 월산은 여전히 한 손으로 코를 쥔 채 다른 손으로 두루마리를 폈다가, 너무 놀라 코를 쥔 손을 뗐다. 이 두루마리를 보려면 양손이 필요했다.

시서화 삼절은 안평대군의 것이 유명하다. 그중에서도 안견의 그림과 안평대군의 서, 수많은 찬미시로 가득했던 〈몽유도원도〉는 그 이름처럼 꿈에서나 볼 수 있는 삼절로 남았다. 눈앞의 삼절은 그러한 〈몽유도원도〉 못지않았다.

월산은 양손으로 두루마리가 구겨질 정도로 세게 잡고 뚫어져라 들여다보다가 소리쳤다.

"대체 이 삼절은 무엇인가!"

"안평대군이 희우정에서 달맞이를 할 때의 그림입니다. 성삼문과 신숙주가 찬문을 넣고 안견이 그림을 그렸지요. 이름 붙이길 〈임강완월도〉라 하옵니다."

"매월당은 어찌 이 귀한 물건을 구했는가?"

"전라도 관찰사 이극균이 명에 다녀올 때에 구했습니다. 꼭 월산대군께 드리라 신신당부를 하여 이리 가져왔습니다."

"참으로 감사한 이야기입니다."

월산이 처음으로 김시습을 존대하였다.

"내 성왕께 상을 내리라 이르겠어요."

"그것도 감사합니다만…… 그보다 청이 있습니다."

김시습이 계집종을 힐긋거린 후 무릎걸음으로 다가왔다. 얼굴이 닿을 듯 가까이 왔다. 지독한 냄새 탓에 월산은 저도 모르게 움찔하였다. 허나 그다음 이어질 김시습의 말에 비하면 지금 움찔한 것은 아무것도 아니었다.

"대군께서 새로운 〈몽유도원도〉를 만드신다 들었습니다. 하여 소생도 그에 몇 글자를 덧붙이고 싶습니다."

"당연히 허락하지요!"

월산이 함빡 웃었다.

"매월당이 일필을 가한다면 바랄 게 무엇 있겠습니까!"

계유정난이 일어나 안평대군이 사사된 지 스무 해가 넘었다. 허나 여적 안평대군을 떠올리는 것만으로도 지레 겁을 먹었다. 〈몽유도원도〉도 마찬가지였다. 왕의 윤허는 오래전에 받았다고[19] 말해도 소용없었다. 하나같이 대명률에 위반된다는 핑계를 대며 달아났다. 이런 상황에서 김시습이 유려한 한시를 적는다고 한다면, 당연히 환영이었다.

"그리고 소생이 한 가지 드릴 말씀이 있습니다."

김시습은 월산이 웃음을 그치기까지 기다렸다가 다시 입을 열었다. 그 이야기를 들은 월산은 더욱 크게 웃으며 무릎을 쳤다. 김시습의 제안은 지금껏 해온 월산의 모든 고민을 해결하고도 남을 만큼 명안이었다.

김시습의 복안은 월산이 직접 여는 풍류회였다. 조정의 큰어른이 직접 많은 사람을 초청하면 쉽사리 〈몽유도원도)를 완성할 찬시를 모을 수 있으리라 하였으나, 결과는 초라하기 짝이 없었다.

상다리가 부러져라 준비한 주안상 앞에는 고작 세 명의 선비가 듬성듬성 앉아 있었다.

월산은 영 못 미더운 표정으로 옆에 앉은 김시습을 바라보았으나, 김시습은 아랑곳하지 않았다. 감히 월산이 보는 앞에서 방귀를 뿡뿡 뀌고 한 손으로 엉덩이를 북북 긁으며 몇 안 되는 선비들에게 소리쳤다.

"장자가 일컫기를 꿈은 영혼의 교유요 삶은 형체의 틈이라 하였으니, 오늘 또 하나의 꿈이 우리의 곁에 찾아왔음이요. 하여 꿈을 논하고 그림을 찬미하고자 이 무명의 정자에서 풍월을 읊고자 청하니, 지금부터 보일 그림 한 폭에 각기 한마디씩 읊으면 나 청한자가 그 점수를 매기겠소."

김시습이 정자의 높다란 천장을 향해 봉을 올렸다. 그곳엔 언제 걸어놓았을지 모를 보자기가 있었다. 매월당이 봉으로 보자기를 걷어 정자 밖으로 날리자, 비단에 그린 그림이 모습을 드러냈다.

한 선비는 부채질을 하다 부채를 놓쳤다. 다른 선비는 다문 입에 음식을 넣겠다고 허공에서 젓가락질을 하며 뚝뚝 떨어뜨렸다. 세 명의 선비 중 오직 한 명, 입구 근처에 앉은 선비만이 아무 반응이 없었다. 부채 사이로 얼굴을 숨기고 있던 선비는 게슴츠레 뜬 눈으로 그림을 바라볼 뿐이었다.

안소희는 제 아버지 안견과 달리 산수화엔 재능이 없고 인물화만 재능이 빼어나다 소문이 나 있었다. 그렇기에 분명 안소희가 그린 〈몽유도원도〉에는 인물이 그려졌으리라 여겼건만, 눈앞에 펼쳐진 그림 어디에도 인적은 없었다.

안견이 그린 〈몽유도원도〉에는 안평대군과 박팽년, 신숙주와 최항의 이야기가 있다고 하던데 이 그림에는 그 누구도 그려지지 않았다니 어째서인가. 월산대군은 꿈속에서 누구도 만나지 못했나?

"다들 왜 그림 속에 사람이 없는가 궁금하실 게야. 어째서일 것 같은가? 이 연유를 짐작하는 이가 있는가?"

월산은 차례로 세 선비와 눈을 마주쳤다. 두 선비는 그 시선을 슬그머니 피했으나, 부채로 얼굴을 숨긴 선비는 달랐다.

"이 빼어난 한 폭의 경치를 보며 상상하는 편이 본래의 모습에 훨씬 가까울 것이라 여겼기에 화가는 그 누구도 화폭에 등장시키지 않았겠지요."

"정답이다. 그 까닭 그대로 안소희는 그림에 인물을 넣지 않았다. 정확히 말하자면 내 분부가 아니라 여기 있는 매월당의 재치였지. 또 매월당 때문에 발문도 아직 짓지 않았음이야. 발문 역시 매월당에게 맡기기로 하였거든."

"매월당이 발문을 적는다고요?"

"허나 이 그림은 월산대군의 꿈에 기인하였는데 어찌 발문을 매월당이……."

꿀 먹은 벙어리가 되었던 두 선비가 차례로 다시 입을 열었다.

"그것이 오해란 말일세. 이것은 내가 꾼 꿈 이야기가 아니야."

"허나 〈몽유도원도〉라고 하면 보통……."

선비는 말을 잇지 못했다. 월산은 그 뒤에 들어갈 말을 이미 알고 있었다. '안평대군의 꿈에서 시작된 삼절인데' 라고 말하려는 것이리라.

"그렇다는 말은 이건 단순한 그림……."

다른 선비가 혼잣말을 중얼거렸다. 얼굴이 눈에 띄게 밝아졌다. "차, 찬시를 한 수 읊고 싶습니다!"라고 소리쳤 다. 그 말에 다른 선비도 지지 않고 찬시를 읊겠다 나섰다.

월산은 고개를 끄덕이며 정자 입구를 흘깃거렸다. 수 수께끼를 푼 선비의 반응을 보려 하였으나, 선비는 이미 사라지고 없었다.

이후 하루가 멀다고 찬시가 도착했다.

월산은 이로써 쉽게 문제는 해결되었다고 여겼다. 한데 또 다른 골칫거리가 생겼다. 찬시의 질이었다. 내용이 그럴듯하다 싶으면 졸필이었다. 반대로 필체가 훌륭하면 내용이 텅 비었다. 좋은 것도 왕희지를 그대로 베꼈을 뿐이다. 안평대군의 〈몽유도원도〉 삼절에는 턱없이 부족했으니 이것을 어찌 왕에게 보일까 월산은 골머리를 앓았다.

갑갑한 마음에 월산은 거문고를 잡았다. 마음이 탁하니 잡음만 났다. 번잡한 마음은 현조차 제대로 튕기지 못했다.

"또 한 분 시를 들고 오셨습니다."

그때 계집종이 달려와 고하였다.

"누구라더냐."

"밝히지 않으십니다. 돌아가시라 할까요?"

"됐다. 모시거라."

월산은 계집종의 종종걸음 치는 뒷모습을 보며 생각했다.

또 훈구파의 인물인가.

지난 며칠간, 훈구파에 속한 이들이 비밀리에 왔다 갔다. 단지 〈몽유도원도〉를 보고 싶어 들렀다고 말하기엔 불안했다. 혹여 그쪽의 수장이라고 할 수 있는 한명회의 지시로 온 것이 아닐까 싶었으나, 월산의 지나친 생각이었다.

그들은 진심으로 그림을 찬미했다.

특히 영의정이 그러했다.

영의정은 보자마자 무릎을 꿇었다. 그림을 향해 절한 후 울었다. 즉석에서 찬시를 적어 내밀며 "이것으로 조금이나마 안평대군이 평안하시길……." 하고 나직이 속삭였다. 유려한 필체와 감탄할 만큼 멋진 한시를 내밀었다.

허나 영의정은 자신의 낙인을 찍지도, 이름을 밝히지도 않았다.

물론 월산은 영의정의 이름을 알았다. 결코 모를 수 없는 이름이었기에 말없이 그의 시를 첩했다. 오랜 시간 흐른 후에 그 이름을 밝힐 수 있기를 기대하며.

얼마 지나지 않아 두 명의 무관이 작달막한 선비 한 명을 데리고 나타났다. 월산은 다시금 거문고를 뜯으며 선비를 살폈다.

젊다. 결코 조정에서 본 이는 아니다. 허나 어딘지 모르게 낯이 익다. 어디서 보았을까.

선비가 웃었다.

월산은 웃음 띤 눈매 덕에 선비의 정체를 눈치챘다. 풍류회의 선비였다. 그림에 인적이 없는 이유를 맞히고 홀연 모습을 숨긴 선비였다. 월산은 가슴이 설렜다. 어쩐지 저 선비라면 마음에 차는 찬시를 바칠 것만 같은 예감이 들었다.

월산이 다시 거문고를 튕겼다. 처음으로 마음에 드는 음색이 나왔다.

선비는 거문고 소리에 맞춰 정자에 올랐다. 일전과 마찬가지로 월산에게서 가장 멀리 떨어진 입구 근처에 고개를 조아리고 앉았다.

"대군께옵서 강녕하셨습니까."

월산은 대답 대신 거문고를 튕겼다. 겨우 맑아진 거문고의 음색을 손에서 놓을 수 없었다.

"송구합니다."

선비는 월산이 대답하지 않는 것을 다른 쪽으로 해석한 모양이었다.

"소생이 가진 미천한 지식을 정리하느라 한참 시간이 걸렸습니다."

선비가 두루마리를 꺼냈다.

월산이 계집종을 바라보자, 계집종이 두루마리를 가져와 월산에게 바쳤다. 월산이 두루마리를 폈다.

불도에 이르는 가장 좋은 길은 번뇌를 벗는 것이니

밖으로 이미 속세를 떠나고 안으로 이미 마음의 때를 벗었도다

앞서 도를 깨치고 결국 도원에 들었으니

도화의 계산이 천추에 썩지 않고 전하리라

　지난 며칠간 끊임없이 왕희지를 고대로 쏙 빼닮은 글씨만 보아 질렸다. 한데 이 필체는 뭔가 달랐다. 왕희지를 닮았으나 그 획을 나누는 기이한 빠름과 느림엔 자신만의 독특한 느낌이 있었다. 자유분방하지만 결코 지나치진 않으니 매월당에 비할 정도였다. 하물며 그 내용은 어떠한가. 이토록 무릉도원의 아름다움을 멋들어지게 찬미한 시는 처음이다.

　한데 뭔가 마음에 걸렸다. 이 한시가 어딘지 모르게 낯이 익었다.

　"이 시를 정녕 자네가 썼느냐?"

　"그러합니다."

　"어디 소리 내 읊어 보시게."

　선비가 그 말을 따랐다.

불도에 이르는 가장 좋은 길은 번뇌를 벗는 것이니

밖으로 이미 속세를 떠나고 안으로 이미 마음의 때를 벗었도다

앞서 도를 깨치고 결국 입멸에 들었으니

월산은 선비의 시 낭송이 끝나고도 한참 동안 꿈쩍도 하지 않았다. 두루마리를 든 손을 덜덜 떨다가 마침내 그대로 들고 벌떡 일어났다. 두루마리를 바닥에 던지며 소리쳤다.

"네놈, 나를 능멸할 셈이냐? 무슨 생각으로 내 앞에서 감히 안평대군의 유언을 읊었느냐?"

이 시는 안평대군이 죽기 전 읊었다 전해지는 시였다. 사내는 그 시를 교묘하게 바꿔 〈몽유도원도〉의 찬시라며 읊었다.

"〈몽유도원도〉에 걸맞기 때문입니다."

"이 시가 〈몽유도원도〉에 걸맞다고? 여봐라, 검을 가져와라."

"검이요?"

계집종이 당황했다. 멍청히 월산만 올려다보았다.

"네년 목부터 잘라주랴?"

계집종이 당황해 달려갔다. 얼마 후 무사들과 함께 나타났다. 무사 중 한 명이 월산에게 장검을 바쳤다.

월산이 검을 칼집에서 뽑았다.

"이 칼날 앞에서 다시 한번 말해보거라."

선비의 갓 위로 검을 대며 말했다.

사내는 여전히 고개를 숙인 채였다. 가만히 그저 땅바닥만 바라보다 다시 입을 열었다.

"무릇 도원이라 하면 모든 번뇌를 벗어야만 갈 수 있는 신선의 영역으로 아룁니다. 하여 티끌과 마음의 때를 벗어야만 갈 수 있는 곳이니, 그곳에 갈 수 있는 이는 혼백으로 보입니다. 이 그림은 그렇듯 혼백이 되어야만 갈 수 있는 이상향을 이야기하는 듯하였기에, 소생은 입멸이라 읊었나이다."

"삼행의 설명은 그럴듯하구나. 그렇다면 설의 계산이 천추에 썩지 않는다, 마지막 행은 어찌 해석하려 듦이냐?"

정말 이러다 목이 잘리게 생겼다.

이비는 진땀이 났다. 그렇게 김시습에게 신신당부를 들었건만 결국 잘못 읊었다. 월산대군은 분노하여 검을 뽑아 들었다.

아버지와 의붓형제들, 심지어는 얄미운 이씨 부인의 얼굴마저 어른거렸다. 그들이 자신 때문에 멸문당한다면 어찌해야 하는가.

박비라면 어떻게 했을까.

어떤 수를 써서 이 상황을 빠져나갔을까.

이비는 박비가 했던 말을 떠올렸다.

'인간이란 본래 비겁한 존재입니다. 인간은 겁을 주고 막말을 하는 사람을 두려워 공경합니다. 아씨께서는 지금부터 어딜 가더라도 이 사실을 잊지 마십시오.'

이래도 저래도 잘릴 목이라면, 오라비 말대로 한번 해 보자.

이비는 눈을 질끈 감고 평소 마음에 있는 생각을 내뱉었다.

"이는 무릉도원의 아름다움을 논한 것입니다. 설은 눈을 말합니다. 자고로 만년설은 이 세상에 존재하지 않습니다만 이 그림 속 풍경은 이 세상의 것이 아니니 그 아름다움을 측량할 바 없습니다. 하여 그 설이 결코 천추가 흐르더라도 녹을 리 없으니 그 음률을 즐기고자 녹지 않는다, 대신 썩지 않는다고 보았습니다."

"네놈은 정녕 이 시를 그리 해석하였느냐?"

"안평대군께선 그런 의미로 말씀하셨을 것입니다. 안평대군께서는 죽는 순간까지 그 누구를 원망하지 않으셨을 것입니다. 그분은 그런 분이시기에 마음속 무릉도원을 그리라 하셨을 것입니다."

"가소롭기 짝이 없구나."

월산은 웃었다.

"노여우셨다면 송구하옵나이다. 손에 흙을 묻힌 지 오래되어 제가 세상을 몰랐습니다."

"손에 흙을 묻혔다니 무슨 뜻이냐?"

이비는 대답하지 못했다.

"네놈은 대체 누구냐?"

"박일산이라 하옵니다."

"누구에게 글을 배웠느냐?."

"매월당이 제 스승입니다."

"매월당이라."

월산은 칼을 거뒀다. 정자 밖 땅바닥에 던졌다. 무사가 칼과 칼집을 거뒀다. 조심스레 칼을 칼집에 넣고 양손에 받쳐 들었다.

"박일산이, 본관은 어디냐."

"순천 박씨입니다."

"순천 박씨라고 하면……."

월산은 바로 떠오르는 인물이 있었다. 사육신 때 삼족을 멸한 박팽년, 그가 바로 순천 박씨가 아니던가.

"모두 물러가거라."

월산이 정자 아래를 향해 말했다.

계집종과 무사들은 그 말에 고개를 들었다. 잠시 서로를 바라보며 영문을 모르겠다는 표정을 지었으나 이내 고개를 조아렸다.

"고개를 들어라."

발소리가 잦아지자 다시 월산이 입을 열었다.

이비는 결코 고개를 들지 않을 듯 바들바들 떨었다. 그저 몸을 숙인 채 있었다.

"손이 가는 녀석이로군."

월산이 한쪽 다리만 무릎을 꿇고 앉았다. 이비의 턱을 받쳐 천천히 그 얼굴을 들게 하였다.

이비가 얼굴을 들었다. 월산과 정면으로 바라보았다.

월산의 얼굴을 마주보면 사람들은 늘 같은 반응을 보였다. 할 말을 잃고 얼굴이 벌게졌다. 말마저 더듬다 덜덜 떨며 고개를 바닥에 처박고 "송구하옵나이다!"를 몇 번이고 반복했다. 월산의 빼어난 용모 탓이었다.

이런 월산을 보고 놀라지 아니한 자가 바로 매월당 김시습이었다. 김시습은 월산에게 먼저 다가왔다. 앞에 앉아서는 싱글벙글하며 꾀를 냈다. 좋게 말하면 담대하고 나쁘게 말하면 간이 배 밖으로 나왔다.

그런 월산과 이비가 서로를 마주보았다. 그런데 먼저 시선을 피한 것은 월산이었다. 지금껏 많은 이들이 월산의 얼굴을 보고 얼굴이 벌게졌듯이 이번엔 월산이 이비의 얼굴을 보고 당황하였다. 고개를 돌리고 어쩔 줄 몰라 하였다. 이비의 얼굴이 아우가 꿈에도 그리워하는 이를 빼닮은 탓이었다.

"대군나리……?"

이비가 조심스레 입을 열었다.

월산대군은 이비의 말에 정신을 차린 듯 퍼뜩 표정을 바꿨다. 이비의 턱을 받친 손을 내리고 벌떡 일어섰다. 뒤를 돌아보더니 뒷짐을 졌다.

"박일산이…… 내일은 무엇을 하느냐?."

"내일……요?"

"그래, 내일. 무슨 약조가 있느냐?"

"그런 건 아닙니다."

"그렇다면 함께 매사냥이라도 가지 않겠느냐?"

이비는 어떤 대답을 해야할지 난감했다. 이것이 정녕 김시습이 생각한 미래인지, 아니면 자신이 상황을 그르친 것인지 알 수 없는 탓이었다.

"싫으냐?"

"아, 아닙니다. 저도 매를 기릅니다."

"네가 매를 기른다고?"

아차.

이비는 어디까지나 초야에 묻힌 선비여야 했다. 김시습이 그 점만큼은 신신당부했다. 허나 이미 늦었다. 월산대군이 바로 다시 몸을 돌렸다. 매우 흥미롭다는 표정을 지으며 이비에게 다가와 물었다.

"네 매는 이름이 무엇이냐."

"부리라 하옵니다."

"그 이름처럼 부리가 단단한 놈이더냐?"

"그 부리가 아니라, 눈이 커다란 것이 부리부리하여 부리라 지었습니다."

"네 녀석은 한시뿐만 아니라 이름도 참 재미나게 짓는구나."

월산대군이 처음으로 웃었다. 그 웃음을 본 이비는 조금 안심했다. 더불어 월산대군의 웃는 모습은 어딘지 모르게 전라감영에 두고 온 두 오라비를 닮기도 하여 이비는 약간 슬픈 표정을 지었다.

세후오라비도, 세건오라버니도 내 걱정을 많이 하실 텐데.

"내가 뭔가 언짢은 말이라도 했느냐?"

월산이 건넨 따뜻한 말에 이비는 그만 눈가에 눈물이 고였다. 그 모습을 본 월산의 눈이 더욱 동그래졌다. 다시 한번 무릎을 꿇고 앉아 오른손을 들어 이비의 얼굴에 갖다댔다. 엄지손가락으로 눈물을 훑으며 속삭였다.

"왜 울고 그러느냐?"

너무나 다정한 목소리. 게다가 가까이서 본 그 얼굴은 두 오라비가 아니라 또 다른 누군가를 닮았다. 언제나 가슴에 품고 다니는 화살의 주인, 박비를.

"어찌 그러느냐?"

월산은 당황하여 이비의 얼굴을 감쌌다. 눈물을 한 손으로 훔쳤다가 자리에서 벌떡 일어났다가 사람을 부를까 어쩔 줄 몰라 했다.

계집이었다면 품에 안아줬으리라. 그대로 머리를 쓰다듬고 달랬으리라. 사내의 눈물은 어찌 그쳐야 할까. 월산은 어쩔 줄 몰라 하다 문득 거문고를 봤다.

그래, 거문고가 있었다.

아우가 울면 언제나 거문고를 튕겼다. 그러면 아우는 미몽에서 깨어난 듯 아주 조금이나마 미소 지었다.

월산은 거문고를 안았다. 온 신경을 곤두세우고 그 현을 차례로 튕겼다.

이비가 반응을 보였다. 얼마 지나지 않아 눈물을 그쳤다. 월산은 안도했다. 조금 여유 있게 현을 다루며 눈 감은 이비를 바라보았다.

그 모습에서 아우를 찾았다.

분명 저런 표정으로 눈앞에 앉아 음악을 들었었다. 아직 이 나라의 왕이 아닌 사랑스러운 어린 동생일 때, 아우는 월산의 거문고를 얼마나 좋아했던가.

허나 이제 그때의 아우는 없다. 지금 남은 것은 언제나 미몽에서 헤어나오지 못하는 껍데기뿐이다.

아우야.

거문고를 튕기는 월산의 손에 힘이 들어갔다.

그 순간 거문고의 현이 끊어졌다.

월산의 손에서 피가 배어나왔다.

이비는 정신을 못 차리고 울었다. 머릿속 가득 지리산에 두고 온 박비의 얼굴이 떠올라 참을 수 없었다.

한 손에 칼을 든 채 피투성이가 된 박비는 혼백마저 잃은 표정으로 이비를 보며 말했다.

난 괜찮다.

이비는 다짐했다. 매일같이 화살을 쓰다듬으며 그를 구하겠다고 약조했다.

허나 지금 이비는 한양에 와서 무엇을 하고 있는가.

남장을 하고 풍월을 읊는다. 매사냥을 간다. 이러는 사이에도 박비의 시간은 흐르고 있다. 조금만 더 지났다간 박비는 죽어버리고 만다.

어쩌면 좋지.

오라비가 죽으면 나는 어쩌면 좋아.

그때 귓가에 거문고 소리가 났다. 이비는 서서히 고개를 들었다.

저 앞, 월산대군이 자리에 앉아 거문고를 튕기고 있었다. 인상마저 쓰고 땀을 뻘뻘 흘리며 거문고를 튕겼다.

이비는 그 모습을 넋을 잃고 바라보았다.

지금껏 단 한 번도 저리 생긴 사람을 보지 못했다. 이비가 아는 모든 이는 하나같이 얼굴이 새까맣고 온몸은 돌처럼 단단하였다. 하지만 가까이서 본 월산대군의 얼굴은 하얗다 못해 창백했다. 손가락 역시 부드럽기가 복사꽃잎 같았다.

오라비가 저런 인생을 살았다면 얼마나 좋았을까.

눈을 감고 잠시 그려보았다.

상처투성이가 된 양손이 아닌 부드러운 손의 박비를, 피투성이 검을 품지 않아도 되는 뽀얀 얼굴의 인생을.

이비는 안정을 되찾았다. 행복한 박비의 얼굴에 눈물을 멈출 수 있었다. 그런데 갑자기 거문고 소리가 끊겼다. 이비가 눈을 떴다. 월산대군의 손끝에 묻은 피를 봤다. 이비는 무의식적으로 자리에서 일어났다. 다가가 월산의 손을 잡고 입술을 댔다.

"이러면 금방 낫습니다."

"이런 건 어찌 알지?"

"오라…… 형님이 한 분 계십니다. 그 형님이 다쳤을 때 이리 치료해드리곤 했어요."

"혹여 내가 그 형님과 닮았느냐? 그리하여 형님 생각에 울었더냐?"

"어찌 물으십니까?"

"네가 아까 날 보며 울었기 때문이다."

이비는 대답하지 못했다. 손에서 그 입술을 떼고 고개를 돌렸다.

다시, 울음이 나올 것 같았다.

월산이 그런 이비를 빤히 바라보았다. 나직이 덧붙였다.

"자네 같은 아우가 있다니 그 형님은 참으로 행복하시겠어."

이비는 고개를 돌렸다. 월산을 똑바로 올려다보았다. 그리고 조금 전 자신이 그러했듯이 눈가에 고인 눈물을 발견했다.

왜 이 사람은 울고 있을까.

"자네, 내일 약속은 괜찮은 것이지?"

월산이 말을 돌렸다.

"네? 아, 그게……"

"꼭 다시 보았으면 좋겠다."

월산은 이비에게 다시 한번 강하게 말했다.

"자네의 형님과, 내 아우를 위해서 꼭 다시 보았으면 좋겠다."

"그러하겠습니다."

이비는 저도 모르게 대답했다.

"반드시 분부 받들겠습니다."

짝을 잃은 원앙새여

이비는 전전긍긍하며 수락정사로 돌아갔다. 시를 잘
못 읊은 일을 안다면 김시습이 불같이 노할 게 뻔했다. 게
다가 그 결과로 내일 매사냥까지 가게 되었다고 한다면
대체 무어라 할지. 이비는 김시습에게 무어라 변명을 해
야 할까 고민을 하며 계단을 모두 올랐다. 한데 김시습이
마루에 없었다. 평소라면 발 닿는 곳마다 놓인 벼루에 붓
을 뻗어 뭔가에 홀린 사람처럼 한시를 적고 있을 시간이
건만 별일이었다.

이비는 뒤뜰에서 김시습을 발견했다. 김시습은 담을
넘어 들어온 복숭아나무를 바라보며 시를 읊고 있었다.

칼이 번쩍 창이 번쩍 이 나라 싸움터에

구슬처럼 깨어졌네 꽃잎처럼 떨어졌네

짝을 잃은 원앙새여

흩어진 이 해골을 뉘라서 묻어주랴

피 묻어 놀란 넋이 말하자니 바이없어

무산의 선녀 되어 고당에 내 왔더니

만나자 또 이별에 마음 서러워하노라

이제 한번 갈라지면 가는 길 더욱 멀어

저승과 이승 간엔 소식조차 없으리[21]

  그 모습이 평소와 달랐다. 김시습은 금세라도 눈물을
흘릴 듯하여 이비는 감히 말을 시키지 못했다.
  "왜 이렇게 늦었더냐."
  김시습이 먼저 이비를 눈치챘다.
  "그, 그냥 이 이야기 저 이야기 하느라 늦었습니다."
  "혹여 실례라도 한 것은 아니겠지?"
  "그렇지 않아요! 거문고를 타주셔서 들어드리느라……."
  "월산이 거문고를 탔다……."
  "내일 북악산으로 매사냥을 가자고도 하셨고요."
  김시습은 이비를 바라보지 않았다. 눈앞의 나무에 시
선을 고정한 채 고개를 끄덕였다. 다가오더니 평소와 전혀 다른 얼굴로 이비를 바라보았다.

"몸조심해라."

저고리 섶에서 술병을 꺼내 단번에 들이켜더니 말했다.

"만약 실수한다면 오늘 이 밤이 너의 생애 마지막 날이 될지도 모르니."

김시습은 이비가 실수한 사실을 모르는 것 같았다. 아니라면 저리 담담한 반응을 보일 리 없었다. 아니, 어쩌면 반대로 모두 알고 티를 내지 않는 것일 수도 있었다.

예상치 못한 반응에 이비는 생각이 더 많아졌다. 내일은 또 어떻게 해야 하나 끙끙 앓다가 잠이 들었더니 새벽같이 눈이 떠졌다. 바로 마당으로 나갔다. 김시습에게 어제 있었던 일을 솔직하게 털어놓을 셈이었다. 하지만 김시습의 꼴을 보고 포기했다.

김시습은 마루에서 밤을 새운 모양이었다. 술병을 끌어안은 채 게슴츠레하게 눈을 뜨고 발가락으로 붓을 쥔채 허공에 뭔가를 적는 시늉을 하고 있었다. 고주망태는 아무런 도움이 되지 않는다. 인사불성이 된 김시습은 더욱 그랬다.

이비는 혼자 알아서 잘해보기로 했다. 혼자 알아서 잘하는 게 뭔지 모르겠다는 게 문제이긴 했지만 기합을 잔뜩 넣는 수밖에 없었다.

그렇게 찾은 북악산, 아무 일도 일어나지 않았다. 날은 좋고, 바람은 쾌청했으며, 월산대군은 친절했다. 이비는 괜히 지레 겁을 먹었나 싶었다.

　"부리!"

　이비가 소리치며 팔을 들자 당장 부리가 팔에 내려앉았다. 월산은 그런 이비를 보며 박수를 쳤다.

　"문무 모두 빼어나구나."

　"별것 아닌 잔재주입니다."

　"이것도 그 형님 덕인가?"

　"그렇지요, 아무래도."

　"한데 복장은 왜 그러한가?"

　"이 복장이 어때서요?"

　"어디로 봐도 양반 같지 않으니 하는 말이다."

　두루마기는 벗어던졌다. 평량자에 저고리 바지 차림으로 왔더니 첨엔 무사들이 경계해 이비를 들이지 않으려 했다. 월산대군이 알아보지 못했다면 그대로 돌아갈 뻔했다.

　"양반이 아니니까요."

　"뭐라?"

　"이것 보십시오!"

　이비가 말 안장 위에서 펄쩍 뛰어올랐다. 공중제비를 돌고는 거꾸로 안장을 짚고 섰다.

"이 모습이 어디 양반으로 보입니까?"

"대체 그런 기술은 어디서 배웠느냐?"

"이곳저곳 떠돌다 보니 저절로 익혔습니다."

"네놈은 참으로 재미난 녀석이구나. 꼭 그 모습을 아우에게도 보여주고 싶다."

월산대군이 웃었다.

"토끼가 갑니다, 토끼가!"

그때 저만치 멀리서 큰 소리가 났다.

"그럼 먼저 달립니다!"

이비가 휘파람을 불며 소리쳤다.

부리는 이비를 따라 가벼운 곡성을 내며 하늘을 날아올랐다.

월산은 선비가 수풀 속으로 사라지는 모습을 바라보았다. 월산의 군사들이 그 뒤를 쫓으려 했으나 월산이 팔을 들어 막았다.

"저대로 두어라."

"하지만 대군, 저리로 가면……."

"그리하여 저대로 두라는 말이다."

군사들은 그 말에 고개를 조아렸다. 젊은 선비를 속으로 측은히 여겼다. 저 선비가 어제 월산대군의 칼을 받고도 살아남은 것은 오늘 죽기 위함이었던가.

"부리, 부리!"

이비는 주변을 두리번거리며 한참을 나아갔다. 허나 부리는 대답조차 없었다. 이비는 불안해졌다. 일단 부리가 사라지는 방향으로 걸었다.

얕아 보이던 숲은 생각보다 깊었다. 이비는 잠시 발을 멈추고 뒤를 돌아보았다. 가능하다면 월산대군에게 합류할 셈이었다. 하지만 주변은 오직 높은 나무와 무성한 바람의 숨소리뿐, 방향을 전혀 알 수 없었다.

갑자기 숲이 끝나고 거대한 공터가 나타났다. 일부러 만든 공간인 듯 곳곳에 나무 밑동만 남아 있었다. 그 주변으로 겁도 없이 사슴이며 토끼가 돌아다녔다. 이비를 보고도 겁을 내기는커녕 다가와 꼬리를 흔들고 눈을 빛내며 이비의 손에 머리를 갖다댔다.

이비는 기가 차서 웃음이 났다.

전라감영이라면 상상도 못 할 일이다. 가뭄이다. 인간도 굶어 죽는 탓에 토끼건 사슴이건 가만두는 일이 없다. 날짐승들은 십 리 밖에서라도 인적이 있다 치면 무조건 도망친다.

한양도 별반 다르지 않았다. 이비는 김시습의 보살핌을 받아 고깃국은 먹지 못해도 세 끼 굶지는 않았으나 저잣거리는 사정이 달랐다. 세 끼 모두 챙겨 먹는 이가 드물었다. 대부분 하루 한 끼, 두 끼를 먹으면 부자 소리를 들었다.

"어디 보자, 영양 보충을 좀 해보실까."

이비는 쭈그리고 앉았다. 제 다리에 엉겨붙은 토끼 중 가장 토실한 놈의 머리를 쓰다듬다 그 귀를 잡아 들었다. 토끼는 버둥거리지도 않고 쭉 힘을 뺐다. 이비에게 몸을 의탁했다. 이비는 녀석을 얼굴에 닿도록 가까이 가져왔다. 입맛을 다시며 말했다.

"요놈, 맛있게 생겼구나."

그때 갑자기 매의 울음소리가 났다.

부리였다.

"어디 갔다 이제 온 거야!"

이비가 반갑게 부리를 향해 팔을 들었다. 허나 부리는 공격적인 소리를 내뿜었다. 그대로 달려들더니 이비가 한 손에 든 토끼를 낚아채 하늘로 날아올랐다.

"이게 뭐 하는 짓이야!"

이비는 놀라 하늘을 올려다보았다. 부리는 제자리서 뱅뱅 돌다가 바람을 따라 들린 휘파람 소리에 다시 날았다.

"너, 거기 안 서!"

이비가 부리의 뒤를 쫓았다. 다시 한번 휘파람 소리가 나자, 부리가 고공 낙하했다.

한 사내가 서 있었다.

사내는 어깨에 부리를 앉힌 후 머리를 쓰다듬었다.

"부리, 이 녀석!"

이비가 소리쳤다.

"어딜 갔나 했더니 거기서 뭘 하는 거야!"

휘파람을 불며 부리를 불렀으나 부리는 대답이 없었다. 사내의 어깨에 앉은 채 꼿꼿이 몸을 세우고 서 있었다.

부리가 이비의 말을 완벽하게 무시하다니, 희한한 일이었다.

그렇다면 저건 부리가 아닌가?

아니, 그럴 리 없다.

저 이마의 기다란 흉터는 김시습이 처음 부리를 보았을 때 봉으로 낸 흉터였다. 이후 부리는 봉으로 맞은 곳에만 깃이 나지 않아 묘한 모습이 되어버렸다.

그렇다면 결론은 하나다.

"이봐요!"

저 사내가 부리를 훔쳤다.

"내 매 내놔요!"

사내가 이비의 말을 들었다. 몸을 돌렸다. 이비를 보았다.

사내는 꿈쩍도 하지 않았다. 그대로 붙박이가 된 것처

럼 이비를 계속 바라보았다.

사내가 태양을 등진 채 이비를 바라보았기에, 이비는 사내의 얼굴을 볼 수 없었다. 사내의 코앞에 서고 나서야 이비는 사내의 얼굴을 마주보았다.

그리고 이비는 발견했다. 부리의 다른 주인, 박비를.

"……난 아직도 꿈을 꾸고 있는 건가?"

사내가 말했다. 너무나 그리운, 친근감이 넘치는 목소리로 속삭이듯 말하더니 이비에게 다가왔다.

"네가 정녕 내 앞에 있는 게냐?"

이비는 눈앞의 광경을 믿을 수 없었다. 그 얼굴도, 목소리도 모두 이비가 아는 박비가 분명했다. 지금쯤 지리산에 갇혀 있을 부리의 원래 주인, 박비가 지금 이비의 눈앞에 서 있었다.

박비가 이비의 어깨를 잡았다. 으스러지도록 이비를 끌어안았다.

"한시도 널 잊은 적이 없었다."

이비는 여전히 아무 말도 할 수 없었다. 그저 그 품에 안겨 박비의 숨을 느꼈다.

박비가 이비의 얼굴을 한 손으로 들었다. 그 입술을 바로 들어 제 입술에 갖다댔다.

박비는 단 한 번도 이비의 입술을 탐한 적이 없었다. 헤어질 때도 박비는 이비의 이마에 입술을 맞췄을 뿐이었다.

한데 박비가 이비에게 입 맞췄다.

이비는 그 입술을 거부할 수 없었다. 온몸에 힘이 빠져 박비가 하는 대로 몸을 맡겼다.

박비는 한참 동안 이비의 입술을 음미했다. 그 몸을 으스러지도록 안아 풀밭에 눕혔다. 한 손으로는 솜씨 좋게 평량자를 벗기고 상투를 풀었다.

"그대가 이런 모습으로 나타난 것은 처음이오."

이비는 단 한마디도 대답할 수 없었다. 박비의 한마디 한마디가 평소와 달랐다. 섬세한 손짓에 몸이 달아올랐다.

"허나 이것도 과인의 마음에 드니 됐소."

작은 동물들이 이비와 박비가 무엇을 하나 싶어 다가왔다. 호기심 넘치는 표정으로 지켜보지만 박비는 아랑곳하지 않았다.

허나 이비는 정신이 들었다.

"오, 오라비!"

놀라 비명을 지르며 일어났다.

"나도 오라비를 다시 봐서 기뻐요. 하지만 이건 뭔가 이상해요."

"무슨 소리를 하는 게요."

박비가 웃었다.

"비, 그대는 단 한 번도 나를 오라비라 부르지 않았거늘."

"……네?"

"언제나 그대는 나를 '나의 주인'이라 불렀잖소."

나의 주인이라니……?

그제야 이비는 박비의 얼굴을 똑바로 바라볼 수 있었다.

분명 눈앞의 사내는 박비를 빼다 박았다. 하지만 다시 보니 그 옷차림은 결코 범부의 것이 아니었다. 광채가 나는 갑옷에 금으로 장식한 상투하며, 박비는 결코 이런 차림을 한 적이 없었다.

무엇보다 다른 것은 그 손이었다.

박비는 저토록 매끄럽고 상처 없는 손을 지닌 적이 단한 번도 없었다.

"대체 당신은 누구……."

이비는 끝까지 말할 수 없었다. 다시 사내가 이비를 끌어안은 탓이었다.

"언제나처럼 날 혈이라고 불러줘."

'혈이라고?'

그제야 이비는 자신이 큰 착각을 했다는 사실을 깨달았다.

'이 남자는 오라비가 아니야!'

사내의 얼굴이 다시 이비에게 다가왔다. 눈을 감고 이

비에게 입을 맞추려 했다. 이비는 비명을 질렀다. 남자의 얼굴에 주먹을 날렸다.

남자는 웃는 얼굴 그대로 쓰러졌다. 꿈쩍도 하지 않았다.

"저, 저기요."

이비는 당황했다.

"정신을 차리세요! 제발요!"

그때 사내가 얕게 신음을 냈다. 눈을 가늘게 뜨더니 이비의 얼굴을 보고 안심한 듯 미소 지었다. 그 얼굴에 손을 뻗으며, "심려치 마시오, 비." 라고 나직이 속삭였다.

이비는 안심했다. 허나 다음 순간 귀를 찢는 매의 곡에 이비는 정신을 차렸다. 눈앞에서 희미한 미소를 짓는 사내와 머리 위의 매를 바라보다 뒤돌아서서 도망쳤다.

양대에서 맺은 인연 꿈결 같고나

왕비가 죽은 후 소년 왕 이혈은 이상한 버릇이 생겼다. 묘하게도 낮에 잠을 자고 밤이 되면 말짱했다. 몇 달째 그런 일이 계속되자 조정의 신하들은 불면을 호소했다. 어떻게든 이혈을 밤에 재우고 낮에 일하게 하려 하였으나, 이혈은 꿈쩍도 하지 않았다.

때문에 묘한 소문이 돌았다.

왕이 밤마다 다른 일로 바쁘다는 이야기였다. 예를 들어, 야밤의 매사냥에 빠졌다든가, 야음을 틈타 기생을 안는다든가.

하지만 사실은 달랐다. 정말 낮잠을 자기 위해, 왕은 밤에 일을 했다. 게다가 이혈은 낮잠이 들면 무슨 일이 있어도 깨어나질 못했다. 아니, 이혈은 억지로라도 낮잠을 자려 들었다. 이혈은 낮에 꾸는 꿈속에서만 죽은 왕비를 만날 수 있었다.

이혈은 왕비가 죽고 사흘 밤낮으로 자지 않았다. 나흘째 되던 날 혼절한 듯 누웠더니 꿈속에서 깊은 산을 보았다. 이 세상의 것이 아닌 듯한 산세에 감탄하였다. 그리로 발을 향하자마자 돌연 월산대군이 나타났다. 산 입구에서 손짓하여 왕을 불렀다.

"이리 오세요, 주상. 이리."

이혈은 그 말에 따랐다. 이혈이 다가오자 월산대군은 손가락으로 계곡 안을 가리켰다. 이혈이 호기심이 생겨 계곡 안을 들여다보니 진광경이 펼쳐졌다.

한창의 봄을 즐기며 피어오른 작약이며 진달래 사이로 사시사철 푸른 나무, 그 사이로 고개를 내미는 사슴이며 작은 동물들은 겁 없이 팔짝팔짝 뛰어다녔다. 복사꽃 만발한 나무 아래 이끼 낀 기암절벽이 빛을 받아 반짝였고, 그 끝엔 그린 듯한 연못이 있었으니 가끔 잉어가 뛰어올라 날벌레를 잡아먹었다.

이혈은 그 풍경에 감탄하였다. 자신도 그 안에 들어가고 싶다고 생각하여 손을 뻗었다. 한데 기이한 일이 일어났다. 눈앞에 또 한 명의 자신이 나타났다. 그리고 자신을 대신해 깊이 들어갔다. 복숭아나무 아래 서서 시를 읊었다.

양대에서 맺은 인연 꿈결 같고나

언제 다시 그의 얼굴 만나랴

보아라 무심한 저 강물도

목메어 흐느끼어 울어예네[22]

복숭아나무가 흔들렸다. 잠에서 깨어나듯 복사꽃잎을 한 잎 두 잎 떨어뜨리더니 그 사이로 한 소녀가 모습을 드러냈다.

꿈에 그리던 비가, 그 앞에 있었다.

"비, 여길 봐! 비!"

이혈이 소리쳤다.

비가 그 소리를 들었다. 이혈을 바라보았다. 매우 의아한 표정을 지으며 자신과 또 다른 자신을 번갈아 보았다. 무언가 말을 하는가 싶었다.

이혈은 늘 그 순간 꿈에서 깨어났다.

오늘도 이혈이 그런 일을 반복하고 있었다. 가까스로 미명에서 깨어난 이혈은 자신이 있는 곳을 확신하지 못했다. 조금 전까지 이혈은 분명 산속에 있었다. 사냥터에서 사랑하는 여인을 만나 해로하였다.

한데 이곳은 어디인가.

주변을 둘러보니 낯익은 정자, 낯익은 사람이 보인다.

양대에서 맺은 인연 꿈결 같고나

언제 다시 그의 얼굴 만나랴

보아라 무심한 저 강물도

목메어 흐느끼어 울어예네[23]

저이는 아아, 나의 형님이다. 그리고 이곳은 형님 댁, 월산저택의 정자로구나.

한데 나는 이곳에서 무엇을 하는가.

그리고 왜 형님은 저 시를 읊고 있는가.

이혈이 서서히 입을 열었다. 여전히 눈을 내리깐 채 시를 읊는 월산에게 물었다.

"그 시가 무엇입니까."

"지금 읽는 소설에 나온 시입니다. 《금오신화》에 실린 〈취유부벽정기〉의 한 부분이죠."

"무슨 내용입니까?"

"홍생이란 자가 부벽정이라는 평양의 한 정자에서 한시를 읊는데 선녀가 나타납니다. 선녀는 홍생과 만나 음식을 대접하고 한시를 지어 대화를 나누다 떠나갑니다. 홍생은 그 미녀를 그리워하며 시를 지었다고 하니, 이 시가 바로 그 짝입니다."

"그래서 홍생은 어찌 되었습니까?"

"신선이 되었습니다. 선녀가 옥황상제에게 청을 올려 홍생을 자신이 있는 천국으로 데려갔다고 합니다."

"선녀가 홍생을 데려갔다고요……."

이혈은 넋이 나간 표정으로 월산을 바라보았다.

"왜 그러십니까, 주상. 왜 그러세요."

"그런 뜻이었어요. 비는 저에게 오라고 하는 거예요."

"……네?"

"꿈속에서 비가 절 볼 때마다 그 시를 읊어요. 저에게 어서 오라는 뜻이었어요."

월산은 이혈이 안타까웠다.

공혜왕후가 죽은 후 이혈은 딴사람이 되어버렸다. 언제나 축 처진 어깨로 월산을 찾아와 정자 난간에 몸을 기대고 멍청히 연못만 바라보았으니, 처음엔 서증暑症을 앓나 싶었다. 허나 수라에 수반水飯이 든다는 이야기는 없었으니 그는 아니었다[24].

이는 분명 상사병이라. 그것도 결코 이뤄질 수 없는 혼백을 그리워하는 병.

월산은 그런 이혈을 어떻게든 달래고 싶었다. 그리하여 이혈이 꾼 꿈을 바탕으로 그림을 그리기에 이르렀다.

〈몽유도원도〉.

그것은 월산이 아닌, 이 나라의 왕이 꾼 꿈이었다.

이 그림을 그리자니 어인 일인가, 죽은 공혜왕후와 쏙 빼닮은 사내 박일산이 나타났다. 하여 월산은 박일산을 이혈에게 보냈다. 죽은 공혜왕후에 대한 그리움을 조금이나마 박일산을 통해 풀기를 바라며.

한데 이혈은 박일산을 만난 후 넋이 나가 돌아왔다. 여느 때보다 어깨가 축 처진 모습으로 연못만 바라본다. 이대로 죽겠다고 말한다.

"깊이 잠들어 결코 비를 놓치지 않을 곳으로 가고 싶습니다. 비가 저에게 읊은 시 그대로 행하고 싶어요."

"어찌 그런 흉한 말씀을 하세요!"

월산은 손을 들었다. 이혈을 향해 뻗었다. 마음 같아선 어깨를 보듬어 감싸 안고 싶었으나 감히 왕의 옥체에 손을 댈 수는 없었다.

"내일 밤, 이곳에서 풍류회를 엽시다. 주상, 〈취유부벽정기〉처럼 달맞이라도 합시다."

"달맞이요……?"

"네, 달맞이요. 혹시 압니까. 그 소설에서처럼 왕비가 나타날지도 모르잖아요."

"비는 늘 낮에 자는 꿈에만 나오는데……."

"주상."

"알겠습니다."

이혈은 힘없이 고개를 끄덕였다.

"형님 편할 대로 하세요."

한명회가 눈을 묘하게 떴다.

정훼는 그 눈이 자신을 바라보는지 아니면 곰방대를 노려보는지 알 수 없었다. 허나 다른 손이 북북 탕건을 긁는 모양새로 미루어 짐작할 때 지금 뭔가 한명회 마음에 들지 않는다는 것은 분명했다.

"게 누구 있느냐."

정훼의 생각대로였다. 한명회는 한 손으로는 곰방대를 들고 또 한 손으로는 탕건을 만지작거리다 결국 사람을 불렀다. 계집종 하나가 문밖에서 "부르셨습니까." 나직이 대답하자 말했다.

"감투를 갖고 와라. 이건 머리가 근질거려 참을 수가 없구나."

바로 감투가 오자, 한명회는 탕건을 벗어 던졌다.

"태워버려라."

계집종이 놀라 고개를 숙였다. 탕건을 들고 종종걸음으로 물러났다.

한명회가 감투를 폈다. 후 불어 그 모양을 봉긋하게 만들었다. 머리에 쓰더니 으스대듯 몸을 펴서 등 뒤 의자에 기대며 말했다.

"탕건은 벼슬아치만 쓰는 물건이잖은가. 그게 참으로 마음에 들지 않아. 어찌 세조어르신을 섬긴 공신과 일반 벼슬아치가 같은 물건을 머리에 쓴단 말인가. 그러느니 차라리 두건을 쓰는 편이 낫지."

이런 얼굴은 세상에 또 없으리라. 말 그대로 서생원, 감투를 쓴 쥐 같은 인상이었다. 웃음이 나올 광경이었으나 그 감투의 모양은 결코 웃기지 않았다.

한명회가 쓴 감투는 외람되게도 주상의 익선관을 꼭 닮아 있었다. 게다가 그보다 더 크고 아름다웠다.

"그래서 어찌 주상이 월산저택을 찾으신다는 게야?"

"내일 풍류회를 연다 합니다."

"이 시국에 풍류회를 연다 하셨다고?"

한명회가 다시 곰방대를 들었다. 불을 붙이더니 한 모금 길게 내뿜으며 눈을 가늘게 떴다.

왕이 건강한 건 마음에 들었다. 허나 너무 팔팔하니 또 문제였다.

밖으로 왜구가, 안으로는 산적이 들끓었다. 유례없는 가뭄에 백성은 굶주렸다. 한데 어린 왕은 철이 없었다. 매사냥에 풍류회에 정신없이 쏘다니니 한명회는 속이 바싹바싹 탔다. 둘째 딸을 시집보낸 날부터 왕과 한명회는 한

배를 탔다. 왕비가 죽었어도 그 사실은 변하지 않았다. 혹여 왕이 실수하여 실권이라도 한다면 안 될 말이었다. 그랬다간 지금 머리 위에 쓴 감투가 제값을 할 수 없을 테니.

"내일 날이 어떻다 하던가?"

"무슨……."

정훼는 한명회가 무슨 말을 하나 싶어 의아히 바라보았다.

"대군이 풍류회를 열기에 날이 좋겠느냐 묻는 것이야."

한명회가 월산저택에 가라 일렀으니, 정훼는 받들 수밖에 도리가 없었다. 어찌어찌 월산저택에 가긴 하였으나 들어가질 못했다.

저택을 지키는 군졸들은 정훼가 과연 언제쯤 가마에서 내릴 것인가 흥미진진하게 지켜보았다.

정훼는 한 시진이 넘도록 월산저택 앞에서 쩔쩔맸다. 한 발짝 저택에 들어가려고 하다가 다시 뒷걸음질 쳤다. 다음 순간 돌아서 가마로 향했다. 그대로 올라타고 가는가 싶으면 또 돌아와 내렸다. 월산저택 대문을 빤히 바라보며 길게 한숨을 내쉬었다.

"내가 간다, 간다고!"

정훼의 묘한 변덕에 가마꾼들이 옴짝달싹할 기운조차

남지 않았을 때, 정훼가 다시 한번 문으로 다가갔다. 정훼
는 침을 꿀꺽 삼키고 문을 바라보았다. 그대로 문지방을
향해 발을 서서히 들었다.

조금만 더, 조금만 더!

발을 뻗으세요, 나리!

가마꾼과 군졸은 소리 없는 응원을 보냈다.

다음 순간, 정훼는 그 누구도 예상치 못한 방식으로 문
지방을 넘었다.

"분순어사, 거기서 뭣 하십니까?"

등 뒤에서 다가온 누군가가 정훼에게 말을 걸었다. 놀
란 정훼는 헛발을 디뎌 그대로 고꾸라지면서 문지방을 넘
었다.

"괜찮으십니까?"

"괘, 괜찮다. 괜찮아."

문제의 누군가가 정훼를 부축해 일으켜 세웠다. 정훼
는 어찌어찌 상대의 손을 잡고 일어서며 자신을 부른 이
가 누군가 얼굴을 확인하였다.

"참으로 오랜만입니다."

상대가 활짝 웃으며 말했다.

"그, 그래. 오랜만일세."

정훼는 일단 상대의 말에 고개를 숙여 화답하였다. 허

나 머릿속은 아리송하기 짝이 없었다.

대관절 이 양반이 누구더라.

늠름한 미남이라 한 번 보면 쉽사리 잊지 못할 인상이었다. 하는 행동으로 볼 때 분명 자신과 꽤나 친분이 있어 보이니 조정이나 혹은 어느 고관의 자제이리라. 한데 이렇듯 기억이 나지 않다니.

"설마 분순어사가 오늘 월산저택에 오실 줄은 몰랐습니다."

정훼는 젊은이의 눈치를 살폈다.

아까부터 분순어사, 분순어사 하고 부르는 것을 보니 분명 함경도 일대를 돌 때 만난 젊은이렷다. 그렇게 생각하고 나니 스쳐 지나가는 관찰사 얼굴들이 꽤 있었다. 허나 젊은이는 꾸준히 '분순어사'라고 했다. 이 말은 곧 그 아버지가 어사보다 높은 관직에 속한 자라는 뜻이리라.

"이, 이제는 어사가 아닐세. 그 일을 끝내 조정으로 돌아왔네. 참판을 맡게 되었지."

"경하 드립니다. 아버지께서도 이 사실을 안다면 분명 친히 경애하실 겁니다."

정훼의 예측이 맞았다. '친히 경애'라니, 역시 이 젊은이의 부친은 참판 이상의 관직에 오른 이가 분명했다.

"그, 그렇겠네. 한데."

정훼는 헛기침을 하며 말을 이었다.

"자네 아버님은 별고 없으시고?"

"무어라?"

젊은이가 함께 걷다가 발을 멈췄다.

"지금 내게 아버님 안부를 물은 게요?"

굳은 표정으로 정훼를 바라보았다.

내가 무슨 말을 실수하였나?

정훼는 당황했다. 젊은이의 표정을 보면 뭔가 자신이 기억하지 못하는 게 있는 것 같은데…… 대체 뭐지?

"어서들 오십시오."

다행히 정훼는 위기에서 벗어났다. 마침 눈앞에 목적지인 정자가 나타나자 젊은이가 옆으로 슬그머니 빠졌다. "그럼 이따 다시 뵙지요." 말하고는 먼저 정자에 올랐다. 정훼도 그 뒤를 따랐다. 바로 정자에 오르려는데 한 사내가 앞을 막고 섰다.

"오랜만에 뵙습니다, 어사…… 아니 참판나리."

이 말발굽에 차여 찌그러진 오이 같은 상판은 매월당 김시습이었다.

"방명록에 성함을 부탁드립니다."

매월당은 두 권의 책을 꺼냈다. 한 권은 검은 표지요, 다른 한 권은 흰 표지였다[25]. 매월당은 그중 검은 표지의 책을 정훼에게 내밀었다.

"참판나리께서는 이쪽 책에 성함을 적어주시면 되겠습니다."

정훼는 그 말에 따르면서 조금 의아했다. 검은 책엔 이름을 적은 이가 없었다. 오히려 몇 장인가 앞장이 뜯어진 자국이 남아 있었다. 그에 반해 흰 표지의 책에는 이름이 벌써 중반을 넘어섰다. 이건 어떤 까닭일까.

"왜 이 책에는 그 누구 한 명 이름을 적지 않았는가 의아하신가 봅니다."

"그, 그렇습니다. 어찌하여 이렇습니까?"

"단순한 이유입니다. 이쪽 검은 표지의 책에는 공신의 이름만 적고 있기 때문이죠."

"공신이라 함은……?"

"정난공신[26]을 말합니다."

계유정난으로 공신록에 이름을 올린 사람!

정훼는 깨달았다. 왜 이 검은 표지의 책에 이름이 단 한 글자도 적히지 않았는지, 몇 장이고 뜯긴 흔적이 있었는지. 김시습은 정훼를 놀리고자 부러 정난공신의 이야기를 꺼낸 것이리라.

정훼는 붓을 내려놓았다.

"바, 방명록은 내 돌아갈 때 꼭 적겠소."

"그리하시지요."

애써 태연한 척하며 정자에 올랐다가 정훠는 그만 주춤하고 말았다.

정자를 가득 채운 사람 중 훈구파는 단 한 명도 없었다. 하나같이 품계가 낮은 이들, 서얼들뿐이었다. 그들은 정훠를 보자마자 떨떠름한 표정을 지었다. 입을 꽉 다물더니 대체 여길 왜 왔는가 하는 표정을 지으며 정훠를 노려보았다.

마음 같아서는 당장 줄행랑을 치고 싶었으나 정훠는 그럴 수 없었다. 정훠를 이곳에 보낸 이가 영감님, 압구정 한명회인 탓이었다.

"에잇, 세워라! 세워! 골이 울려 탈 수가 있겠나!"

매월당이 소리쳤다.

"내 발로 걷겠다!"

매월당은 가마를 멈추게 한 후 내려서 자신과 마찬가지로 나란히 가마를 탄 이비를 올려다보며 소리쳤다.

"대체 네놈, 무슨 짓을 한 게냐?"

"제가 어찌 압니까!"

"그렇다면 왜 월산대군이 너와 나에게 가마를 보내시느냐 말이다! 네놈이 어제 사냥터에 가서 뭔가 일을 저지른 것 아니냔 말이다!"

"그건……."

이비는 입을 열다가 다시 다물었다. 사냥터에서 박비와 꼭 닮은 사내를 만났다는 사실은 말할 수 없었다.

그랬다가는 그 후에 일어난 일도 말해야 했기에.

"아, 아무것도 아닙니다!"

이비 역시 가마에서 내렸다. 얼굴이 벌게져 성큼성큼 앞서 걸어갔다,

"저놈, 저놈, 저놈! 또 얼굴이 벌게졌어!"

김시습은 그런 이비의 머리를 봉으로 가리키며 뒤따랐다. 가마꾼 역시 그 뒤를 일렬로 길게 뒤따르니, 저잣거리의 사람들이 이게 무슨 일인가 싶어 히죽거리며 그 모습을 바라보았다.

월산저택에 도착한 김시습과 이비는, 단 한 번도 받아보지 못한 환대를 겪었다. 월산대군이 친히 대문 앞까지 마중을 나왔다. 그것으로도 모자라 정자가 아닌 사랑채에서 둘을 맞았다. 마주보고 무릎을 꿇기까지 했다.

김시습과 이비는 황공하기 짝이 없어 그대로 납작 엎드렸다.

"고개를 드세요."

"그, 그럴 수는 없습니다! 어찌 저희가 대군과 한방에

서 마주봅니까!"

"내 긴히 드릴 말씀이 있어서 그래요."

그 말에 김시습과 이비는 고개를 들었다. 서로를 잠시 바라본 후 이비가 월산대군에게 조심스레 물었다.

"무슨 청이신지요?"

"그 전에 반드시 들어주셨으면 합니다. 그리하면 저도 박선생의 소원을 반드시 단 한 가지를 들어드리지요."

"일단 부탁의 내용을 듣고……."

"해드리죠."

냉큼 김시습이 끼어들었다.

"생사와 관련된 일만 아니라면 여부가 있겠습니까."

"널리 보면 생사와 관련이 있는 일입니다. 박선생께서는 이 일로 사람 하나를 살릴 수 있을지도 모릅니다."

"그게 무슨 말씀이신지……."

"이렇게 부탁드립니다."

월산이 고개를 숙였다.

놀란 이비가 동시에 몸을 납작 엎드렸다.

"박선생이 금일, 계집 옷을 입어주셔야겠습니다!"

김시습과 이비는 놀라 고개를 들었다. 서로를 바라보며 입 모양으로 이게 어찌 된 일인가 물었다.

"제 아우를 위해서입니다."

"아우라고 하면……?"

"주상입니다."

김시습과 이비는 다시 한번 눈을 마주쳤다.

"두 분께는 사실대로 말하겠습니다. 〈몽유도원도〉를 만드는 데에 두 분만큼 큰 공을 세운 분이 없으니까요."

그리하여 들은 연유에 이비는 차라리 혼절을 하고 싶었다. 자신이 주먹을 날린 사내의 정체를 깨달은 탓이었다.

이비가 쓰러뜨린 사내는 월산대군의 아우였다. 그리고 월산대군의 아우는 이비가 알기로 이 세상에 단 한 사람밖에 없었다.

그 사내가 바로 이비가 복권을 청해야 할 이 나라의 소년 왕, 이혈이었다.

어쩌면 좋단 말인가!

월산은 이혈과 이비 사이에 있었던 일을 전혀 몰랐다. 너무나 순수하게 동생을 위하는 마음으로 이비에게 계집 옷을 입고 그 앞에 나서달라고 했다.

이비는 그 말에 따를 수 없었다.

그랬다가는 지난번 일을 왕에게 설명해야 했다. 그랬다가는 자신의 정체가 들통날 테고 그랬다가는 박비의 목숨은 물론 일족 모두가 멸할…….

"분부 받들지요."

한데 김시습이 말했다.

"그리 대단한 일도 아닙니다."

……일족이 멸할지도 모르는 게 그리 대단한 일이 아니라고?

이비는 결국 기생인 척 곱게 단장하고 정자에 올랐다.

이혈이 이비를 알아볼 가능성은 적었다. 두루마리에서 가까운 곳에 앉기 위해 북적이는 선비며 기생 들 사이에서 저만치 떨어져 구석에 숨은 이비를 유독 골라 이혈이 말을 시킬 리는 없었다.

한데.

이혈은 정자에 오르자마자 이비와 눈을 마주쳤다. 이비가 쓰개치마로 얼굴을 가렸는데도 성큼성큼 다가왔다. 그 옆에 나란히 섰다. 정자 꼭대기에 대롱대롱 매달린 두루마리에 시선을 고정하다 혼잣말인 듯 물었다.

"저 안에 그 유명한 그림이 있답니까?"

아마도 다른 사람들은 이혈의 정체를 모르는 모양이었다. 다들 이혈의 말을 귓등으로 흘렸다. 자기네끼리 웃고 떠드느라 바빴다.

이비는 당황하여 주변을 두리번거리다 그만 이혈과 눈이 마주치고 말았다.

"그, 그렇습니다."

이비는 될 수 있는 한 목소리를 작게 내려 노력했다. 아예 쓰개치마 안으로 완전히 얼굴을 감춰 이마만 보일 듯 말 듯하게 만들었다.

"그렇습니다,라면 이미 저 그림을 보셨는지요?"

"예, 몇 번 보았지요."

"몇 번이나!"

이혈은 흥분해 소리쳤다.

"어땠습니까? 그 그림은 어떤 모습이었어요? 정말 저 안에 공혜왕후며 수많은 고관대작이 그려져 있답니까?"

"무슨 말씀을 하시는지……?"

"저 그림은 월산대군이 꿈에 본 무릉도원을 그린 거잖습니까? 그리고 그 꿈속에서 죽은 왕비와 수많은 고관대작을 보았다는 소문이 파다하던데요!"

"누가 그런 헛소문을 퍼뜨립니까!"

이비는 그만 흥분해서 쓰개치마를 내렸다. 얼굴을 드러내며 이혈을 똑바로 보고 소리쳤다.

"잘못 아셨습니다! 저 그림은 결코 그런 싸구려가 아니에요! 저 그림은 무릉도원을 있는 그대로 드러낸 굉장한……."

아차.

이비는 급히 다시 쓰개치마를 뒤집어썼다.

"시, 실례하겠습니다.

허둥지둥 정자를 나섰다. 정자를 가득 채운 선비며 기생 들은 이비가 왜 저러나 하는 표정으로 흘깃거렸지만 그 이상 괘념치 않았다. 두루마리 가까운 자리를 잡으려 경쟁하느라 바빴다.

이비는 이혈도 그러하길 바랐다.

"잠깐만요, 기다리세요, '낭자'!"

하지만 이혈은 이비의 바람을 들어주지 않았다.

제발 그만 좀 쫓아오시라고요!

이비는 울음이 터질 것 같았다.

"기다리게! 잠깐 할 이야기가 있단 말일세!"

결국 이비는 걸음을 멈췄다. 심호흡을 크게 하고 몸을 돌렸다. 입을 떼려고 하는데 이혈이 빨랐다.

"비, 자네가 맞아?"

"맞습니다."

거짓말은 아니었다.

"그렇다면 일전 사냥터에 나타났던 것도 자네였는가?"

"맞습니다."

갑자기 이혈이 이비의 손을 잡더니 제 뺨을 살짝 때렸다.

"왜, 왜 그러세요!"

"역시 꿈을 꾸는 겐가 보오."

"네?"

"하나도 아프지가 않아."

"그야 아프지 않게 치셨으니 그렇죠."

그 말에 이비가 이혈의 뺨을 세게 쳤다.

"어떠세요, 생시지요?"

"정녕 자네가 맞구만!"

이혈이 이비를 끌어안았다.

"그 말투하며, 심통 난 표정도 마찬가지! 자네가 정녕 돌아왔어!"

대체 왕비는 어떤 사람이었던 거야?

"정녕 자네를 이런 곳에서 볼 줄은 몰랐어!"

왕은 또 바로 이비의 입술을 훔쳤다.

이비는 당황했다. 비명을 지르며 이혈의 뺨을 쳤다.

놀란 이혈이 이비를 바라보았다.

"무, 무엇하는 짓이오!"

"이 이상은 안 됩니다."

"그게 무슨 소리야? 자네가 이렇게 돌아왔는데 왜?"

"저는 이미 남자로 태어났습니다!"[27]

"뭐라?"

이혈은 이비의 말에 진심으로 놀란 듯했다. 뒤로 주춤

한발 물러서더니 이비를 뚫어져라 바라보았다.

"그 모습이 어디로 봐서……."

이혈은 당장이라도 이비를 껴안을 수 있을 정도로 다시 가까이 다가왔다.

"어디로 봐서 사내라는 거요! 제발 사실을 말해주시오. 당신은 분명 내가 꿈에도 그리던……."

"이게 증거요!"

이비는 사타구니 사이로 손을 집어넣었다. 불쑥 무언가 치마 위로 튀어나왔다. 이혈이 놀라 몸을 뒤로 뺐다. 튀어나온 것을 보고 눈이 휘둥그레져 이비를 바라보았다.

이것이 김시습이 준비한 묘안이었다.

월산대군은 옷을 갈아입으라 이른 후 방을 나갔다. 김시습과 이비만 남았다. 이비는 난감해하며 눈앞의 여자 한복을 바라보았다.

"이제 어쩌면 좋습니까?"

김시습은 아랑곳하지 않았다. 주변을 두리번거리며 벼루며 먹을 살피더니 그중 유독 길고 잘생긴 먹 하나를 들고 요리조리 살폈다.

"〈만복사저포기〉에도 그런 내용이 나온다. 양생이 하룻밤 함께 보낸 처녀를 찾아 헤매자, 처녀 혼백이 나타나 말하지. 자신은 이미 남자로 환생했으니 이만 포기하고 윤회를 벗어나라고 한단 말이다. 이 방법이 제격이다."

김시습은 그 먹을 이비의 손에 쥐여줬다.

"자고로 고추 달린 계집은 없는 법이다!"

김시습의 묘안은 적중했다. 소설 속 양생이 저리했을까, 이혈은 말을 잃었다. 무척이나 슬픈 표정을 지었다. 뒤로 몇 걸음인가 떨어지더니 멍청한 표정으로 이비를 바라보았다.

이비는 슬그머니 손에 잡았던 복숭아 나뭇가지를 내렸다. 안도하여 말했다.

"이제 아셨소."

이혈은 대답하지 않았다. 무척이나 슬픈 표정을 지으며 이비를 바라보았다.

이비는 그 표정에 가슴이 내려앉았다.

눈앞의 이혈은 갈림길에서 헤어질 때 박비가 지었던 표정을 그대로 짓고 있었다.

"참으로 실례가 많았소."

이혈이 몸을 숙여 사과했다.

"제가 찾아 헤매는 이가 있습니다. 그이와 선생이 너무 닮아 큰 실례를 한 것 같습니다. 이 일은 부디 주변에 알리지 말아주십시오.”

“아, 아니 저는.”

생각과 달리 너무나 근엄한 말투에 이비는 당황했다. 무언가 말을 덧붙이려다가 입을 다물었다. 똑같이 고개를 숙였다. 어쨌든 이혈은 이 나라의 왕이다. 그에 맞는 예의를 갖춰야 한다.

“아, 아닙니다. 괜찮습니다.”

이비는 금세 고개를 들었으나 이혈은 여전히 이비를 향해 고개를 숙이고 있었다. 이비는 언제 고개를 들어야 하는가 어쩔 줄 몰라 하다가 결국 먼저 몸을 폈다.

“그, 그럼 먼저 돌아가보겠습니다.”

그렇게 말하고 이혈에게서 떨어져 정자로 돌아가는데 뒤에서 “흐윽” 하는 소리가 났다.

이비는 걸음을 멈췄다.

돌아보지 말자.

결코 돌아보지 말자.

그렇게 자신을 달래고도 결국 이비는 뒤를 돌아보았다. 그리고 이비는 그만 발견하고 말았다. 주저앉은 이혈을. 이비에겐 울고 있는 이를 그대로 두고 갈 용기가 없었다. 이혈에게 다가갔다. 그 앞에 쭈그리고 앉아 얼굴을 바라보았다.

왕이 아닌 소년이 울고 있었다.

세상이 모두 무너진 것처럼 서러운 표정으로 소리 없이 통곡을 하고 있었다.

이비는 그 얼굴이 보고 싶지 않았다. 박비를 닮은 얼굴이 우는 것이 너무나 가슴이 아파 그만 그대로 껴안아주고 말았다.

이혈은 이비의 품에서 울었다. 마치 태어나 처음으로 우는 법을 안 갓난아기처럼 한참을 흐느꼈다.

이비는 그런 이혈의 머리를 쓰다듬으며 속삭였다.

무릉도원 들어서니 꽃은 피어 만발이라

님 그리던 이 정회를 어이 다 이르리오

쌓고 늘인 머리에 금비녀 나직하고

초록색 모시 적삼 봄빛이 새로워라

봄바람에 피어나는 두 송이 꽃이거니

애꿎은 비바람이 꽃가지를 스칠세라

선남선녀 옷자락은 봄바람에 너울너울

계수나무 그늘 속에 항아아씨 춤이런 듯

좋은 일 끝나기 전에 시름도 따르나니

앵무새야 이 노래를 퍼뜨리지 말아다오[28]

이혈이 고개를 들었다. 무언가 하고 싶은 말이 있는 듯 입을 벌렸다가 다물었다. 다시 한번 입을 열더니 어렵게 말하였다.

"내가 다시 태어난다면 계집으로 나겠소. 그리하여 그대의 품에 안기겠소."

이비는 그 말에 이혈을 떼어냈다. 고개를 가로저으며 말했다.

"그리하여도 소생은 결코 그대를 안아드리지 않을 겁니다."

박비.

이비가 안아주고픈 사람은 단 한 명밖에 없는 까닭이었다.

"자네에게 한 가지 묻겠어."

"그리하십시오."

"내가 누군지 아는가."

"이 나라의 주인이십니다."

"이번만은 용서해주겠다."

이혈이 서서히 몸을 일으켰다. 이비는 이혈과 눈을 마주쳤다가 몸을 떨었다. 저도 모르게 덜덜 떨며 손에 잡았던 그 몸을 놓았다.

눈앞에 선 이혈은 방금 전 소년과 다른 사람이었다.

단 한 번도 보지 못한 얼굴, 보자마자 오금이 지릴 듯 소름 끼치도록 차가운 표정의 남자가 눈앞에 서 있었다.

"다시 한번 그 꼴로 나타난다면, 네놈을 능지처참할 것이다. 저잣거리에 네놈의 몸뚱이를 서른 날 넘게 널어두고 삼족을 멸할 것이다. 네 조상들의 묘를 파헤쳐 그 목을 자르고, 뼈는 사방에 던져 들개 먹이로 쓰겠다."

이제야 이비는 눈앞의 남자가 누군지, 자신이 어떤 이를 상대로 감히 까불었는지 깨달았다.

불현듯 김시습의 말이 떠올랐다.

"이 수를 잘못 썼다가는 네놈은 물론이고 내 목과 이극균과 그 일족이 모두 멸할 수도 있다."

이비는 그 말의 의미를 이제야 제대로 깨달았다. 자신이 얼마나 위험한 상대로 내기를 하고 있는지, 그리고 그 내기가 얼마나 이길 가능성이 작은지.

이비는 절로 몸을 숙였다. 납작 엎드려 이혈의 발조차 쳐다보지 못하며 읊조렸다.

"분부 받들겠사옵니다."

"오늘 풍류회는 취소되었습니다!"

계집종이 정자로 뛰어 올라오더니 소리쳤다.

"주상께서 야대에 나아가셨다고 합니다!"

그 말에 모두 입을 다물었다.

"다음에 날을 잡아 기별하신다고 하오니 이만 물러가라 하십니다!"

정훼만 싱글벙글하였다. 이로써 불편한 자리에 더 이상 있을 명분이 없었다.

허나 그림은 봐야겠는데.

정훼는 정자 중앙에 매달린 그림을 빤히 바라보았다.

소문에 의하면 저 그림엔 공혜왕후를 비롯하여 인물이 득실거린다 하였다. 혹여 잘못 묘사하였다면 그 자체가 죄가 되고도 남았다. 그리고 그 죄를 알아내 한명회를 찾아뵌다면 분명 큰 칭찬을 받을 것이었다. 때문에 정훼는 가장 빨리 빠져나가고 싶으면서 가장 늦게까지 정자에 남았다. 술에 취해 조는 척하다가 모두가 계단을 내려간 것을 보고는 휘청휘청 두루마리로 다가갔다. 주변을 정리하고 두루마리를 내리려는 종들 사이로 "어이쿠!" 웃기지도 않는 소리를 내며 넘어지는 척하더니, 슬쩍 두루마리 끈을 풀었다.

"나리! 괜찮으십니까, 나리!"

"어이쿠! 취한다, 취해!"

정훼는 어지럽다는 핑계를 대고 두루마리로 얼굴을 들이댔다.

그리고 정훼는 연기를 그만뒀다. 본래 취한 적도 없는 술이 완벽하게 깨 저도 모르게 두루마리를 양손으로 꽉 쥐었다.

이 그림은 대체 어찌 된 것인가!

자고로 그림이라면 오른편부터 시작되기 마련이다. 그도 아니면 중심으로부터 펼쳐진다. 한데 이 그림은 어인 연유인지 왼쪽부터 시작되었다. 그 필체가 독특하여 오래전 삼절로 일컫던 안견의 〈몽유도원도〉와는 확연히 달랐다. 또 여럿이 그린 듯 돌 하나 꽃 하나의 선이 미묘하게 달랐으니 힘주어 긋는 선 하나하나는 산수화보다 인물화에서 흔히 볼 수 있었다. 허나 그보다 더 묘한 것은 바로 이 그림 안의 풍경이었다. 그림 속 무릉도원, 복사꽃이 만발한 진광경은 정훼가 너무나 잘 알고 있는 곳이었다.

이혈은 갑자기 방에 들어오더니 "연회를 취소해라! 다 물러가라 해!"라고 소리쳤다. 모로 누워 벽만 보고 꿈쩍도 하지 않았다.

월산이 이혈에게 물었다.

"어찌하여 풍류회를 그만두자 하십니까."

"형님께서는 절 원망하고 계시죠."

이혈이 어렵게 입을 열었다.

"저 때문에 왕위에 오르지 못해 싫어하시지요. 열일곱이 나도록 《중용》은커녕 《맹자》도 떼지 못하고, 고작 계집 하나 죽었다는 이유로 상사병이 나는데 어찌 이런 놈이 이 나라의 군주가 되었을까 한심하시지요."

"무슨 말씀이세요."

"대체 제가 왜 살아야 합니까. 이대로 산다고 제가 무슨 영화를 볼 수 있을까요. 사랑하는 이의 마음조차 잡지 못하는 제가 살아서 무엇 하나요."

"주상이 없으면 안 됩니다. 주상이 있어 이 나라가 있습니다."

"나라가 있어 임금이 있는 겁니다."

"백성은 주상을 따릅니다."

"백성은 제가 죽고 나면 다음 임금을 따를 겁니다."

"그렇다면 저는요. 저는 어찌합니까."

월산의 목소리가 떨렸다.

"저는 주상이 없으면 살 수가 없어요. 주상만이 제가 사는 이유입니다."

"제가 사는 이유는 형님이 아닙니다."

그 말에 이혈이 몸을 돌렸다.

"제가 사는 이유는 단 한 사람입니다. 그리고 그 사람은 이제 이 세상에 없습니다."

"그게 무슨 소리예요, 주상."

"환생했답니다."

이혈의 눈에 눈물이 그렁그렁했다.

"비가 환생하여 사내로 다시 태어났답니다. 때문에 저랑 다시는 이뤄질 수 없답니다."

"주상……."

"게다가 저는 비한테 화를 냈어요. 다시는 제 앞에 나타나지 말라고, 윽박지르고 협박했어요. 어쩌면 좋습니까. 정말 비가 오지 않으면, 꿈에도 볼 수 없다면 저는 어쩝니까."

월산은 이혈의 어깨에 손을 올렸다. 그를 가만히 쓸어안았다.

이혈이 왕위에 오른 후 단 한 번도 껴안아줄 수 없었다. 감히 옥체에 손을 댈 수 없었다. 역모로 몰려 죽을 수도 있었다. 허나 지금 아우가 상처받아 이리 아파한다. 그깟 역모가 문제냐. 이 작은 아이를 안고 달래지 못한다면, 죽는 편이 낫다. 그리하면 적어도 이 아이의 꿈에 나타날 수 있을 테니, 이 아이가 꿈속에서 보는 무릉도원에서는 언제나 부드럽게 안아주고 달래줄 수 있을 테니.

"오늘 여기서 자고 가도 됩니까, 형님?"

이혈이 애원하듯 월산을 바라보았다.

"부탁입니다. 오늘은 꼭 형님이랑 같이 잘래요. 그리하면 밤이라도 비의 꿈을 꿀 수 있을 것 같아요. 오늘 일을 사과할 수 있을 것 같아요."

"……그랬다간 이 집에 이름이 생길 겁니다."

"생기면 뭐 어때요. 그래, 덕수궁은 어때요."

"덕수궁이라…… 좋은 이름입니다."[29]

"아무 일도 없을 거예요."

이혈은 월산의 품에 더 깊이 파고들었다. 이미 반쯤 눈이 감겨 하품을 하며 말했다.

"다들 제가 나간 줄도 모를 테니까요."

김시습은 초조한 표정으로 월산저택의 한 사랑채 앞을 서성이고 있었다. 그는 불 켜진 사랑채를 기웃거리다 또 한 번 소리쳤다.

"아직도 멀었느냐!"

문이 벌컥 열리며 이비가 나왔다. 방금 전까지 입었던 치맛바람이 아닌 본래의 갓 쓴 선비 모습이었다.

"역시 네놈은 그 모습이 제격이야."

"이 모습을 버리라고 하신 건 스승님입니다."

"그래야만 위기를 넘길 수 있으니 그러하였지."

김시습은 주변의 눈치를 보며 작게 물었다.

"그래서 주상께서는 어떠하셨느냐? 무슨 일이 있었어?"

"사내 사이에 무슨 일이 나겠습니까."

"잘되었구나."

"네, 참 잘되었지요."

이비가 성큼성큼 앞서 걸었다.

월산저택을 빠져나올 때까지 둘은 아무 말도 없었다. 월산대군이 준비시킨 가마를 물리고 난 후에야 김시습은 입을 열었다.

"정녕 무슨 일이 있었느냐?."

"뭐가요."

"네놈, 골이 나지 않았느냐?"

"제가 어디가 골이 났습니까?"

"미간에 내 천川자를 그리고 입꼬리는 양쪽 모두 처져 메기가 형님 하게 생겼거늘 이것이 골난 인상이 아니라면 달리 무엇을 가리켜 골이 났다 일컫느냐?"

이비는 대답할 수 없었다.

"대체 무슨 일이 있었느냐?"

"아무 일도 없었습니다."

"한데 골이 났느냐?"

"저도 모른다지 않습니까! 그냥, 저는⋯⋯."

갑자기 이비가 입을 다물었다. 무어라 한마디로 표현할 수 없는 표정을 짓더니 소리 질렀다.

"모, 모르겠다고요!"

그대로 김시습을 두고 달렸다.

김시습은 이비를 쫓아가려 했으나 갑자기 소매가 찢어졌다. 벼루며 먹, 잡다한 문방사우들이 우수수 떨어졌다.

저택을 지키던 군졸들이 눈이 휘둥그레져 뛰쳐나왔다.

"이게 뭡니까, 매월당?"

"이, 이건 그러니까, 이건…… 월산대군이 하사하신 것이네!"

"매월당나리…… 잠깐 이야기를 좀 나누시지요."

"그, 글쎄 내가 받은 거래도! 이놈, 일산아! 이놈아!"

김시습은 당황해 이비를 불렀다.

이비는 듣지 못했다. 이미 저잣거리로 사라진 지 오래였다.

이비가 향한 곳은 무계정사의 선목이었다. 혼백 흉내를 낸 후 일부러 피했지만 이 상황이 되니 가장 먼저 생각나는 것은 선목이었다.

이비는 시간이 지나도 여전히 흐드러진 꽃송이에 파묻혀 오들오들 떨었다. 뛴 탓이 아니었다. 임금이 삼족을 멸하고 능지처참에 부관참시하겠다고 협박하여 두려운 탓도 아니었다. 소년 왕의 상처받은 얼굴이 떠오른 탓이었다. 화를 내던 그 얼굴이 가슴 아팠다. 박비만 생각하면 저릿한 이마처럼 마음 한구석이 뜨겁게 달아올랐다.

이 마음을 박비 오라비에게 모두 바쳤건만, 내가 왜 이럴까.

이비는 선목 사이로 손을 뻗었다. 그 안에 숨겨놓은 활과 화살을 꺼냈다.

"오라비……."

꽉 끌어안았다.

"난 왜 이러는 거야?"

그때 저만치 멀리서 부스럭거리는 소리가 났다.

"누구냐."

상대는 대답이 없었다. 이비는 활과 화살을 손에 들었다. 어둠을 노려보며 다시 한번 말했다.

"모습을 드러내라."

사내가 모습을 드러냈다.

왕이었다.

왕과 이비는 놀라 서로를 바라보았다. 이비는 급히 손에서 활을 내렸다.

"전하."

왕이 그 모습을 뒷짐 진 채 내려다보았다.

"넌 어찌 여길 왔느냐."

"그러는 전하께서는 왜 여기 계십니까?"

"잠시 마실 나왔다."

왕이 선목으로 다가왔다.

"이곳은 내가 가장 좋아하는 장소거든."

왕은 방금 전 일은 모두 잊은 듯 다정했다.

"이 녀석, 참으로 훌륭하지 않느냐."

"어찌하여 나무가 훌륭합니까?"

"하늘에 계신 서왕모가 키우는 반도원의 복숭아는 3천 년에 한 번 열매를 맺는다. 때문에 언제나 복사꽃이 흐드러지지. 아마도 이 선목은 천계에 계신 서왕모 실수로 떨어뜨린 씨앗일 것이다. 그리하여 이 나무는 우리보다 한참을 더 살아 하늘의 뜻을 아니, 어찌 훌륭하지 아니할까."

왕의 말을 듣고 나니 나무가 눈이 부시도록 아름다웠다. 사시사철 피는 복사꽃의 의미가 새로웠다.

이 사내는 진정한 왕이다. 참으로 존경할 수밖에 없는 이 나라의 왕이다.

"전하."

저절로 전하란 말이 나왔다.

"저는…… 소생은, 결코 저는 전하가 싫어 그런 말씀을 올린 것이 아닙니다. 그저 제게 정인이 있는 까닭입니다. 사연이 있어 헤어지긴 했으나 제 마음에는 늘 그이가 있습니다. 때문에 다른 이는 그 누구 한 명 마음에 담을 수 없습니다. 하오니 부디 통촉하여 주십시오."

이비는 자신이 무슨 말을 하는가 알 수 없었다. 하지만 이비는 말하고 싶었다. 꼭 이 남자, 이 나라의 왕에게는 사정을 설명하고 이해받고 싶었다.

그때 물 한 방울이 이비의 얼굴로 떨어졌다.

이비가 손으로 얼굴을 닦았다. 고개를 들었다. 복숭아 나무 아래 선 왕의 얼굴을 똑바로 올려다보았다.

왕이 울고 있었다.

"알았다."

그렇게 말하며 왕은 이비를 끌어안았다.

단 한마디였다.

그 한마디가 너무나 가슴 아팠다. 그 품이 너무나 따뜻해 떨어지고 싶지 않았다. 허나 다음 순간 왕이 이비를 떼어냈다. 그 양손을 꽉 쥐고 두 눈으로 다정하게 이비를 바라보며 말했다.

"내가 다 알아들었음이다."

"전하, 저는……."

"괜찮다. 다 괜찮다."

이비는 가슴이 떨렸다. 그 마음을 주체할 수 없어 이비는 그만 발뒤꿈치를 들었다. 왕의 입술에 입 맞췄다.

왕은 그런 이비를 물리치지 않았다. 이비를 꽉 끌어안은 채 가만히 있었다.

이비가 정신을 차렸다. 어쩔 줄 몰라 하다 도망쳐버렸다.

성은이 망극하옵나이다

왕은 멀어지는 사내의 뒷모습을 바라보았다.

기이한 일이로다.

하지만 그 사내가 싫지 않았다. 도리어 왕은 그 사내가 마음에 들었다. 그 사내의 얼굴이 마음속 깊이 숨긴 정인을 꼭 닮은 탓이었다. 왕은 바닥에 떨어진 활과 화살을 주웠다. 본래 있었던 선목의 옹이에 집어넣은 후 발을 돌려 궁으로 향했다.

북악산 사냥터를 통해 궁으로 가는 길을 냈다. 넉넉잡고 걸으면 이각, 달리거나 말을 타고 가면 일각이면 도착하고도 남았다.[30]

뒷길로 들어서자 담 아래 내관이 초조한 얼굴로 기다리고 있었다.

"압구정나리가 오셨습니다."

왕은 대답 대신 고개를 끄덕였다. 강녕전에 들었다. 융복을 벗고 준비된 시사복으로 갈아입었다. 흑궤자피화를 신고 오조원룡보를 입었다. 옥대를 허리에 찬 후 마지막으로 익선관을 썼다. 거울에 자신을 비춰 옷차림에 부족함은 없는가 따진 후 다시 강녕전을 나섰다. 사정전으로 들어서 경연에 나아갔다.

"압구정께서 어인 일로 이 시간에 오셨습니다."

"……."

"왜 그러세요, 압구정?"

"온종일 경연에 전념하시니, 혹여 주상전하의 존안이 상하지나 않으신가 심려하여보았습니다."

"그리 걱정해주시다니, 역시 압구정밖에 없어요! 안 그래도 내 책을 보며 궁금한 점이 한둘이 아니었습니다."

왕이 자리에 앉아 《중용》을 펼쳤다.

"무엇이 궁금하셨습니까."

한명회는 왕이 펼치는 책의 제목을 슬쩍 본 후 보일 듯 말 듯 미간을 찌푸리며 말했다.

"공자가 《춘추》를 편찬하며 백대의 제왕이 바꿀 수 없는 큰 법을 마련하였지요. 주나라 종실을 높여 왕이라 하였으니, 자고로 그보다 높은 칭호란 있을 수 없겠습니다.

한데 진나라 시황은 육국을 엎고 사해를 통일하더니 제 딴에 도덕이 삼황을 겸하고 공로가 오제보다 높다고 황제라 일컬었습니다. 또 이때 외람되게도 왕이라 일컫는 이들이 있었어요. 위나라의 양, 양나라의 왕, 초나라 왕이 모두 그런 예입니다. 이들이 문왕 무왕 성왕 강왕 제멋대로 칭하니 세계엔 질서가 부족한 것이 아닌가 싶습니다. 또 저 자신 역시 왕이라 이름 붙여 그 질서를 어지럽히는 것은 아닌지 심려됩니다."

"《중용》에서는 군자의 도를 일컫기를, 도道는 군자 자신에게 근본을 두라 하였습니다. 서민에게 군자의 도를 증험하며, 하夏·은殷·주周 삼대三代의 어진 왕의 치적과 비교해보아서 틀림이 없는가 확인하며, 하늘과 땅에 그것을 세워도 어긋나지 않게 행하는가 살피라 하였으니, 무릇 군자란 자신이 왕에 합당한지를 매사 따져야 한다는 뜻이겠습니다. 하여 전하께서도 이런 마음을 항시 담고 있다면 어찌 왕의 숫자가 하나 늘어났다고 하여 질서가 부족하겠습니까."

"그러고 보니 《중용》에 이런 구절도 있었지요. 군자는 사람의 도道를 가지고 사람을 다스린다. 이것이 최상의 정치다. 잘못된 것을 고쳐서 올바로 되는 것을 사람 다스리는 한도로 한다. 압구정 말을 듣고 나니 이 말이 새록새록

합니다. 내 유념하여 공자가 보아도 인정할 군자가 되도록 증진하겠습니다."

"성은이 망극하옵나이다."[31]

한명회가 물러났다.

복도를 걷는 발소리마저 잦아지자 왕은 낮게 한숨을 내쉬었다. 자리에서 일어났다. 서서히 양팔을 들었다. 그를 따라 움직이는 의복의 모양새며 또 그 촉감을 보았다. 걸었다. 움직이는 것조차 느낄 수 없을 만큼 푹신하게 발을 감싸는 버선의 사부작거리는 소리를 들었다.

등 뒤에서 기침 소리가 났다. 사방을 지키고 선 내관이며 홍문관들이 왕을 걱정스레 바라보고 있었다.

왕은 부드럽게 웃었다.

"잠시 몸을 푼 것뿐이다."

그 말에 모두 고개를 조아렸다.

왕은 또 한 번 웃었다.

그 뜻은 앞에 선 신하들과 달랐다. 자신이 처한 현실이 믿기지 않아 기쁘다는 뜻이었다.

설마 이런 일이 일어날 줄은 몰랐다. 한평생, 이런 옷을 입고, 맘껏 책을 읽으며, 아늑한 곳에서 몸을 뉠 날이 올 줄은 결코 상상도 하지 못했다.

열흘 전, 9월의 첫날까지만 해도 왕은 왕이 아니었기에. 모든 것은 이레 전, 일식 날로 거슬러 올라간다.

들쥐가 귀를 세웠다. 멀리서 난 매의 비명 탓이었다. 다음 순간 들쥐는 다시 움직였다. 살금살금 걸어가더니 사내의 사타구니를 지나 몸통에 올라탔다. 흥건히 피가 묻은 사내의 옆구리에 코를 박고 킁킁거리다 이빨을 드러내는 순간, 사내의 손이 잽싸게 들쥐를 낚아챘다. 버둥거리는 들쥐의 목을 한 손으로 가볍게 으스러뜨렸다. 그대로 입에 넣고 우적우적 씹어 먹었다. 덕분에 조금 정신이 들었다. 하지만 바로 열이 났다. 목이 말랐다. 꿈쩍도 할 수 없었다.

사내는 무조건 한양으로 가야 했다. 계집을 만나 모든 사실을 일러야 했다. 허나 이 모양이다. 가까스로 한양에 도착했으나 몸이 더 이상 꿈쩍도 하지 않았다. 기력이 쇠했다.

사내는 눈을 감았다. 아니, 하늘이 눈을 감았다. 세상이 시꺼멓게 변했다.[32]

이대로 죽는 것인가. 것도 나쁘지 않겠다. 이생에 계집을 만날 수 없다면 죽어도 좋겠다.

그런데 세상이 서서히 밝아졌다. 어둠이 사라지는가

싶었는데 다시 그늘이 점점이 드리웠다. 사내는 가까스로 눈을 떴다. 고개를 들어 제 머리 위에 나타난 그늘의 정체를 확인했다.

머리 위 나뭇가지 위에 새 한 마리가 앉아 있었다. 머리 위로 가늘고 긴 흉터가 난 무척이나 튼튼하게 생긴 보라매.

사내는 눈을 끔뻑였다. 보라매를 향해 한 손을 들었다. 허공이라도 잡을 듯 허우적거리며 가까스로 입을 벌려 그 이름을 불렀다.

"부리……."

보라매는 대답이 없었다. 묵묵히 사내를 바라볼 뿐이었다.

그런 사내의 곁으로 수많은 그림자가 몰려들었다. 그리고 그들 사이로 한 남자가 나타났다.

사내는 무사들과 그 사이로 나타난 한 남자를 보며 아주 작게 중얼거렸다.

"내가 죽은 것이냐……."

"그럴지도 모른다."

무사 사이로 마지막에 걸어 나온 남자가 말하였다.

"어쩌면 '내'가 죽은 것일지도 모르겠구나."

그 남자는 자기 자신, 박비였다.

다시 눈을 떴을 때, 박비는 가장 높은 곳에 있었다.

자신을 우러러보는 이들에게 명령하고 있었다.

때문에 박비는 스스로에게 말했다.

이것은 꿈이다. 〈남염부주지〉의 박생처럼 나는 왕이 되는 꿈이라도 꾸는 것이다. 눈을 감으면 나는 다시 지리산 산골짜기에 떨어져 있을 것이다. 피를 흘리고 관군에게 쫓기며 계집을 그리워하고 있을 것이다.

비.

나와 이름이 같으나 이 세상 그 누구보다 존귀해야 할 계집을 하염없이 생각하리라.

저도 모르게 입술로 손을 갖다댔다. 방금 전 자신의 입술에 입을 맞추고 달아난 이비를 떠올렸다.

그 입맞춤도 꿈이었을까.

박비는 잠시 허공을 바라보다 중얼거렸다.

"꿈이었겠지."

박비는 다시 《중용》을 폈다. 지금 이 순간 꿈이 깨지 않기를 바라며, 끊임없이 이어지는 글씨를 빨아들일 듯 들여다보았다.

한명회는 당황했다. 한명회의 입에서 진심 어린 "성은이 망극하옵나이다."란 말이 나온 것은 이번이 처음이었다.

왕은 나날이 경연에 몰두하였다. 특히 어제오늘은 벌써 네 차례 경연에 나아갔다. 때문에 한명회는 오늘 야대는 분명 거짓이리라 여겼다. 왕은 어렸을 때부터 세조를 좇아 매사냥이며 밤놀이에 재미가 들렸다. 늘 낮에는 꾸벅꾸벅 졸고 밤이 되면 쌩쌩하게 돌아다녔다.

오죽했음 왕궁 뒷담에 개구멍을 냈을까.

지금쯤 놀고 싶어 좀이 쑤실 게 뻔했다. 하여 월산저택으로 암행했다면 반드시 혼쭐을 내줄 셈이었다.

한데 왕은 이렇듯 떡하니 눈앞에 나타났다[33]. 지친 기색은 있었으나 책을 바라보는 표정도, 또 그 자세도 진중하기 짝이 없었다. 게다가 질문하는 내용이 놀라울 정도로 총명하였다.

지난번 들렀던 경연에서 왕은 《맹자》를 잡고 끙끙거렸다. 그에서 말하는 효가 옳냐 옳지 않으냐를 물었다. 한데 눈앞의 왕은 누가 시키지도 않았는데 《춘추》며 《중용》을 논하였다.

한명회는 그 연유를 알아내고 싶었다. 그러기 위해선 일단, 왜 왕이 야대에 나아갔는가 그 까닭부터 캐내야 했다. 때문에 집에 들어서자마자 종을 불러 일렀다.

"참판 댁에 가서 압구정이 찾는다 이르거라."

오늘 월산저택에 보냈던 정훼를 부를 셈이었다.

한데.

"이미 오셨습니다. 벌써 한 시진 넘게 기다리고 계세요."

웬일로 정휘가 눈치 빠르게 행동했다. 한명회는 오랜만에 정휘가 기특하여 웃었다. 신발과 관모를 바로 벗어 던지며 말했다.

"일각 후 들게 해라."

한명회는 방에 들어가 상투 바람에 입에 곰방대부터 물었다. 몇 모금 깊게 빨자 마음이 조금 나아졌다. 그대로 머리를 벅벅 긁으며 다시 한번 아까의 일을 골몰하는데, 방 밖에 인기척이 났다.

"참판나리 모셨습니다."

"들라 해라."

정휘가 방에 들었다. 상투 바람의 한명회를 보고 잠시 몸을 떨더니 굽신거리며 앞에 앉았다.

"그래, 무슨 일이야."

"오늘 풍류회가 중지되었습니다요."

"그런 까닭이었나! 어쩐지……."

그리하여 야대에 납시었군.

정휘가 뒷말이 궁금한 듯 한명회를 올려다보았으나, 한명회는 그 이상 말을 잇지 않았다.

"그래서 자네가 예까지 온 건 무슨 까닭이야. 풍류회가 중지되었다면 할 이야기도 없을 터인데."

"풍류회는 중지되었으나 그림은 보았기에 고할 말씀이 생겼습니다."

"월산대군이 안소희를 시켜 그렸다는 〈몽유도원도〉 말인가? 왜, 그 그림에 역모의 기미라도 있던가?"

"그러했습니다."

이 사내가 저리 단호하게 말을 하다니, 별일이군.

정훼는 본래 성격이 우유부단하기 짝이 없었다. 평생 한명회의 수족처럼 이 지방 저 지방 떠돌며 염탐하기에 적당하였다. 한데 지난번 전라감영에 다녀온 사건으로는 그마저도 안 될 듯싶었다. 다짜고짜 혼백을 보았다는 헛소리를 지껄였다. 게다가 그 혼백의 정체를 일컬어 공혜왕후, 죽은 왕비이자 한명회의 둘째 딸이라 고하였다. 때문에 한명회는 당장 정훼를 불러들였다. 말이 좋아 참판이지 아무것도 못 하게 했다.

안 그래도 시국이 불안정했다. 이대로 가다가는 한명회의 시대가 끝난다는 말이 나올 정도였다. 이 상황에서 자신의 수족으로 널리 알려진 정훼가 허언을 한다면 말 그대로 목이 날아간다. 때문에 실수를 하면 잘라버리려는 셈으로 월산저택에 보냈는데, 저리 단호한 정훼가 돌아오다니.

한명회가 다시 한번 곰방대를 입에 물었다. 힘껏 빨아 연기를 내보냈다. 방 안으로 서서히 퍼져가는 나른한 연기가 정훼의 얼굴에 닿는 순간, 말했다.

"고하시게."

"실은 제가 오늘……."

이야기가 진행됨에 따라 한명회의 눈은 점점 커져만 갔다. 더 이상 부러 정훼의 얼굴로 연기를 보내지 않았다. 곰방대를 내려놓고 자세를 바로잡았다. 집중하여 이야기를 들었다. 마침내 정훼가 이야기를 끝냈을 때 말했다.

"내 은퇴하면 호를 따서 한강에 압구정이란 이름의 정자를 하나 지을까 하네.[34] 하여 길일을 잡아 자리도 볼 겸, 한강에서 풍류회를 열면 어떨까 하는데 자네 생각은 어떠한가."

"갑자기 무슨 말씀을……."

"그곳에서 월산대군을 뵙고 소문으로만 들은 〈몽유도원도〉를 보려 하네. 어떤가, 그 자리에서 지난밤 마저 못 한 풍류회를 계속한다면 참으로 즐거운 자리가 되지 않겠는가. 또 그곳에서 자네가 지금 한 말을 증명한다면 어떻겠는가."

한명회의 말에 정훼는 환하게 웃었다.

"참으로 영달하십니다!"

고개를 크게 끄덕이며 소리쳤다. 한명회의 낄낄거리는 웃음을 따라 함께 한참을 웃었다.

흩어진 이 해골을 뉘라서 묻어주랴

안소희는 무계정사로 향했다. 주변을 두리번거리며 선목에 다가가더니 작게 말했다.

"만복사."

"저포기."

선목에서 대답이 돌아왔다. 여자의 목소리였다.

"무계정사."

이번엔 선목에서 먼저 말했다.

"공혜왕후."

안소희의 말에 선목 뒤에서 초롱을 든 중년 부인이 나타났다.

"부인 덕에 〈몽유도원도〉는 무사히 완성할 수 있었습니다."

"별말씀을 다 하십니다."

부인이 쓰개치마를 벗어 얼굴을 드러내자 안소희는 살짝 눈을 찡그렸다.

그간 함께 작업을 하느라 부인의 얼굴에 많이 익숙해졌다고 생각했다. 한데 고작 열흘 안 보았다고 다시 이리 당황할 줄이야.

무계정사에서 매일 밤 윷판을 벌이고 얼마 후였다. 매월당의 소개로 부인을 만났다. 매월당은 부인이 윷놀이에 탁월하다 소개하였으니, 과연 그 실력이 출중했다. 또 알고 보니 부인은 일전 혼백이 등장하였다는 이야기를 들었던 전라감영에 살았더라.

안소희는 호기심이 나서 부인에게 전라감영의 이야기를 물었다. 그곳에 존재한다는 복숭아밭의 아름다움에 감탄하며 한 획 두 획 그림을 그렸다. 이 과정에서 아주 사소한 문제가 있었으니, 부인의 고운 얼굴이었다.

처음 그림을 그리기 시작했을 때엔 그 얼굴이 부담스러워 안소희는 감히 가까이 가지도 못했다. 때문에 그림에 묘한 부분이 생겼다. 그림이 왼쪽부터 시작된 것이라든가 필체가 다른 꽃의 표현이라든가 하는 것은 모두 안소희가 우편에 앉은 부인에게 감히 가까이 다가가지 못해, 또 손이 떨려 생긴 흔적이었다.

그래도 어떻게 완성했다. 다시는 부인을 만날 일이 없으리라 여기고 여러 이유로 가슴을 떨었건만 부인의 서신이 도착했다.

"어쩐 일로 이리 급히 서신을 보내셨습니까."

"청할 말씀이 있습니다.

"무슨……."

"월산저택에 출입하는 자 중에 박일산이란 유생이 있을 것입니다."

월산대군이 종종 입에 올리는 이름이었다.

"매월당의 제자입니다. 그 유생이 왜요?"

"그 작자를 월산저택에서 쫓아내세요."

"……네?"

"가능하다면 월산대군이 다시는 얼굴을 보지 않고 싶을 정도로 화가 나게 하면 더더욱 좋습니다."

"대체 그게 무슨 말씀이십니까. 왜 그 작자에게 누명을……."

"안화백."

부인이 갑자기 안소희의 양손을 꽉 잡았다.

"왜, 왜 이러십니까!"

안소희가 당황해 그 손을 놓으려 했다. 허나 부인은 강경했다.

"우리 모두 죽습니다."

그 손을 결코 놓지 않고 계속해서 말을 이었다.

"그 작자를 월산저택에서 쫓아내지 못하면 우리 모두 죽습니다. 아시겠습니까?"

"어째서 그런 말씀을 하십니까. 대체 그 작자가 누구이기에……."

"일단 박일산을 만나보십시오."

안소희가 완전히 사라진 후, 한 사내가 선목 아래로 내려왔다. 거대한 봉을 들고 걸을 때마다 찍으며 다가와 부인 옆에 나란히 섰다.

사내는 김시습이었다.

머릿속에서 글자가 춤을 췄다. 매화꽃이 봄바람에 날려 소용돌이치듯 김시습의 머릿속에서 무수히 많은 단어가 꼬였다. 그 모든 것은 단번에 모여 취벽루를 그렸다가 다음 순간엔 남염부주를 찾았다. 만복사로 갔다가 담장 너머 복숭아나무를 훔쳐보았다. 마지막에 도달한 곳은 용궁이었으니, 그 잔치 풍경을 보며 김시습은 저도 모르게 웃고 말았다.

그녀가 눈앞에 있었다.

김시습의 소설 《금오신화》 속에는 여러 가지 사랑이

존재했다. 양생과 처녀의 사랑, 홍생과 기씨녀의 사랑, 이생과 최랑의 사랑. 한데 그 사랑에는 한 가지 공통점이 있었다. 사랑은 단 한 번도 이루어지지 않았다. 소설 속 주인공이 모두 그녀를 본떴기 때문이었다.

옹주, 이 나라에서 가장 높은 곳에 계신 그분.

꿈속에서만큼이라도 이루어지고 싶어 적었건만 김시습의 붓은 그 마음을 허락하지 않았다. 제멋대로 움직여 소설 속에서마저도 결코 닿지 않을 존재로 만들어버리고 말았다.

오세 김시습.

그 이름을 받았던 날 김시습은 그녀를 만났다.

그녀를 보자마자 김시습은 후회했다. 자신이 천재인 것을, 조숙한 것을, 그리하여 고작 다섯 살의 나이에 사랑을 시작한 것을.

김시습은 그녀를 보자마자 결심했다. 반드시 과거에 급제하여 그녀를 만나고야 말겠다고 학업에 열중했다. 아예 절에 틀어박혔다. 허나 그녀는 그로부터 2년 후, 고작 아홉 살의 나이에 혼인했다. 순천 박씨 박팽년의 둘째 며느리가 되었다.

김시습은 그 소식에 좌절했다. 공부도 마음처럼 되지 않아 급제가 당연하였던 과거에 연거푸 떨어졌다. 그래도 어떻게든 공부를 더 하겠다고 마음을 먹었으나 다음으로 들은 소식은 순천 박씨 박팽년 일가의 삼족을 멸한다는 소식이었다.

김시습은 울며 절을 뛰쳐나갔다. 자신이 사랑한 그녀도 멸족을 당하는 건가 두려워 사방팔방 헤매고 다녔다. 목숨을 걸고 박팽년의 시신을 모아 노량진에 묘를 세웠다. 그녀의 행방을 찾아 전국을 헤맸다.

그때 지은 시가 이른바 《매월당집》으로 알려진 한시들이었다.

마침내 찾아낸 그녀는 임신 중이었다. 왕은 그녀의 자식이 사내라면 죽이고, 딸이라면 살리라고 말했다.

"살려주세요, 매월당."

그녀는 울며 김시습을 붙잡았다.

"제발 제 자식을 살려주세요."

처음이자 마지막으로 김시습은 그 손을 맞잡았다.

"살려드리겠습니다."

그리고 말했다.

"반드시 살려드리겠습니다."

어쩌면 이 일로 목숨을 잃을지도 몰랐으나 상관없었다. 아니, 오히려 기뻤다. 이 모가지를 그녀를 위해 버린다면, 그녀는 평생 김시습을 그리워하며 살아갈 테니 그만큼 기쁜 일은 없으리라.

하지만 일은 마음먹은 대로 흘러가지 않았다.

김시습은 제 머리를 믿었다. 이 세상의 무엇이든 손바닥 안에 있다, 마음만 먹으면 쥐락펴락하며 맘껏 갖고 놀 수 있다 여겼다. 이비와 박비, 두 비만 예외였다. 마치 김시습의 소설 속 주인공들처럼 두 비는 그의 말을 듣지 않았다. 모든 상황은 계속해서 예상치 못한 방향으로 흘렀다. 때문에 김시습은 늘 불안하였다.

자신이 마음대로 할 수 없는 것은 모두 비극으로 끝났기에. 이 두 비 역시 소설 속 주인공처럼 비극의 주인공이 될 것만 같았기에.

"이제 원하시는 바를 이룰 수 있을 겁니다."

"허나 혹여 그 아이가 말을 안 들으면 어찌합니까. 달아나지 않으면 어찌할 겁니까."

"박일산이는 복권될 것입니다. 제가 그리해드릴 테니 아무것도 걱정하지 마세요. 이씨 부인."

부인의 정체는 이극균의 처, 이씨 부인이었다.

"저는 늘 꿈을 꿉니다."

이씨 부인이 눈을 감았다.

"홀로 아이를 낳으며 어쩔 줄 몰라 하는 꿈을, 매월당

당신이 그런 내 손을 잡고 모든 것이 잘될 거라 속삭이는 꿈을, 내 사랑하는 아들 일산이 계집종의 품으로 사라지는 꿈을…… 한데 그 끝이 어떤지 아십니까."

"모릅니다."

"모두가 죽습니다. 늘 마지막에 가서 우리 모두 능지처참에 처합니다. 매월당 당신도, 날 대신해 아이를 감춘 계집종도, 그리고 내 아들도…… 우리 모두 죽고 말아요."

이씨 부인이 바들바들 떨었다. 하지만 감은 눈은 결코 눈물을 흘리지 않았다.

김시습이 그런 이씨 부인에게 손을 뻗었다. 어깨에 닿을 듯 가까이 다가갔다가 다시 내렸다.

"아무 걱정도 하지 마세요."

그 손으로 봉을 힘주어 꽉 잡으며 말했다.

"제가 반드시 원하시는 바를 이뤄드리겠습니다."

"믿습니다."

이씨 부인이 눈을 떴다. 쓰개치마를 썼다. 안소희가 사라진 계단 방향으로 사라졌다.

김시습은 손을 들었다.

멀어지는 이씨 부인을 향해 하염없이 들고 있다가 마침내 다시 거두었다. 아까와 마찬가지로 양손으로 봉을 쥔 채 하늘을 올려다보았다.

우렁차게 시를 읊었다.

칼이 번쩍 창이 번쩍 이 나라 싸움터에

구슬처럼 깨어졌네 꽃잎처럼 떨어졌네

짝을 잃은 원앙새여

흩어진 이 해골을 뉘라서 묻어주랴

피 묻어 놀란 넋이 말하자니 바이없어

무산의 선녀 되어 고당에 내 왔더니

만나자 또 이별에 마음 서러워하노라

이제 한번 갈라지면 가는 길 더욱 멀어

저승과 이승 간엔 소식조차 없으리[35]

나무아미타불 관세음보살

이비는 넋이 나갔다.

또 한 번, 제 입에 손을 갖다댔다.

왕의 입술을 떠올리자 다시 얼굴이 벌겋게 달아올랐다.

한 사내와 하루에 두 번이나 입 맞췄다. 그런데 두 입술의 감촉이 사뭇 달랐다. 월산저택에서 입을 맞췄을 땐 너무나 부드러워 복사꽃잎이 닿은 듯하였으나, 무계정사에서 입을 맞추었을 땐 투박하기 짝이 없었다.

"이놈이 또 넋이 나가서는!"

김시습이 그런 이비의 머리를 봉으로 내리쳤다.

이비는 놀라지도 않았다. 서서히 고개를 들어 김시습을 바라보았다.

"스승님 오셨습니까……."

"요놈, 놀라지도 않느냐?"

"그게……."

이비는 다시 얼굴이 벌게져 대답하지 못했다.

김시습은 기가 찬 듯 그 모습을 바라보다 삿갓을 썼다.

"아무튼 따라오너라."

"왜 그러십니까?"

"사건이다."

"사건이요?"

이비는 평량자를 쓰고 마루로 나서며 물었다.

"월산대군의 사랑채에서 벼루가 없어졌다고 한다. 명나라에서 온 이 세상에 단 하나밖에 없는 용 벼루란다."

"그 벼루를 어찌 찾는답니까? 용이 그려진 벼루가 한둘입니까?"

이비는 마침 발에 차인 벼루를 손에 들며 말했다.

"여기도 있네요. 이건 또 언제 사셨답니까?"

"용 벼루가 한둘이더냐."

김시습이 퉁명스럽게 말했다.

"쌔고 쌘 게 벼루인데 내 어찌 알겠느냐."

김시습은 한시가 떠오르면 바로 적는 습관이 있는지라, 수락정사엔 사방팔방 손만 뻗으면 닿을 수 있도록 벼루를 비롯하여 문방사우를 갖춰놓았다.

"한데 그 벼루는 용이 그려진 딴 벼루와 다른 점이 있다고 한다."

"그러고 보니 이 용 벼루 좀 특이하네요."

김시습은 정면을, 이비는 벼루를 바라보며 말했다.

"정교하기 짝이 없어 역린마저 새겨졌다고 하더구나."

"비늘이 하나만 거꾸로 나 있네요, 역린처럼."

김시습과 이비는 놀라 말을 하다 멈췄다. 서로를 바라보았다.

"지금 무엇이라고 하였더냐?"

"지금 뭐라 하셨어요?"

동시에 벼루로 시선을 옮겼다.

"네 이놈!"

먼저 정신을 차린 건 김시습이었다. 봉으로 이비의 머리를 때리며 말했다.

"벼루를 훔친 게냐!"

"누구한테 뒤집어씌우세요!"

이비가 벼루를 김시습에게 냅다 안기며 소리쳤다.

"스승님은 어딜 가든지 붓이며 벼루를 들고 오는 버릇이 있잖습니까! 풍류회 때에도 서진이며 붓이며 소매에서 마구 쏟아져 제 뒤를 못 쫓아오셨잖아요!"

"그, 그건! 월산대군이 친히 하사하신 것이다!"

김시습이 다시 이비에게 벼루를 내밀며 소리쳤다.

"내가 훔친 것이 아니야!"

"친히 하사한 물건이 왜 비단보에 안 싸이고 소매에서 나와요! 역시 스승님이 범인입니다!"

"아니래도!"

"그럼 누구란 말입니까!"

"부처님인가 보지!"

그 말에 서로 손을 멈췄다. 벼루를 손 사이에 끼고 서로를 바라보았다.

"일단, 돌려놓을까요?"

"나무아미타불 관세음보살."

오랜만에 스승과 제자가 마음이 맞았다. 김시습이 품에 벼루를 챙겼다. 날 듯이 산을 달려 내려왔다. 그대로 월산저택에 들어섰다.

"내가 월산대군을 정자로 납시게 하겠다. 그사이 네가 사랑채에 들어가 벼루를 제자리에 놓거라."

김시습이 이비에게 벼루를 건네며 말했다.

"무슨 재주로요?"

"한시를 읊겠다고 거문고를 청하면 되지 않겠냐."

"아, 그 알아듣지 못할 한시요."

"요놈이 스승을 능멸하려 들어?"

"어허! 궁입니다. 궁에서 무엄하십니다!"

"임금이 묵기 전에는 저택이다!"

"언젠간 묵으실 겁니다!"

"그렇다면 그 궁이 될 곳에서 촐싹대며 뛰는 놈은 무엇이냐! 아무튼 내 월산대군과 대화를 나누는 사이 네놈이 이걸 본래 자리에 갖다두거라."

"참 잘되겠습니다!"

"그럼 네가 월산대군을 불러내겠느냐? 무슨 공중제비라도 돌 셈이냐?"

"제가 감히 벼루를 맡겠습니다."

이비가 냅다 품에 벼루를 넣었다.

거문고를 못 튕기는 게 문제가 아니었다. 이비는 지난번 풍류회 이후 단 한 번도 제대로 월산대군을 마주하지 않았다. 혹여 왕이 무언가 이야기했다면 어쩌나 싶어 슬슬 피해 다녔다. 이런 상황에서 만난다면 말실수할 게 뻔했다.

김시습이 사랑채에 먼저 들어갔다.

이비는 건물 뒤에 숨어 기다렸다. 계집종이며 무사 들이 무슨 일인가 싶어 지나가며 이비를 보고 인사했다. 하나같이 왜 이런 곳에 계시냐고 묻기에 이비는 아무래도 자신이 숨을 곳을 잘못 선택했구나 싶었다. 허나 주변엔 몸을 숨길 나무가 없었다.

어쩔 수 없지.

이비는 지붕에 올랐다. 납작 엎드려 스승이 월산을 데리고 나오길 기다렸다. 일각이 지나도록 김시습이 나올 기미는 없었다. 이각이 지나도 마찬가지였다.

스승님을 믿은 내가 잘못이지.

이비는 벌러덩 누웠다. 하늘을 봤다.

이토록 높고 푸른 가을은 오랜만이었다. 그리고 그 하늘엔 더더욱 오랜만에 보는 매 한 마리가 있었다.

머리에 난 세로로 기다란 흉터, 부리였다.

어째서 부리가 이곳에…….

우연히 왕과 사냥터에서 만난 후, 부리는 종적을 찾을 수 없었다. 이비가 아무리 불러도 오지 않았다.

이곳에 부리가 있다는 건……?

"그럼 가보시죠!"

그때 아래에서 김시습의 목소리가 났다. 헛기침을 크게 하며 이비에게 눈치를 줬다. 이비는 몸을 낮췄다. 월산과 김시습이 자리를 뜨길 기다렸다가 마당으로 뛰어내렸다. 사랑채에 올랐다. 쪼그리고 앉아 방문을 연 후 안에 들어갔다. 주변을 두리번거리다 문방사우를 모아놓은 선반을 발견했다. 벼루를 놓은 후 다시 뒷걸음질 쳤다. 살금

살금 문을 열었다. 이제 그대로 나가기만 하면 되는데, 묘하게 등 뒤에 벽이 하나 더 있었다.

분명 문은 방금 전 열었는데 어째서 또 문이 있지?

이비는 손으로 등 뒤를 허우적거렸다. 문을 열려고 애쓰는데 묘한 게 손에 잡혔다. 딱딱하고 기다란 물건.

이게 대체 뭐지……?

고개를 돌린 이비는 단번에 모든 수수께끼를 풀 수 있었다.

손에 잡힌 것은 장검이었다. 그리고 오랜만에 부리가 모습을 드러낸 이유, 왜 공중을 맴돌았는가. 그 이유 역시 풀렸다.

"오랜만이구나, 박일산이."

융복에 장검을 찬 이혈이 이비를 노려보고 있었다.

"네놈, 무엇을 하고 있었더냐?"

깨금발을 들어 입 맞추었던 그 얼굴이 지금 닿을 듯 가까이 있었다. 그 입술이 지금 차가운 말을 연신 내뱉었다.

"고하거라. 뭣 하던 중이었더냐?"

이비는 그 목소리가 들리지 않았다. 얼굴마저 벌게져 아무 말도 못 하고 입만 벙긋거렸다.

"어찌 대답을 못 하느냐?"

"그, 그게……그게……."

"전하, 무슨 일이 있습니까?"

"왜 문밖에 서 계십니까?"

그때 문밖에서 무슨 소리가 났다.

이혈이 등 뒤를 봤다. 이비와 등 뒤를 번갈아 보더니 호통쳤다.

"아무것도 아니다! 혼잣말을 했다! 가보거라!"

"하오나 전하, 월산대군께옵서 정자에서……."

문틈으로 누군가의 갓 챙이 튀어나왔다.

"감히!"

이혈은 한 손에 든 장검으로 갓을 내리쳤다. 방으로 고개를 내밀었던 챙이 반 동강이 났다.

문밖에서 비명이 났다.

"무엄하다! 어느 안전이라고 명을 어기느냐!"

이혈의 목소리에 밖의 소란이 잦아들었다. 거의 동시에 합창처럼 "죽여주시옵소서!"가 터졌다.

"내가 들어와도 좋다고 할 때까지 모두 물러가라! 이 근처에서 얼씬거렸다간 죄다 머리를 잘라버릴 것이다!"

"분부 받들겠사옵니다!"

다시 한번 합창과 함께 발소리가 잦아들었다.

이혈은 안도의 한숨을 내쉬었다.

"자, 이제 다시 이야기로 돌아가서……."

"풋."

그런데 이비가 웃었다.

"네놈, 감히 날 보고 웃었느냐?"

"그게 아닙니다, 전하."

이비는 또 웃었다.

"저 사람들 목소리가 웃기잖습니까. 너무 딱 맞아떨어지게 외치잖아요. 말하기 전에 누가 하나, 둘, 셋 작은 소리로 세는 것처럼."

"아, 그러고 보니."

이혈은 생각났다는 듯 다시 입을 열었다. 매우 진지한 표정으로 말했다.

"가끔 내관이 하나, 둘, 셋 외치는 걸 봤다."

이비는 폭소했다.

"그래서 그 벼루를 돌려주러 왔느냐?."

"그러했습니다."

"한데 과연 그 벼루를 네놈 방에 갖다 놓은 것이 누구일까."

"알 수 있는 노릇이 어디 있겠습니까. 전하께서 제 매를 훔친 것만큼이나 이해할 수 없는 노릇인걸요."

"이놈아, 몇 번을 말하느냐?. 저 매는 훔친 것이 아니라 제멋대로 날 따르는 것뿐이라니까 그런다."

"치잇."

이비가 입을 삐죽거렸다.

"허어, 근데 이 녀석 말하는 것 좀 봐라. 네놈 대체 올해 몇이기에 그렇게 내 앞에서 까부는 게냐?"

"방년 열일곱입니다. 임금님은요?"

"올해 열여덟이다."

"한 살밖에 차이가 안 나네요."

"어엇!"

"네?"

"내가 지금 났다! 내가 난 거 맞지!"

이혈이 흥분해 자리에서 벌떡 일어났다. 신이 나서 눈앞의 윷판을 가리키며 소리쳤다.

"이겼다! 석 판 만에 내가 네놈을 이겼다!"

이비는 이혈에게 윷놀이를 제안했다. 그래봤자 시간 보낼 것, 윷이라도 노는 편이 낫지 않겠냐는 말에 이혈은 가당찮다는 표정을 지으면서도 윷을 들었다. 한데 이혈이 더 빠져들었다. 태어나서 처음 윷놀이를 해보는 사람처럼 흥분해서 승패에 목숨을 걸어 무려, 첫판에서 졌을 땐 이비의 목에 칼을 들이댔다.

이비는 아랑곳하지 않았다.

"제가 여기서 죽으면 전하는 평생 저한테 진 채로 사실 텐데, 그래도 괜찮으세요?"

이혈은 칼을 내렸다. 그러고는 그 어느 때보다 진지한 표정으로 윷을 놓기 시작했다. 그리하여 석 판째, 마침내 이겼건만 이비는 코웃음을 쳤다.

"이건 무효죠. 다시 던지셔야죠."

"지금 뭐라 하였느냐?"

춤이라도 출 기세였던 이혈이 이비를 노려보았다. 허나 이비는 지지 않았다. 한 손에 윷을 모아들며 말했다.

"판밖으로 벗어나면, 무효입니다. 다시 던지십시오."

"네 이놈! 감히 어느 안전이라고 그따위 말을 하느냐!"

"그럼 이대로 져드릴까요, 전하?"

이비는 지지 않고 이혈을 똑바로 올려다보았다. 이혈은 그 눈을 바라보다가 윷을 받았다.

"알았다고."

얌전히 바닥에 앉아서 윷을 던졌다.

"다시 던진다고."

"아앗!"

"왜 또!"

"정말 나셨습니다! 전하가 이기셨습니다!"

이비의 말에 이혈이 판을 내려다보았다. 말이 움직여

본래 시작하였던 자리로 돌아간 것을 보고는 환히 웃었다. 자리에서 벌떡 일어나 "이얏호!" 소리쳤다.

"저, 전하! 무슨 일이 있으십니까!"

바로 방 밖에서 큰 소리가 났다.

"아까부터 안에서 묘한 소리가 납니다. 정녕 괜찮으신 겁니까!"

"아, 아무것도 아니다!"

놀란 이혈이 손을 내렸다. 다시 헛기침을 하며 목소리를 내리깔았다.

"다 내 혼잣말이다! 물러들 가라!"

이비는 숨을 죽여 웃었다. 그런 이비를 보며 이혈은 마주보고 앉았다. 윷판을 정리하며 말했다.

"네놈, 박일산이."

"왜요."

"왜 넌 내게 안 지느냐?"

"왜 제가 져드립니까?"

"그야……."

이혈은 말하려다 입을 다물었다.

"그러고 보니 왜 제가 져야 하는가 모르시겠죠?"

"거참."

이혈이 웃었다.

"네놈은 내가 무섭지도 않으냐?"

"무섭습니다."

"한데 그리 까부느냐?"

"그건……."

이번엔 이비가 말을 하려다 입을 다물었다. 눈을 마주 쳤더니 가슴이 뛰었다. 시선을 피했다. 윷을 가지런히 모으며 고개를 숙였다.

"그편이 재미나기 때문입니다."

"재미나다."

이혈은 윷을 고르는 이비를 빤히 바라보며 그 말을 따라 했다.

"하긴, 재미나긴 하다."

"그렇지요. 이 재미난 걸 그간 제대로 못 하셨다는 게 소생은 믿기지가 않습니다."

"윷 말고, 네놈 말이다."

"네?"

"어찌 형님이 두 번이나 네 놈을 내 앞에 데려왔는지 알겠다. 네놈, 참으로 재미난 녀석이다."

이혈이 또 한 번 크게 웃었다.

이 얼굴이 이토록 해맑게 웃을 수 있구나.

"왜 그렇게 보느냐?"

이혈이 이비의 표정을 보았다. 웃음 띤 목소리로 물었다.

"처음 봤습니다."

"무엇을?"

"그리 웃으시는 얼굴을…… 처음 봤습니다."

박비는 단 한 번도 저리 웃는 일이 없었다.

"한데 왜 그런 표정을 짓느냐?"

이혈이 의아한 듯 이비를 바라보았다.

"네놈, 울 것 같구나."

이비는 그 말에 눈으로 손을 가져갔다.

이혈의 말대로 정말 눈물이 나고 있었다.

"아, 그러게요. 제가 왜 울까요."

이비가 억지웃음을 지으며 말했다.

"일각쯤 지나 방을 나서거라."

이혈이 방문 앞을 섰다.

"내가 그간 이 방 근처엔 쥐 새끼 한 마리 못 다니게 하라 명을 내리겠다."

"어기면 목을 자를 건가요?"

"아니."

이혈이 방문을 노려보며 말했다.

"삼족을 멸할 것이다."

이혈은 어느새 임금의 얼굴이 됐다.

"마지막으로 한 가지 궁금한 것이 있다."

"말씀하십시오."

"네가 보고 싶으면…… 어디로 가면 되느냐?"

다시 소년의 얼굴로 돌아왔다.

"내가 네가 보고 싶으면, 어디로 찾아가면 되느냐고 묻는 게다."

"……왜 절 찾으시게요?"

이비가 저도 모르게 가슴을 양손으로 숨기며 말했다.

"네놈, 지금 날 능멸하려 듦이냐?"

"통촉하여 주시옵소서."

"이놈이."

이혈이 웃었다.

"걱정 마라, 네놈이 사내란 건 충분히 알았다. 짐은 그저 지금처럼 가끔 윷이나 놀고 세상 돌아가는 이야기나 하려는 것이다. 그러니 묻겠는데…… 네놈을 어디서 찾으면 되느냐고 묻는 게다. 지금 내가 하는 말이 맞는 게냐? 이게 맞는 말인지 모르겠다. 그리 경연에 가는데도 나는 말 한마디 제대로 못 하는구나."

"횡설수설하시긴 하였지만 알아들었습니다. 부리를 보내세요."

"부리?"

"전하를 따르는 보라매의 이름입니다."

"부리라. 고놈 눈이 부리부리하여 그리 지었나 보지?"

이비가 놀라 이혈을 바라보았다.

"왜 그리 보느냐?"

"처음입니다."

"무엇이?"

"부리의 이름 뜻을 제대로 맞힌 분은 전하가 처음이라 놀랐습니다. 죄다 다들 부리가 단단해서 부리라 지었느냐 물었거든요."

"그건 다들 부리를 잘 모르기 때문일 게다. 부리를 어깨에 올리고 그 두 눈을 똑바로 바라본 자라면 누구나 그 눈빛에서 이름을 지었다 깨달을 게다."

"성은이 망극하옵나이다."

"오냐."

이혈이 또 웃었다.

이비가 가장 좋아하는 복장은 명나라 복식이다. 허나 그것은 금지당했으니 다음으로 좋아하는 복장을 하였다.

상투를 허투루 틀고 평량자를 쓴다. 대자로 뻗어 수락정사 기왓장에 눕는다. 하늘을 본다. 가을, 푸르고 높은 하늘에서 한 마리 매를 찾는다.

이혈이 부리를 보내겠다고 말한 지 사흘이 지났다. 아직 이혈에게선 아무 소식도 없었다. 오늘은 김시습마저 아침부터 보이지 않았다.

이비는 전라감영으로 돌아간 듯했다.

그때에도 늘 이랬다. 이비를 제외한 모두가 바빴다. 이비는 홀로 복숭아밭을 돌아다녔다. 부리가 있고 박비가 있는 일상은 언제나 즐거웠다. 아니, 혼자 있어도 행복했다. 이비는 몸을 기댈 복숭아나무만 있다면 충분했다.

하지만 지금의 이비는 행복하지 않았다.

이러는 사이에도 박비는 어디선가 쫓기고 있을 텐데…….

이쯤 되면 무언가 이야기가 나와야 했다. 소년 왕과 친분을 쌓았다. 슬슬 정체를 밝히고 복권을 청해도 될 것 같건만, 무슨 까닭인지 김시습은 다음 언질을 주지 않았다.

머리 위에 매 한 마리가 나타났다.

"부리야!"

이비는 휘파람을 불었다.

바로 부리가 이비의 어깨로 내려앉았다.

"그분이 보냈니?"

부리는 대답 대신 머리를 이비에게 갖다댔다. 부리가

내민 이마는 정확히 김시습이 머리를 봉으로 쥐어박아 털 조차 나지 않는 상처였다.

이비가 상처를 긁어주자, 부리가 기분 좋은 울음소리를 냈다.

부리는 가끔 이렇게 이마를 들이밀었다. 상처가 근지러운지 손으로 긁어주면 좋아했다.

"그분은 내 이야길 자주 했니?"

"내 이야긴 전혀 안 했어? 늘 바쁘셔?"

"그래서 난 지금 어디로 가면 되니?"

이비는 부리가 알아들을 리 없다는 사실을 알면서도 연신 질문을 퍼부었다. 부리는 이비의 손길을 끝까지 즐긴 후 날개를 파닥거렸다. 하늘로 날아오르더니 공중에서 몇 번 돈 후 느릿느릿 날기 시작했다.

"따라오라는 뜻일까……."

이비는 부리를 따라 달렸다.

부리는 처음 왕을 만났던 북악산 사냥터에서 멈췄다. 이비는 이혈이 어디에 있을까 궁금하여 주변을 두리번거렸다. "주상전하." 하고 작게 속삭였으나 이혈은 대답이 없었다. 그러다 이비는 무언가에 발이 채어 넘어졌다. 나무 밑동이라도 발에 걸렸다고 생각했으나 눈앞에 있는 것은 융복을 입은 이혈이었다.

이혈이 맨바닥에 모로 드러누워 있었다.

"자는 척하시기예요?"

"전하? 저 왔어요."

이혈은 꿈쩍도 하지 않았다. 계속해서 눈을 감은 채 그대로 있었다. 이비는 불안해졌다. 옆에 쭈그리고 앉아 어깨를 건드리며 이혈을 불렀다.

"전하……."

여전히 이혈은 대답이 없었다.

"전하, 주, 주상전하! 전하!"

이비가 놀라 이혈의 몸을 좌우로 크게 흔들었다.

"어찌 되신 일입니까! 옥체가 강녕하지 못하신 겁니까!"

"으음……."

이혈이 낮은 신음을 내며 눈을 떴다.

"벌써 풍류회가 끝났어? 왜 이리 일찍……."

이혈이 말을 하다 멈췄다. 이비를 보고 놀라 물었다.

"박일산이 네가…… 왜 여기 있느냐?"

"그보다 전하, 몸은요! 어디 아프신 건가요? 더위라도 먹은 거예요?"

"감히 짐에게 더위를 먹었냐고 물은 게냐? 대체 너는 어디서 말버릇을 배운 게냐."

이혈이 혀를 찼다.

"노곤하여 잠시 누웠을 뿐이다."

"……네?"

"잤다고."

이비는 너무나 뜻밖의 말에 그만 웃고 말았다.

"왜 웃느냐?"

"놀랐습니다."

"놀랐는데 웃느냐?"

"설마 주상전하께서 저잣거리의 상것들처럼 이리 아무 데나 누워 주무실 줄은 상상도 못 했습니다."

"자주 이런다."

"군사들은 다 어쩌시고요?"

"어디 있겠지."

"그래도 됩니까?"

"안 된다."

"한데 어찌 이러십니까?"

"꿈을 꾸고 싶어서 그런다."

"꿈이요? 무슨 꿈인데요?"

"네가 나오는 꿈."

이비는 순간 아무 말도 할 수 없었다. 자신을 바라보는 이혈의 눈이 너무나 뜨거워 그만 숨이 멎을 듯 두근거렸다.

다음 순간 이혈이 웃으며 말했다.

"농담이다. 네가 아니라 널 닮은 다른 이, 나의 비가 나오는 꿈이다."

"그 비가 꿈에 나오면…… 좋으세요?"

"좋다."

그 말에 이비는 가슴이 또 한 번 철렁했다.

"나는 비가 없으면 살 수 없다."

가슴이 아팠다. 무언가로 쥐어짜는 듯이, 화살이 꽂힌 듯 따끔거려 참을 수 없었다.

"비 말고 이 나라는 단 하나도 마음에 드는 게 없어. 내 맘대로 집 한 채 못 고치게 하는구나."

"전하의 집이라면 궁이지요?"

"그러하지."

"궁에서도 일부분이겠지요?"

"경회루를 좀 꾸미자 하였다. 지금은 너무 작다."

이혈이 몸을 일으켰다. 앉아서 기지개를 켰다.

"명나라나 왜에서 사신이 와도 경회루 아래에 모두 꿇려야 한다. 이 땡볕에 짐 혼자 그늘에 있고, 사신들을 모두 바닥에 꿇어앉힌다. 못 할 짓이다. 그러니 일단 경회루를 좀 넓힐까 한다. 기둥이며 천장엔 용 문양도 새기고 금이나 옥으로 장식도 할 셈이다."

"정녕 그래야 합니까?"

"암, 해야지."

"나라가 온통 가뭄으로 굶주립니다."

이비가 정색했다.

"제가 살았던 전라감영만 하더라도 먹을 것이 없어 쩔쩔맵니다. 관찰사가 직접 곡창을 열어 곡식을 나눠주고 세금을 면해주지 않았다면 다들 굶어 죽거나 도적이 됐을 것입니다."

"……네 말은 《맹자》만큼이나 아리송하다. 어찌하여 굶어 죽지 않으면 도적이 된단 말이냐? 그냥 양민으로 사는 것은 왜 이야기에서 쏙 빼놓느냐."

"농사를 지으려 해도 땅이 말라비틀어졌습니다. 군역을 하려 해도 그럴 만한 일거리가 없습니다. 먹을 것을 구하려 산으로 바다로 향했다가는 도적 떼를 만납니다. 이런 상황에서 전하는 양민으로 사실 수 있겠사옵니까?"

"내가 왜 그런 것을 생각해야 하느냐? 나는 그런 일을 생각할 이유가 없다."

"왜 없습니까. 이 나라는 주상의 것인데요. 주상이 바로 이 나라의 아버지이신 것을요. 굶어 죽는 이도 주상의 자식이요, 도적질하는 이도 주상의 자식입니다. 그리하여 자식이 자식을 죽이고 핍박합니다. 주상께서는 그런 자식들을 두고 집을 고치기 위해 수만금을 들일 수 있으십니까. 그리하셔도 되실 것 같으십니까."

"이놈."

이혈이 이비의 평량자를 손으로 툭 튕겼다.

"네놈은 너무 말이 많다."

"저는 옳은 말을 드린 것뿐입니다."

"요놈, 입만 살아가지고는."

말과 달리 이혈은 부드럽게 웃었다.

"일단 알았다. 허나 네놈이 말이 많은 건 반드시 고쳐야 한다."

"하오나 전하……."

"듣거라."

이혈이 다시 왕의 얼굴을 했다.

"사내는 모름지기 말수가 적어야 한다. 궁금한 것이 있다면 주변을 잘 살펴라. 그래도 모르면 네가 가장 믿을 수 있는 사람, 입이 무거운 이에게 진상을 묻는 버릇을 들여라."

"성은이 망극하옵나이다."

"오냐."

이혈이 다시 웃었다. 그 얼굴에 이비도 긴장을 풀었다.

"전하, 어딜 가시게요?"

"어디긴, 슬슬 정사를 봐야지…… 가만."

이혈이 생각났다는 듯 이비를 바라보았다.

"그러고 보니 일산이 너는 왜 여기 있느냐? 네 스승은 지금쯤 한강에 갔을 텐데?"

김시습이 한강에 갔다?

이비는 처음 듣는 이야기였다.

"왜 여기에 왔냐니까?"

"그, 그야."

이비가 정신을 차렸다.

"전하가 부리를 보내셨으니 왔지요."

"나는 부리를 보낸 적이 없는데……?"

둘은 동시에 하늘을 올려다보았다.

그곳에 있어야 할 부리는 보이지 않았다.

고작 풍류회에

김시습은 한명회의 서찰을 한참 곱씹었다.

자신의 호를 딴 정자를 지을 예정이라 그 자리에서 미리 풍류회를 열겠다니, 게다가 월산대군이 친히 제작한 〈몽유도원도〉를 공개하고 싶다니 대체 이게 무슨 꿍꿍이인가.

하지만 안 갈 수도 없는 터.

김시습은 생각에 잠겨 삿갓을 만지작거리다 일어났다. 한강 백사장으로 향했다. 이미 한강 백사장은 만원이었다. 품계에 따라 일렬로 나란히 앉은 고관을 바라보자니 계집종 하나가 다가와 김시습을 안내했다. 됐다고 하는데도 상석으로 모셨다.

그곳엔 낯익은 사내가 이미 도착해 있었다.

"청한, 여긴 어쩐 일이십니까."

이극균이 놀라 엉거주춤한 자세로 자리에서 일어났다. 표정은 반가움보다는 공포에 가까웠다. 김시습은 긴장하지 않은 척했다. 평소와 마찬가지로 한 손으로 엉덩이를 북북 긁으며 다가갔다.

"방형, 자네야말로 어인 일인지?"

두 사람은 나란히 앉았다. 서로 부채를 들고 입 모양이 보이지 않도록 꾸민 후 이야기를 이었다.

"압구정이 불렀습니다."

"어째서?"

"전라도 감찰사에서 해임된 일 때문일까요?"[36]

"방형이 해임됐다고?"

김시습은 너무 놀라 아무 말도 하지 못했다. 이극균의 집안을 생각한다면 있을 수 없는 일이었다. 바로 다음 보직이 주어져야 했다. 그도 그럴 것이 그의 형제들은 모두 조정의 녹을 먹고 있는 데다 몇은 왕의 경연에 나아가고 있었다.

"어, 어찌하여 해임이 되었는가?"

김시습이 말마저 더듬으며 물었다.

"모르겠습니다."

이극균의 어깨가 처졌다.

"번번이 해적을 놓친 탓일까요. 아니면 얼마 전엔 전

복 채취 건으로 왜구의 경계도 제대로 하지 못했다 지적 받은 탓일까요.[37] 이 이야기는 됐습니다. 그보다 열경, 비는 어찌 지냅니까?"

김시습은 말문이 막혔다.

아무래도 이극균은 이씨 부인과 자신이 함께 이비의 일로 바삐 움직인다는 사실을 전혀 모르는 듯했다.

취악대의 피리 소리가 김시습을 살렸다. 허나 다음 순간 김시습은 다시 얼굴에 핏기가 가셨다. 멀리, 낯익은 옷차림의 사내들이 모시고 온 가마 탓이었다.

"주상전하 납시오!"

연이어 두 대의 가마가 더 따라 나왔다.

"월산대군 납시오!"

"압구정 납시오!"

임금과 그 형, 그리고 장인이자 이 한강 풍류회의 주최자인 압구정이 나섰다.

도통 가뭄이 가실 기색이 없었다. 곳곳에서 왜구며 도적 떼가 횡행했다. 때문에 왕은 공식적으로 풍류회에 납시는 일이 없었다. 혹여 왕이 풍류회에 간다 싶으면 모두 월산저택에서 열리는 작은 모임으로 늘 암행했다.

이 모임은 달랐다. 훈구파의 대신들은 모두 모였다. 그 숫자가 어찌나 많은지 한강 백사장을 갓으로 까맣게

물들일 지경이었다. 이런 곳에서 〈몽유도원도〉를 공개하자니 무슨 꿍꿍이일까. 대체 한명회는 왜 이런 자리를 마련했을까.

설마 한명회가 〈몽유도원도〉에서 무언가를 알아냈다?

한명회는 〈몽유도원도〉를 볼 겨를이 없었다. 그런 그가 어찌 흠을 잡아낼 수 있겠는가.

그렇다면 일전 들렀던 훈구파 대신 중 누군가가 한명회에게 일렀다?

김시습은 그간 암행하였던 훈구파 대신들의 얼굴을 떠올렸으나, 그들이 적었던 찬시를 떠올리며 곧 고개를 저었다.

마음에서 우러나온 글귀였다. 그런 글귀를 적는 자들이 한명회에게 가서 무언가 고할 리 없었다.

그렇다면 마음에 걸리는 이는 단 한 명이었다.

김시습이 슬쩍 고개를 들었다. 검은 책에 이름을 적으라고 놀렸더니 게거품을 물었던 정휘를 노려보았다.

네놈의 소행이냐.

"고개를 들라."

임금의 말에 모두 고개를 들었다.

동시에 모두의 입에서 낮은 탄식이 흘러나왔다. 고작 풍류회에 임금은 원유관에 강사포 차림이었다.[38]

왕은 주변을 둘러보았다. 차근차근 앞에 선 이들을 훑다가, 삿갓을 내려놓고 허투루 묶은 상투를 드러낸 김시습에게서 그 시선을 멈췄다.

"매월당이옵니다."

한명회가 옆에서 작게 속삭였다.

"이번 〈몽유도원도〉에 발문을 적기로 하였다기에 불렀습니다."

왕은 천천히 고개를 끄덕였다. 김시습의 앞에 섰다.

"매월당은 고개를 들라."

김시습은 당황했다.

다섯 살 때 궁에 불려가 세종대왕을 배알하고 비단과 오세란 별명을 받았다. 이후 김시습은 과거 한 번 급제하지 않았다. 관직에 오르지 않았다. 그런 김시습이 어찌 왕의 존안을 볼 수 있으랴.

"고개를 들라."

허나 왕은 재차 김시습에게 고개를 들라고 하고 있었다.

김시습은 서서히 고개를 들었다. 왕의 존안을 뵈었다.

이 남자가 이 나라의 왕인가……

김시습의 눈이 커졌다.

"북악산에 선목이라 일컫는 복숭아나무가 있습니다."

왕이 말했다.

"그 꽃을 따서 술을 빚었으니 매월당은 특히 많이 자시고 가세요."

김시습은 절로 고개를 조아렸다. 가슴 깊은 곳에서 들끓는 혼란을 삼키며 목소리를 내뱉었다.

"성은이 망극하옵나이다."

"성은이 망극하옵나이다."

김시습의 말에 따라 납작 엎드린 대신들이 동시에 읊조렸다.

허나 그 속뜻은 김시습과 대신들이 조금 달랐다.

김시습은 지금 이 순간, 왕을 만난 이비가 넋을 놓은 연유를 깨달았다.

"찾아주신 좌중께 예를 갖춰 감사드립니다."

한명회가 일어나 선창하였다.

"저 압구정이 이렇게 여러분을 초대한 것은 이른바 〈몽유도원도〉라 일컫는 월산대군의 그림이 완성되어 축배를 들고자 함입니다. 그림을 공개한 후 다 함께 찬미하는 시를 바칠까 하니, 좌중은 진정 기쁜 마음으로 그림을 접하길 바랍니다."

무사 두 명이 두루마리를 가져왔다. 조심스레 양쪽에서 들고 펼치니 모두의 입에서 나직한 탄성이 흘러나왔다.

왕 역시 마찬가지였다.

"참으로 훌륭합니다…… 정녕 무릉도원이 있다면 이런 모습일 것 같습니다. 수고하셨어요, 형님."

월산대군이 쑥스러운 듯 웃었다.

"한데 주상전하, 이 풍경이 뭔가 묘하지 않습니까?"

"무엇이 묘합니까, 압구정?"

"무릉도원은 흔히 일컫기를 천계의 복숭아밭으로 반도원蟠桃園입니다. 이곳을 관리하는 이는 서왕모西王母로 복숭아의 여신이라 합니다. 서왕모가 관리하는 복숭아는 모두 합쳐 삼천육백 그루에 달하며 입구 가까운 곳에 있는 천이백 그루는 3천 년에 한 번 열매를 맺습니다. 이 복숭아는 작지만 인간이 먹으면 몸이 가벼워져서 신선에 가까이 갈 수 있습니다. 다음으로 보이는 천이백 그루는 6천 년에 한 번씩 열매를 맺습니다. 이 열매를 먹으면 안개를 타고 날아다니고 불로장생의 몸이 됩니다. 마지막으로 가장 안쪽에 있는 천이백 그루의 복숭아는 포도 색깔의 반점이 있고 씨가 작아 열매를 맺기까지 9천 년이 걸립니다. 이 열매를 먹으면 하늘의 해와 달이 부럽지 않아 그만큼 오래 삽니다."

"갑자기 왜 압구정은 《서유기》에 나오는 이야기를 하십니까."

"전하께선 《서유기》도 보셨습니까?"

압구정이 놀라 물었다.

"《몽유도원도》를 본다는데 아무것도 모른 채 올 수는 없지 않겠습니까. 하여 조금 들춰보았습니다. 다음 이야기도 알고 있어요. 손오공이 바로 그 반도원의 관리인이었다지요. 한데 너무 많이 복숭아를 훔쳐 먹어 그 누구도 해할 수 없는 신선이 되어 까불더니 후에 스스로를 제천대성이라 불렀다지요."

"영명하십니다."

월산대군이 고개를 조아렸다.

"영명하십니다."

대신들이 따라 읊조렸다.

왕은 대신들의 말이 끝나길 기다렸다 다시 입을 열었다.

"압구정은 어찌하여 그 말씀을 하세요?"

"이 풍경이 그 무릉도원과 매우 다른 모습을 하고 있어 그러합니다."

"어떤 모습이 다른지요?"

"이곳은 무릉도원이 아니라, 전라감영을 그린 것입니다."

"전라감영을 그렸다?"

"제가 최근 분순어사 정훼를 시켜 전라감영을 돌게 하였습니다. 분순어사는 그곳에서 복숭아밭과 더불어 공혜왕후의 혼백을 보았습니다. 정훼는 이 이야기를 그 누구에게도 하지 않았습니다. 오히려 쉬쉬하여 그 누구도 단연코 이야기를 퍼뜨리지 못하도록 엄명에 처하였습니다. 이는 혹세무민의 죄가 된다 생각하였기 때문입니다. 한데 한양에 올라온 정훼는 월산대군의 집에서 이 그림, 〈몽유도원도〉를 보았습니다. 그리고 그 풍경이 전라감영의 복숭아밭과, 또 그 혼백이 나온 곳과 꼭 닮아 깜짝 놀랐지요. 게다가 월산대군은 이 그림을 일컬어 죽은 공혜왕후의 혼백을 복숭아밭에서 본 일을 그렸다고 하지 않았겠습니까? 정훼는 깜짝 놀라 버선발로 달려왔습니다. 이는 분명 전라감영의 소문을 그림으로 그린 것이다, 혹세무민하니 대명률에 위반되는 것이다, 그리 일컫기 위해 저에게 왔던 것입니다."

한명회는 왕의 얼굴을 바라보았다.

왕은 아무 대꾸도 없었다. 여전히 그림만 바라보았다. 저러다 그림 속으로 들어가는 것이 아닐까 싶을 정도로 골몰하였다.

한명회는 의아했다. 이 정도 고하였으면 분명 무언가 대답이 있어야 했다.

"그리하여서요?"

마침내 왕이 입을 열었다.

"압구정, 계속 말씀해보세요."

"그리하니 저는 왕께 이 사실을 고하려고 이 풍류회를……."

그러자 왕이 웃었다.

한명회가 당황했다. 자신이 생각한 반응과 너무나 달랐다. 왕은 화를 내거나 당황해야 했다. 한데 왕이 웃었다.

"그리하면 제가 벌을 받아야겠습니다."

예상치 못한 말을 한다.

"그 꿈을 꾼 것은 접니다. 제가 복숭아밭에서 비를 만나는 꿈을 꾸었기에 형님께 일러 그림으로 그려달라고 부탁하였습니다. 후에 함께 이 그림을 보며 압구정과 환담이라도 나눌까 하는 생각으로요. 한데 제가 생각이 짧았습니다. 설마 압구정이 이리 진심으로 걱정하셨을 줄이야 상상도 못 하였습니다."

왕이 친히 한명회에게 손을 뻗었다. 그 어깨를 토닥이며 눈을 마주쳤다.

"내 생각이 짧았습니다. 그리고 고맙습니다. 그러니 인제 그만 그 입을 다무세요."

소년 왕은 허수아비였다. 권력權力의 木자도 모르는 애송이에 불과했다. 한데 그 애송이가 지금 한명회를 내려다보고 있었다.

죽은 수양대군을 쏙 닮은 얼굴 그 모습 그대로 한명회를 함정에 빠뜨렸다.

안평대군의 〈몽유도원도〉, 그것은 수양대군이 판 함정이었다.

수양대군은 안평대군이 꿈을 꾼 후 북악산에 무계정사를 짓자, 이를 트집 잡았다. 그곳을 '방룡소흥의 땅'이라며 세조를 음해하고 왕권을 노렸다는 누명을 씌웠다.

안평대군은 1453년 계유년에 사사당했다.

이후 수양대군은 왕위에 올라 세조가 되었다.

스무 해가 지났다. 세조는 지고 소년 왕이 왕위에 올랐어도, 한명회의 자리는 굳건했다.

그런데 지금 눈앞의 왕은 수양대군과 같은 얼굴을 하고 있었다. 그와 같은 얼굴을 하고 수양대군이 할 법한 술수를 써서 한명회를 함정에 빠뜨렸다.

한명회가 아는 한, 수양대군의 함정에서 빠져나올 방법은 단 하나밖에 없었다.

그건 지금 이 순간, 소년 왕에게 해야 할 말 역시 하나밖에 없다는 사실과도 같았다.

"성은이 망극하옵나이다."

"성은이 망극하옵나이다."

한명회를 따라 모든 이들이 합창하였다.

풍류회가 끝나자마자 정훼는 감옥에 갇혔다. 감히 왕이 명을 내려 그린 그림에 흠을 잡은 데다 공혜왕후의 혼백을 보았다는 말을 나불거린 죄를 물었다. 그래도 정훼는 기대했다. 스무 해 넘게 영감님을 모셨다. 분명 자신을 구해주리라 여겼다.

정훼의 예상대로 그날 밤 한명회가 친히 감옥을 찾았다. 정훼를 불러 마당으로 끌어냈다.

"이제부터 네놈에게 대명률의 죄를 물을 것이다."

"오실 줄 알았습니다."

"칼을 채울 것이다. 몸에 인두를 지질 것이다. 네 상투를 잘라 봉두난발시키고 어찌 왕이 친히 그리라 한 그림에 역모의 기미가 있다고 하였는가 국문할 것이다."

"이리 절 구해주실 줄 알았습니다."

"혹여 그사이 네가 입을 잘못 놀린다면 어찌 될까."

"암요. 다 영감님 말씀이 옳습니다."

정훼는 한명회가 무슨 말을 하는지 알아듣지 못했다. 무조건 몸을 굽실거리며 그 신발에 입을 맞추기만 반복했다.

"네놈을 갈기갈기 찢어 죽일 것이다. 네놈의 가족 그 삼족을 멸할 것이며, 계집은 명나라에 노비로 팔아넘길 것이다. 조상의 묘는 모두 부관참시하고 그 뼈는 사방에 흩뿌릴 것이다."

마지막 말에 정신이 들었다. 정훼는 천천히 고개를 들어 한명회를 바라보았다.

정훼는 발견했다. 삐딱하게 고개를 든 한명회를.

정훼는 그 얼굴을 알고 있었다. 김종서의 뒤통수를 홍두깨로 내려친 날에도 한명회는 저런 표정을 짓고 있었다.

결코 밥은 굶지 마라

이비는 신이 나서 수락정사로 뛰어들었다. 한 손에 든 토끼 두 마리를 보며 싱글벙글하였다.

이혈이 토끼 두 마리를 선물로 줬다.

"본래 나는 사냥을 해도 풀어준다. 허나 네놈이 고깃국 노래를 부르니 주는 게야."

"성은이 망극하옵나이다."

"진심이 전혀 묻어나지 않는구나."

"그렇다면 공중제비라도 돌깝쇼!"

"돌 수 있으면 어디 해보거라."

이비는 바로 공중제비를 돌아보였다.

절로 이혈의 입에서 감탄사가 쏟아졌다.

"어디서 그런 재주를 배웠느냐?"

"소생 명나라에 잠시 살았습죠."

"네놈은 가본 곳도 많고, 아는 것도 많고, 할 줄 아는 것도 많으니 참으로 영특하구나."

"허나 스승님은 저를 가리켜 천치라고 부릅니다. 세상에 둘도 없는 천치라고요."

"어찌하여 그럴까."

"그 까닭을 안다면 제가 세상에 둘도 없는 천치라 불릴 이유가 없겠지요. 그러하니 소생은 그 연유를 묻기 위해 이만 물러가겠습니다."

이비는 해죽거리며 과장되게 절하였다.

"그래, 나도 돌아가야겠다. 슬슬 남염부에 보낸 박생이 돌아올 시간이니."

"남염부에 보낸 박생…… 어디선가 들어본 이야긴뎁쇼?"

"요놈아. 내 무어라 일렀더냐!"

"입 다물겠습니다!"

"잘하였다."

이혈이 이비의 평량자를 툭 쳤다.

이비는 마루에 걸터앉았다. 이혈이 건드렸던 평량자를 손으로 매만지며 한참을 해죽거렸다.

이토록 즐거운 것은 처음이다. 분명 앞으로도 즐거운

일만 가득할 테지.

그 생각을 하자마자 이비는 다시 시무룩해졌다.

박비가 떠오른 탓이었다.

오라비는 어찌 지내실까…….

"계십니까."

방문 밖에서 난 여자의 목소리가 이비를 깨웠다.

그새 잠이 들었다. 이혈보고 아무 데서나 낮잠을 잔다고 면박을 줘놓고, 이비는 토끼 두 마리를 껴안은 채 잠이 들었다.

"나, 나갑니다!"

이비는 급히 옷을 갈아입었다. 평량자를 벗고 의관을 정제하려는데 문이 벌컥 열렸다. 이비는 당황해 몸을 가렸다. 허나 그 드러난 나체의 선은 계집이 아닌 체하기엔 역부족이었다.

"몇 번이나 일렀더냐."

문을 열고 들이닥친 상대는 그런 이비를 보고 놀라지 않았다. 오히려 문을 닫고 들어와 이비의 옷을 챙겨주었다.

"언제나 조심해라, 문은 꼭 잠그라, 그리 말했거늘."

이비는 오랜만에 그 손길을 느꼈다. 무뚝뚝하기 짝이 없는, 허나 꼼꼼한 그 손길이 너무나 반가웠다.

"대체 너는 왜 이리 방정맞은 것이야. 이래서야 내가

마음이 놓이겠느냐."

"이씨 부인!"

이비는 그대로 상대에게 달려들었다.

"어찌 이곳까지 오셨어요!"

전라도 관찰사 이극균의 처 이씨 부인이 이비의 앞에 나타났다.

"아버지는요, 오라버니들은요, 정이들은요? 분순어사는 그대로 순순히 돌아갔어요?"

"다들 잘 있다. 네 걱정만 하고 있다."

"다행입니다. 아무 일 없다니 그저 안심입니다. 이씨 부인은 뭘 드시고 싶으세요. 뭘 바치라고 할까요. 아니, 제가 당장 저잣거리에 가서 뭣이든 사들고 오겠습니다. 말씀만 하세요."

"됐다."

"하지만……."

"잘 들어라, 이비야. 당장 나랑 같이 가자. 내가 널 명나라로 돌려보내주마."

"갑자기 무슨 말씀을 하세요."

"너는 가야만 한다."

"어째서요. 제가 왜요."

"묻지 마라. 지금이라면 늦지 않았다. 그러니 가자."

"제가 박팽년의 손녀니까요?"

"……지금 뭐라 하였느냐?."

"괜찮아요, 이씨 부인. 다 알고 있어요. 매월당이 말씀하셨어요. 박비 오라비를 살리려면 이 방법밖에 없다고 하셨어요."

"그게 무슨 말이더냐? 박비에게 무슨 일이 생겼더냐?"

"오라비는 지금 관군에게 쫓기고 있어요."

이비가 그간의 일을 설명했다. 이비가 주모를 죽인 일, 박비가 추노꾼 둘을 죽이고 도망친 일, 그리고 이비가 박일산이 되어 박비를 살리기 위해 〈몽유도원도〉 제작에 뛰어든 일까지.

이씨 부인은 망연자실했다. 멍청히 앉아 눈앞의 이비를, 혹은 그 너머에 있는 누군가를 바라보았다. 마침내 이비를 다시 마주보았다. 결심한 표정으로 그 어깨를 마주 잡고 말했다.

"비야, 내 이야기 잘 들어라."

이씨 부인은 단호했다.

"그 아이가 그런 일을 당한 것은 네 탓이 아니다. 누군가 그렇게 되도록 손을 쓴 것일 뿐이다. 그러니 너는 어서 도망치거라."

"지금 무슨 말씀을 하시는 겝니까. 어머니는 지금 저에게 박비 오라비를 버리라고 하시는 말씀입니까?"

"나는 네 어미와 한 가지 약속을 했었다. 바로 너, 이비를 보살피는 것이었지."

"이씨 부인이 제 어머니를 어찌 아세요?"

"일단 달아나라. 자세한 이야기는 나중에 하자."

"싫어요!"

이비가 바들바들 떨었다

"저는 아무 데도 갈 수 없어요! 오라비를 두고는 아무 데도 안 가요!"

"그 아이는 내가 어떻게든 해줄 것이다! 날 못 믿겠느냐!"

이씨 부인의 말에 이비가 잠시 말을 멈췄다.

그 눈을 가만히 바라보다가 고개를 저었다.

"죄송합니다."

이씨 부인은 그런 이비를 한참 동안 바라보다가 손을 들었다. 이비의 얼굴로 갖다댔다. 이비는 흠칫 놀랐다. 이씨 부인이 자신의 뺨이라도 때릴 줄 알았다.

한데 이씨 부인은 이비의 얼굴을 쓰다듬었다.

"결코 밥은 굶지 마라."

이씨 부인이 자리에서 일어났다. 문을 열고 나갔다. 이비는 자리에서 벌떡 일어났다. 닫힌 문을 열려고 다가갔다가 손을 꽉 쥐었다. 숨을 죽였다. 사박사박, 멀어지는 이씨 부인의 발소리에 귀를 기울였다. 마침내 주변에 아무 소리도 들리지 않기 시작했을 때 울음을 터뜨렸다.

죄송해요, 이씨 부인.

단 한 번도 당신 말씀을 듣지 않아서, 그리고 지금 이 순간 당신을 믿지 못한다고 해서…… 죄송해요. 하지만 저는 갈 수 없어요. 오라비를 살려야 해요. 그리고 저는…… 그 외에도 한양을 떠날 수 없는 이유가 생겼어요.

이씨 부인에게 떠나라는 말을 들었을 때 가장 먼저 떠오른 얼굴은 박비가 아니었다.

왕의 얼굴이었다.

이비는 왕을 떠나고 싶지 않았다. 그 사람이 홀로 남을 것을 상상할 수 없었다. 텅 빈 사냥터에서 잠드는 것도 꿈속에서나마 그리운 님을 만나겠다며 쓸쓸한 표정을 짓는 것도 참을 수 없었다.

이비는 다시 평량자를 머리에 썼다. 눈물을 닦고 밖으로 나섰다. 하늘을 올려다보았다.

"부리!"

소리쳤다.

"거기 있니!"

"그렇다면 나와! 모습을 보여!"

가을에 들어선 하늘은 높고 맑았다. 단 하나의 결점도

용서치 않으려는 듯 구름도 걸치지 않았다.

"부탁이야!"

"그 사람에게 날 데려가줘!"

"그 사람에게 꼭 할 말이 있어!"

"제발 부탁이야! 꼭 드리고 싶은 말씀이 있어. 나는 어찌 되어도 상관없으니 살려달라고."

이비가 주저앉았다.

"왕을 꼭 닮은 오라비를 살려달라고 부탁드리고 싶어……."

이비가 한참 하늘만 바라보고 있을 때, 누군가 수락정사에 들어섰다. 이비는 엉거주춤 자리에서 일어났다. 기다리던 이혈인 탓이 아니었다. 너무나 뜻밖의 사나이가 눈앞에 나타난 탓이었다.

"자네가 박일산이 맞는가?"

사내가 물었다.

"설마 자네가 박일산이었단 말인가? 자네가, 정녕 박일산이야?"

이비는 의아했다. 대체 이 사내가 어떻게 이곳에 왔는가 알 수 없었다. 그리고 그 사내가 어찌하여 군졸을 끌고 왔는지도 의문이었다.

그 사내는 안소희였다.

"저 작자입니다!"

의문을 풀 틈도 없이 안소희가 소리쳤다.

"저 작자가 바로 공혜왕후의 혼백이라며 제 앞에 나타났던 그 작자입니다! 또 저 작자는 월산대군의 집에서 벼루도 훔쳤습니다!"

이비는 당황하여 마음처럼 몸이 움직이지 않았다. 그대로 군졸에게 양손을 붙잡혀 꼼짝도 할 수 없었다. 때마침 나타난 부리가 아니었다면 이비는 그대로 당했으리라.

"부리! 이놈들 머리 가죽을 벗겨버려라!"

부리는 화답했다. 바로 달려들었다. 군졸 머리를 사납게 발톱으로 할퀴고는 날아올랐다. 이비는 군졸의 허리에서 장검을 뽑았다. 칼머리로 군졸 머리를 차례로 때려 기절시켰다. 이쯤은 아무것도 아니었다. 김시습과 아침저녁으로 장난치듯 봉으로 치고받고 하는 사이 무술 실력이 날로 늘었다. 마지막으로 안소희를 뒤에서 안았다. 장검의 날을 눈앞에 보이며 낮게 을렀다.

"누가 말하더냐. 내가 이곳에 있다고 누가 그러더냐. 대답하지 않는다면 당장 네놈의 멱을 따서 이곳을 피바다로 만들 것이다."

"매월당……."

"뭐라?"

"매월당이 가르쳐주었어."

"그분은 내 스승님이시다! 뚫린 입이라고 어디 감히 마구 지껄이는 게냐!"

이비가 안소희의 멱살을 잡았다.

"다시 한번 말해보거라. 누가 가르쳐주었지?"

"매월당이라니까!"

"허튼소리!"

"참말이야, 그, 그래, 벼루!"

"……뭐라?"

"그 벼루도 매월당이 네놈에게 주라고 한 거였다고! 네놈이 넋이 나간 사이 내가 방에 놓고 도망쳤던 거다!"

"그럴 리 없다!"

"네놈, 사람을 죽였다지?"

이비가 움찔거렸다.

"그래서 매월당이 네놈을 함정에 빠뜨리라고 하셨다. 그 죄를 묻기 위해서."

"그럴 리 없다! 매월당은, 매월당은……."

매월당은 이비의 앞에서 어머니의 유언 시를 읊었다. 그 시가 매월당이 지은 시라고 말하며 무릎 꿇고 절했다. 이비의 복권을 약속했다.

그런 매월당이 어찌 이비를 죽이려 든단 말인가.

"이게 무슨 소란이냐?"

그때 매월당이 나타났다. 놀란 얼굴로 이비와 안소희를 번갈아 봤다.

"매월당, 어떻게 좀 해주세요!"

"스승님! 이 작자가 스승님이 저를 함정에 빠뜨리려 했다고 말했습니다! 스승님이 절 관아에 팔아넘겼다고요!"

"그게 무슨 소리냐!"

"그렇죠? 이건 뭔가 착오가……."

그때 다시 부리가 날아들었다. 김시습의 삿갓을 벗겨 달아났다. 언제나 하는 장난이었다. 허나 그 때문에 김시습의 옷이 펄럭였다. 등 뒤에 숨긴 장검이 모습을 드러냈다.

"스승님, 어찌 그리 흉한 것을,"

이비가 놀라 물었다.

"그것을 어찌 숨기고 계셨습니까."

저도 모르게 안소희를 포박한 손의 힘이 풀렸다. 안소희는 그 틈을 놓치지 않았다. 이비의 품에서 벗어나 김시습에게 달려갔다. 김시습의 뒤에 숨어 숨을 골랐다.

"이비야. 이만 죽어줘야겠다."

"무슨 말씀이세요?"

이비의 목소리가 떨렸다.

"스승님은 저에게 말씀하셨잖습니까. 저에게 할아버지를 복권하라고, 양반이 되라고, 그리하여 오라비를 구하라고 말씀하지 않으셨습니까!"

"그렇기 때문이다. 네가 죽어야 박일산이 양반이 되기 때문이다."

이게 대체 무슨 소리야. 박일산은 나잖아. 그런데 내가 죽어야 내가 양반이 된다고?

이비는 의아한 마음에 김시습을 바라보았다.

김시습은 진심이었다.

정녕 이비를 죽이려 들고 있었다.

이비는 지금껏 단 한 번도 김시습과 진심으로 노려본 적이 없었다. 늘 반 장난으로 서로 대했을 뿐이었다. 이렇듯 마주보고 있으려니 김시습이 뿜어내는 살기에 절로 뒷걸음질 치게 됐다.

대체 어떻게 하면 좋나.

김시습이 마침내 검을 들었다. 이비를 향해 달려들었다. 이비는 저도 모르게 눈을 질끈 감았다. 이대로 죽는다고 생각했다.

한데.

아무리 기다려도 김시습이 다가오는 기미가 없었다.

대신 무언가 떨어지는 소리가 났다. 서서히 눈을 뜨니,

김시습이 한쪽 팔을 잡은 채 휘청이고 있었다.

김시습이 오른팔에 화살을 맞았다. 피가 났다. 다시 검을 들려 했으나 역부족이었다. 연이어 날아온 화살이 김시습의 다리를 노렸다.

"스승님!"

이비가 놀라 김시습에게 다가가려 했다.

"비!"

그때 동시에 귀에 익은 목소리가 들렸다.

"달아나!"

고개를 돌렸다. 그리고 이비는 한 사내를 발견했다.

그제야 이비는 부리가 나타난 까닭을 알 수 있었다. 어찌하여 부리가 이비에게 내려앉았는지 깨달았다.

"오라비!"

단번에 알아보았다. 그는 부리의 또 다른 주인, 꿈에도 그리는 박비가 복숭아 나뭇가지로 만든 활과 화살을 겨누며 저 멀리 서 있었다.

"달아나!"

박비가 소리쳤다.

"곧 따라갈 테니, 어서 먼저 달아나!"

이비는 주춤주춤 뒷걸음질 치다 담장을 넘어 산으로 달아났다.

하늘은 높았다. 파랗고 밝았고, 이비는 꽃이 만발한 복숭아나무에 올랐다. 가지에 거꾸로 매달렸다. 모든 것이 평소와 같았다. 다음 순간 나타난 박비 역시 마찬가지였다. 언제나 그랬다. 제멋대로 이비가 뛰쳐나가면 박비가 쫓아온다. 복숭아밭에 처박힌 이비를 달래고 꾸중한 후, 돌려보낸다.

하지만 방금 전 모든 것이 변했다.

김시습이 이비를 죽이려고 들었기 때문에.

얼마 전까지만 해도 김시습은 이비가 조부를 복권해야 한다고 말했다. 한데 이젠 이비에게 죽으라고 한다. 게다가 갑자기 박비가 나타났다. 김시습에게서 달아나라며 활을 들었다.

선목에 봉인한 활과 화살.

박비는 단 한 번도 사람을 맞힌 적 없는 그 화살로 김시습의 팔과 다리를 맞혔다.

"스승님은 괜찮으신가요."

"방에 모셔드리고 왔다."

"대체 이게 어찌 된 일인가요."

이비가 가지에서 뛰어내렸다. 박비를 올려다보며 물었다.

"왜 오라비가 스승님께 화살을 쐈습니까. 그리고 왜 스승님은 절 죽이려 듭니까."

"미안하다."

박비가 이비를 끌어안았다.

"다 내 탓이다."

"뭐가 오라비 탓이란 겁니까! 오라비는 그저 날 대신해서 살인죄를……."

"그게 아니다."

"뭐가 아니에요!"

"박일산은 나다."

"그게 무슨 소리예요?"

이비가 놀라 박비를 바라보았다.

"저를 박일산이라고 알려주신 것은 오라비잖아요. 그리고 제가 박팽년의 손자라고 말해준 것도 오라비고요."

"널 살리려면 그렇게 하라 해서 그랬다! 한데 아니었다!"

박비가 소리쳤다.

"모든 것은 17년 전 시작되었다. 17년 전, 조부 박팽년은 삼족을 멸하는 형을 받았다. 때문에 본래 나는 죽을 운명이었어. 허나 내 어머니는 감히 함부로 죽일 수 없는 이였다. 어머니는 이 나라의 옹주시다.[39] 게다가 어머니는 임신 중이셨다. 어명이 내렸다. 만약 어머니가 아이를 낳아 그 아이가 사내면 죽이고, 계집이면 살려 관노비로 삼으라는 것이었다. 어머니는 두려웠다. 혹여 자신이 낳은 아이가 죽는다면 어쩔까 싶었다. 그때 어머니를 찾은 매월당이 꾀를 냈다. 당시 임신 중이었던 또 다른 계집종의 자식과 바꿔치기를 한 것이다. 어머니가 아들을 낳고 관노비가 딸을 낳아야 했다. 그래야만 박팽년은 자손이 끊이지 않고, 관노비는 자식을 살릴 수 있었지. 기적이 일어났다. 어머니는 나, 박비를 낳았고 계집종은 너, 이비를 낳은 것이다. 우리는 바뀌었다. 둘 다 살아났다. 이후 이극균이 경상도 관찰사로 왔다. 나는 그의 도움을 받아 관노비의 신세를 벗어날 수 있었다. 그리고 이극균은 너도 명나라에서 데려왔다. 이제 모두 행복하게 살 수 있을 줄 알았지만…… 아니었다. 매월당이 나타났다. 나에게 복권하라고 말했다. 그리고 매월당은 내 복권을 위한 제물로 이비 너를 선택했다."

"저는. 저는 이해가 되지 않아요, 오라비."

이비가 말을 더듬었다.

"어찌하여 제가 죽어야 오라비가 복권이 되는 건데요?"

"그건……."

이비가 입을 다물었다. 잠시 생각하는 표정을 짓더니 다시 입을 열었다.

"네가 살아 있다면 17년 전의 죄가 드러날 수 있다. 김시습이 이 모든 일을 꾸몄다고 한다면 내 조부의 복권은

커녕 그 죄를 물을 수 있기에 널 죽여 증거를 없앤 후, '운 좋게 계집종의 꾀로 살아남았다'고 말할 셈이었던 게다. 한데 일이 꼬이고 말았다. 주모가 마음을 다르게 먹어 우리 둘 다 죽이려고 들다가 그 사달이 났다. 나는 이 사실을 안 직후 너를 구하기 위해 한양으로 떠났다. 그러던 중 관군에게 쫓겼다. 몇 번이고 생사의 고비를 넘겨 가까스로 도착했건만 그만 운 나쁘게 왕의 눈에 띄었다. 설마 왕이 나와 꼭 닮은 사내였을 줄이야. 참으로 희한한 우연이었다. 나는 이 모든 것을 꿈이라고 생각했다. 너와 내가 전라감영의 복숭아밭에서 잠시 잠이 들어 꾸는, 눈을 뜨면 우리 둘은 복숭아밭에서 웃고 떠들고 있을 것이라 생각했다. 허나 나는 미몽에서 깨어났다. 〈몽유도원도〉 덕이었다. 그림 속의 도원은 전라감영, 이비 네가 좋아하던 복숭아밭이었지. 나는 그 그림을 보며, 그리고 내 앞에 엎드린 사람들과 그 중 끼어 있는 매월당을 보며 이것이 꿈이 아닌 현실이란 사실을 깨달았다. 그리하여 널 찾아왔다. 이비, 너에게 이 모든 것을 고하고 용서를 빌기 위하여. 늦기 전에 널 살리기 위하여."

박비가 이비 앞에 무릎 꿇었다.

"제발 날 용서해다오."

"그런 말씀 마세요."

이비가 그 앞에 함께 주저앉았다.

"나, 오라비를 원망하지 않아요."

박비가 그런 이비를 끌어안았다.

"도망치자."

"네?"

"우리, 이대로 도망치자. 명나라로 가는 게다. 설마 내가 너 하나 먹여 살리지 못하겠느냐. 그러니 어서 가자."

이비가 박비를 끌어안았다. 발꿈치를 들어 입을 맞추려는 듯 가까이 얼굴을 댔다. 박비 역시 그런 이비의 입술을 받으려 했다. 허나 이비는 입을 맞추지 않았다. 박비를 그저 끌어안으며, 귓가에 속삭일 뿐이었다.

"오라비처럼 좋은 사람이 저와 뒤바뀐 아이라서 다행이에요. 만약 그러지 않았다면 저는 벌써 오래전에 죽었을 거예요."

"아니다, 나야말로 네가 있어 지금껏 살 수 있었다.

"하지만 오라비."

이비가 더욱 힘껏 박비를 끌어안았다.

"저는 오라비와 떠날 수 없어요. 죄송해요."

한 손에 든 검 머리로 힘껏 박비의 머리를 내리쳤다. 박비는 이비의 품에 안긴 채 정신을 잃었다.

"그래도 오라비는 아무것도 걱정하지 마세요."

이비는 눈물이 그렁그렁하여 웃으며 말했다.

"다음번 미몽에서 깨어나시면, 그곳에 진정한 오라비의 생이 펼쳐질 것입니다."

키키흑 키흐흑 키힉 킥

이혈은 영의정의 입을 막아버리고 싶었다. 저 입에서 나불거리는 것은 《중용》이었으나, 이혈의 머릿속엔 《중용》이 없었다. 그보다 이혈이 궁금한 것은 북악산 사냥터와 그곳에서 만날 수 있는 수수께끼의 두 사내였다.

첫째 사내는 이혈과 꼭 닮은, 말 그대로 신이 내려준 듯한 수수께끼의 사내였다. 그 사내가 온 후 이혈은 경연을 모른 척 내뺄 수 있었다. 더불어 이 사내는 지식의 수준이나 사람 됨됨이가 조정이 바라는 왕의 모습 그대로인데다 입이 무거웠기에 이혈의 마음에 쏙 들었다.

둘째 사내는 궁을 뛰쳐나가 만나는 놀이 상대 박일산이었다. 처음엔 이 사내가 계집인 줄로 알고 반했다. 다음엔 사내란 사실에 분노했다. 감히 자신을 우습게 알고 모욕을 주려나 보다 생각했으나 마음이 바뀌었다. 윷놀이며 매 다루는 솜씨가 상대하기 딱 좋았다. 경회루를 수리하겠다니까 도끼눈을 치켜뜨는 것도 흥미로웠다. 그 표정을 떠올리자 저도 모르게 웃음이 났다.

"전하……?"

영의정이 놀라 한참 늘어놓던 연설을 잠시 멈췄다.

"어찌 웃으십니까."

"경회루 말이야."

"경회루 재건을 또 말씀하려 하십니까? 지금 백성이 가뭄으로 인하여……."

"안 하려고."

"……네?"

"나라가 힘들 때 사치하는 것은 아니라며. 이 책에도 그렇게 쓰여 있지, 안 그래?"

"전하…… 이리 영명하신 말씀을 하시다니."

그 말에 영의정이 활짝 웃었다.

"소생 신숙주 성은이 망극하옵나이다."

이혈은 기분이 좋았다. 영의정이 자신을 보며 저렇듯 웃는 것도, 성은이 망극하다 칭송한 것도 처음이었다.

어서 이 사실을 박일산에게 알려줘야지.

하지만.

이혈은 박일산을 생각하자마자 바로 얼굴이 어두워졌다.

박일산은 이혈이 부리를 보내면 온다고 하였다. 언제든 달려와주겠다고 말하고는 벌써 이레째 소식이 없었다. 동시에 분신과도 같았던 그 사내도 사라졌다.

대체 무슨 일일까.

"어찌 이리 웃음이 끊이지 않습니까."

그때 또 한 명의 대신이 경연에 나왔다. 이혈은 그 얼굴을 보자마자 놀라 자리에서 벌떡 일어났다. 신숙주도 마찬가지였다. 뒤로 한 걸음 물러나 머리를 조아렸다.

왕 앞에서 영의정이 또 다른 대신에게 머리를 조아린다.

그런 일이 가능한 사람은 이 나라에 단 한 명밖에 없었다.

키키흑 키흐흑 키힉 킥.

한명회는 저도 모르게 기괴한 웃음을 내고 말았다. 감히 왕의 안전에서 웃다니, 상서롭지 못했다. 하지만 한명회는 도저히 웃음을 참을 수 없었다. 지금부터 할 이야기에 변할 왕의 안색을 상상하니 웃음이 자꾸 터졌다.

"드릴 말씀이 있어 왔습니다."

"경연에 관련된 이야기인가요?"

"조금은 관련이 있을 수도 있겠습니다. 허나 크게 보면 관련이 없겠지요."

"그렇다면 국정의 이야기입니까?"

"그것은 큰 관련이 있겠습니다. 하지만 정확히 말하자면 예전의 국정과 관련이 있겠지요."

"어떤 이야기를 가져오셨기에 그리 뜸을 들이십니까……?"

"참으로 긴요한 이야기라 그럽니다……."

한명회는 흘깃 신숙주를 바라보았다.

그제야 왕은 한명회가 독대를 원한다는 사실을 깨달았다.

"압구정만 남고 물러가세요."

영의정이 밖으로 나갔다.

완전히 발소리가 잦아들자 한명회가 품에서 두루마리를 꺼냈다. 왕의 앞에 놓았다.

"그 누구보다 먼저 주상전하께 보여드려야 할 것 같아 가져왔습니다."

"그것이 무엇이기에 그러세요?"

"매월당이 적을 《몽유도원도》의 발문 〈몽유도원기〉의 줄거리입니다."

"한데 이것을 왜 저에게 주십니까……?"

"주상께서 반드시 아셔야 할 내용이 적혀 있기 때문입니다."

왕은 두루마리를 폈다.

서서히 굳어가는 왕의 표정을 보며 한명회는 또 한 번 기괴한 웃음소리를 내고 말았다.

키키흑 키흐흑 키힉 킥.

사흘 전, 흙투성이 선비가 갑자기 한명회를 찾아왔다. 갓은 찢어지고 몸은 피투성이인 선비는 한명회를 만나야 한다고 야단이었다. 한명회는 친히 선비를 만나러 나섰다. 소년 왕 덕에 밤잠이 없어진 지 오래라 나서는 것은 별일이 아니었다. 정확히 말하자면 목적은 따로 있었다.

아무거나 트집을 잡아 그놈을 반 죽여놓을 셈이었다.

사흘 전 낮, 정훼가 벌인 일로 역풍을 맞았다. 이대로 함께 자멸할 수는 없었기에 한명회는 정훼를 옥에 처박았다. 이후 한명회는 계속 저기압이었다. 그리 좋아하는 감투를 써도, 괜한 트집을 잡아 종의 등짝을 채찍질해도, 보이는 대로 계집종을 데려다 희롱하여도, 장안에 소문난 기생을 불러다 재주를 피우고 술을 들입다 부어 마셔도 기분은 나아지지 않았다.

그렇다면 이 분은 무엇으로 풀어야 할까.

방법은 단 하나였다.

피를 봐야만 풀릴 분이다. 것도 그냥 피가 아니라, 무고한 놈의 피를 보아야 풀릴 분이다.

그때 마침 불청객이 찾아왔으니 이건 날 잡아드시오, 하고 호롱불로 날아드는 모기 꼴이나 마찬가지였다.

한명회가 사랑채에 들어섰다.

사내는 한명회가 방문을 열고 들어서자 고개를 납작 조아렸다.

한명회는 주안상 반대편에서 그런 선비를 바라보며 술잔을 들었다. 단번에 들이켜며 물었다.

"어디, 신상명세를 쫙 읊어보시게."

"제 이름은 박일산, 순천 박씨로 조부는 박팽년입니다."

"지금 무어라 하였는가. 자네가 누구라고?"

"박팽년의 친손자입니다."

손끝이 저렸다. 식도가 짜릿짜릿했다. 감히 역적의 자손이라 칭한 죄, 목이 달아나고도 남았으니, 당장이라도 한 손에 검을 들고 저 사내의 목을 내리치고 싶었다.

"그래서 왜 날 찾아왔는가?"

"할아버지의 복권을 부탁드리기 위함입니다."

"자네는 할아버지가 어찌 돌아가셨는가 모르는가?"

"압구정나리가 저희 할아버지를 죽이셨죠."

"한데 나를 찾아왔다. 왜?"

"저를 복권하시면, 나리의 앞날에 영화를 약속드릴 수

있기 때문입니다."

"어찌하여?"

"절 이용하시면 월산대군을 칠 수 있습니다."

"〈몽유도원도〉를 이야기하는가."

한명회가 하품을 했다.

"그건 이미 물 건너간 이야기야. 〈몽유도원도〉는 주상의 꿈으로 그린 그림이야."

"〈몽유도원도〉는 단순한 시발점에 불과합니다. 그보다 중요한 것은 저라는 인간 박일산이 존재하며, 박일산 때문에 김시습이 문제의 〈몽유도원도〉 제작에 끼어들었다는 사실입니다. 김시습과 이극균은 계유정난 당시 어명을 어기고 저를 살려내 지금껏 길렀습니다. 그리고 저를 복권하기 위해 월산대군에게 접근해 〈몽유도원도〉 제작에 끼어들었습니다."

가짜라고 생각했다. 하지만 지금 술을 두어 잔 마신 후 들어보니 저놈이 하는 말은 사실이 분명하여 척하는 것이 아니라 진짜 역적이었다.

"네놈, 네가 하는 말의 뜻을 정녕 알고 있느냐?"

"네."

"그렇다면 네가 한 말을 내가 그대로 고하면, 자칫 잘못할 경우 널 길러준 김시습과 이극균이 모두 목이 달아

날 수도 있다는 사실도 아느냐?"

"그러합니다."

"왜?"

"네?"

"왜 네가 그런 짓을 하지? 그들은 네 은인이 아니더냐? 네 할아비라면 결코 그런 일을 하지 않았을 게다."

한명회가 아는 박팽년은 그런 사내였다. 목에 칼이 들어와도 자신의 은인을 팔아넘기지 않는 사내, 세조의 녹을 먹지 않겠다며 붓을 들어 장난을 친 기개 높은 사내가 박팽년이었다.[40] 그 박팽년의 손자가 이런 짓을 하다니, 한명회는 믿기지 않았다.

한명회는 술잔을 입에 갖다댔다. 한 모금 입안에 담은 후, 고개를 조아린 사내를 바라보며 저 사내가 진정 박팽년의 손자라는 가정하에, 이런 일을 벌일 까닭을 따져보았다.

내가 저 사내라면 반드시 그래야만 할 이유가 있을 것이야. 예를 들어 목숨의 위협을 받는다든가, 아니면 그 존재 자체가 그들에게 위협이 된다든가.

"그 사내들은 자기 멋대로 저를 살리더니 이번엔 죽이려 듭니다. 그건 모두 제 정체 때문입니다. 제 얼굴이 그들이 익히 잘 아는 누군가를 닮았기 때문입니다. 그리고 그들은 제 얼굴을 갖고 〈몽유도원도〉를 그려 왕을 희롱했기 때문입니다."

여기까지는 한명회의 예측대로였다. 하지만 다음 순간 이어진 상황은 그 예측을 넘어섰다.

사내가 고개를 들었다.

그 얼굴을 본 한명회는 결국 손에서 술잔을 놓치고 말았다.

〈몽유도원도〉에 역모의 기미가 있다, 정휘가 공혜왕후의 혼백을 보았다, 그 이야기는 모두 사실이었다. 여기 그 증거가 있으니, 이 사내가 바로 그 혼백이었다.

한명회는 한참 그 얼굴을 보다가 머리 위 감투로 손을 갖다댔다. 앞으로도 한참은 더 쓸 수 있을 감투를 참으로 어여쁘다는 듯 쓰다듬었다.

네놈은 이승에 속한 자가 아니라,

정훼는 넋이 나갔다. 감옥 벽에 붙어 앉아 덜덜 떨며 중얼거렸다.

"살려주세요. 제발 살려주세요."

정훼의 소원은 점점 잦아들었다.

국문을 받기 위해 끌려나갔던 선비들의 참극 때문이었다. 그토록 정정한 선비들이 돌아올 때면 인사불성이었다. 미쳐서 헛소리를 떠들어댔다. 정훼는 한참 떨어져 귀를 막았다. 이제 곧 그 입에서 나올 말이 무엇인지 안 까닭이었다.

"차라리 죽여주시오……."

정훼의 예상은 맞았다. 하지만 정훼는 하나만 알고 둘은 몰랐다. 신음은 너무 커서 귀를 막아도 소용없었다. 아니, 너무나 자주 들은 탓에 귀를 막아도 정훼는 그 소리를 상상할 수 있었다. 그리고 상상 속에서 울려 퍼지는 소리는 직접 듣는 것보다 훨씬 끔찍했다.

정훼는 두려웠다. 다음 순간 문이 열리면 자신을 부를까 봐, 그리하여 저들처럼 만신창이가 되어버릴까 봐. 이제 정훼의 소원이 달라졌다. 다른 사내들을 따라 "차라리 죽여주시옵소서."를 중얼거렸다.

다시 문이 열렸다.

"정훼!"

그 순간이 오고야 말았다. 정훼는 감옥 벽에 붙어 있으려고 손톱을 세웠다. 소용없었다. 옥졸들은 그런 정훼의 양팔을 잡아 질질 끌고 나왔다. 정훼가 어떻게든 끌려가지 않으려고 발악할 때, 등 뒤에서 귀에 익은 목소리가 났다.

"네놈을 풀어주마."

한명회였다. 정훼는 뒷걸음질 쳤다. 그 말을 믿을 수 없었다. 한명회는 정훼의 반응을 아랑곳하지 않았다. 제 옆에 선 사내를 턱짓으로 가리키며 말했다.

"이 사내를 데리고 수락정사에 다녀오거라."

그 말에 정훼는 한명회의 옆에 선 사내로 시선을 옮겼다. 사내와 눈을 마주쳤다. 정훼가 손을 들었다. 제 뺨을 세게 쳤다. 아프지 않았다. 정훼는 제 머리를 그대로 바닥에 찧었다. 몇 번이고 계속해서 반복했다. 제발 아프길 바라며, 아파야만 한다고 자신에게 되뇌며.

모두 놀라 웅성거렸다. 다가가 말리려 했으나 한명회가 손짓으로 막았다.

마침내 정휘가 머리 박기를 그만뒀다. 천천히 몸을 일으켜 세우더니 한명회의 앞으로 비틀거리며 다가왔다.

"이마가 타는 듯 쑤신 것을 보니 소생 정휘, 아직 이승에 속한 자가 분명하군요."

"네놈이 정신을 덜 차렸구나."

한명회가 말했다.

"네놈은 이승에 속한 자가 아니라, 내게 속한 자다."

"매월당 계십니까."

어디선가 쥐 새끼 우는 소리가 났다.

김시습은 눈살을 찌푸렸다. 귓가를 울리는 기분 나쁜 찍찍 소리를 저리 가라 손으로 휘휘 저었으나 소용없었다.

다음 순간, 누군가 문을 열고 들어왔다. 김시습의 양팔을 부축해 바깥으로 끌어냈다. 억지로 마루에 앉혔다.

김시습은 정신이 혼미하여 무슨 일이 일어났는가 알 수 없었다. 다만 알 수 있는 것은 지금이 한낮이며 눈앞에 한 떼의 사내가 와 있다는 사실뿐이었다.

박비의 화살에 맞고 벌써 사흘째, 김시습은 고열에 시달리고 있었다. 제대로 보지도 듣지도 못한 가운데 몸져누워 옹주 시절 이씨 부인을 만났던 일만 반복해 떠올렸다.

그리고 지금 또 한 명의 세종이 김시습을 찾았다. 이번엔 머리에 붕대를 감은 묘한 세종이었다.

"전하. 어찌 상처를 입으셨습니까."

"매월당, 날 못 알아보시겠소?"

"마저 문장을 지어 올릴 테니 조금만 기다리십시오."

김시습이 손을 더듬어 벼루를 찾았다. 벼루를 사타구니에 끼우고 먹으로 문지르려 했으나 오른손이 마음처럼 움직이지 않았다. 손에 쥔 먹이 마음처럼 되지 않자 왼 소매를 찢었다. 먹 쥔 손을 천으로 칭칭 동여매 고정한 후 먹을 갈았다.

"이보게, 이 친구도 못 알아보시겠는가?"

그 말에 김시습이 고개를 들었다. 세종의 옆에 선 여자를 보고 환하게 웃었다.

"옹주마마……."

꿈에 그리는 옹주, 이씨 부인이 눈앞에 있었다.

"자네를 보고 옹주라니, 실성한 모양이야."

정훼가 박일산을 흘깃거리며 쓴웃음을 지었다. 정훼 역

시 박일산을 공혜왕후로 착각해 큰 화를 입지 않았던가.

김시습은 방금 전까지 반쯤 넋이 나갔던 정희와 꼭 닮아 있었다. 아니, 그 이상이었다.

"어찌 글을 쓰게 한다."

"제가 한번 해보겠습니다."

그때 박일산이 말했다.

박일산이 김시습 앞에 쭈그리고 앉았다. 천으로 칭칭 동여맨 오른손으로 벼루에 먹을 가는 김시습을 향해 작게 속삭였다.

"스승님, 접니다……."

김시습이 꿈틀거렸다.

보이지는 않지만 귀는 멀쩡했다. 그 괄괄한 목소리를 잊을 수 있을 리 없었다.

"스승님, 저라고요."

이비.

고열은 여전했다. 눈앞에 보이는 왕궁의 환상도 마찬가지, 세종과 일곱 살 옹주마마가 있었으나 김시습은 고개를 휘휘 저었다. 억지로 그 환상을 내치려 노력하며 보이지 않지만 그곳에 있을 이비를 향해 소리쳤다.

"네놈, 이비냐. 이비가 거기 있느냐. 박비는 어쨌느냐.

박비는 어디로 갔어."

"이비라니 뭔 소리야. 이 양반 제대로 실성했구먼."

정훠가 다시 끼어들었다.

"매월당, 우리가 부러 찾아온 것은 이런 정다운 이야기를 하려는 것이 아닙니다. 저는 매월당께서 약속하신 글이 어찌 되었나 물으려 왔어요. 〈몽유도원도〉 발문이라고 말씀드리면 알아들으시겠습니까? 아니면 그 내용도 제가 가르쳐드릴까요. 이른바 천재로 통하는 매월당이란 사내가 어명을 거역하고 살려낸 박팽년의 손자 이야기를? 그 손자를 복권하기 위하여 그린 〈몽유도원도〉 이야기를?"

〈몽유도원도〉와 박팽년.

김시습은 완벽하게 정신이 돌아왔다.

눈앞에 가득했던 세종대왕의 모습도, 비단을 허리에 매고 걸어가는 자신의 모습도, 그리고 그 모습을 보며 웃어대는 옹주마마도 모두 사라졌다. 자신의 앞에 선 정훠와 이비를 발견했다.

"네놈…… 이 천하에 둘도 없을 천치 놈이!"

김시습이 손을 바들바들 떨었다. 손 닿는 곳마다 놓여 있는 벼루를 하나 들어 그대로 이비를 향해 던졌다.

이비가 장검으로 벼루를 벴다.

"스승님, 이제 모두 끝났습니다."

벼루는 공중에서 동강이 났다.

"그러니 지금껏 있었던 일을 글로 적으세요. 한 글자도 빼먹지 말고 있는 그대로, 지금껏 저에게 일어난 일을 적으세요. 그것만이 스승님이 살길입니다. 박비를 살릴 길입니다."

"네놈!"

김시습이 흥분하여 또 벼루를 던졌다. 허나 이비는 가볍게 벼루를 베어 박살 냈다. 그 소동 탓에 옆에 있던 군졸이며 정훼가 비명을 질렀다. 자른 벼루 조각이 얼굴로 튄 탓이다.

"기한을 정해드리겠습니다."

이비는 다시 한번 김시습의 두 눈을 똑바로 바라보며 말했다.

"사흘 후 정오, 경회루에서 상량 잔치가 있습니다. 그곳에 꼭 스승님의 손으로 적으신 발문을 가지고 오십시오."

천하에 둘도 없을 천치

이혈은 자진하여 책이며 두루마리를 재독하는 일이 없었다. 아무리 경연에서 홍문관이 잔소리를 하더라도 그때뿐, 늘 읽는 척만 하다 말았다. 때문에 이혈의 지식은 얕고 깊이가 없다는 말을 들었건만, 지금 이 순간만큼은 예외였다.

이혈은 한명회가 내민 두루마리를 벌써 다섯 번째 읽고 또 읽고 있었다.

매월당이 꾀를 부려 계집종의 딸과 박팽년의 손자를 바꿔치기했으니 그 손자의 이름은 박일산이라. 이후 박일산은 이극균과 그 부인의 손에 키워졌다. 박일산의 정체가 드러난 것은 정휘가 전라감영에 들른 후였다. 이곳에 들른 분순어사 정휘가 우연히 박일산을 보았다. 물론 이때까지만 해도 정휘는 박일산이 누군지, 또 그가 어떤 인물인지 전혀 몰랐다. 허나 정훼는 이 사실을 일단 수상히 여겨 그 정체를 알아내려 했다. 전라감영 방방곡곡 방을 붙여 미녀를 찾고자 하였으나 일산은 사내인지라 여기에 걸리지 않았다. 또 의붓아비인 이극균과 매월당은 이를 좋지 않은 일이라 여겨 박일산을 몰래 한양으로 도피시켰다. 이때 한양에선 왕이 월산대군을 시켜 자신이 꾼 꿈으로 〈몽유도원도〉를 그리려 하나, 그 그림에 그려야 할 공혜왕후의 얼굴을 그리기가 난감하다는 소문이 났으니, 매월당과 박일산이 작당하였다. 부러 그 앞에 나서 박일산은 제 얼굴을 보이고 그림 완성을 도왔다. 이후 매월당이 발문을 적고 박일산은 찬시를 적으니 이는 〈몽유도원도〉에 이름을 올려 그 공을 이용해 복권을 꾀하려 하였던 것이다. 이리하여 박일산과 그 일당은 두 개의 대죄를 범하였더라. 첫째는 어명을 어기고 살아남은 죄요, 둘째는 대명률에 위반됨이라.

다시 한번 상소문을 끝까지 읽은 이혈이 고개를 들었다. 한명회를 바라보며 가까스로 입을 떼 물었다.

"이 상소문의 내용이 정녕 사실인가?"

"그뿐이 아닙니다. 매월당은 이 사실이 들통날 것 같자 박일산을 죽이고자 하였습니다. 때문에 제가 박일산의 신변을 보호하고 있습니다."

"박일산을 죽이려 했다고!"

이혈은 그만 자리에서 벌떡 일어나고 말았다.

그간 박일산이 왜 모습을 보이지 않았는지, 부리가 불

러도 도통 대답이 없었는지 이제야 알았다. 이혈의 얼굴이 굳었다. 잔뜩 성이 나 얼굴이 붉어졌다. 동시에 가슴이 뛰고 메슥거렸다.

"내가 경회루를 수리하려 한다."

이혈이 두루마리를 꽉 쥔 채 말했다.

"그리하여 그를 축하하기 위한 상량 자리를 열려고 하니 압구정은 반드시, 이 두루마리에 거론된 월산대군 이정, 김시습, 이극균, 정훼를 내 앞에 데리고 오라. 혹여 상량 잔치에 참여하지 못하겠다고 하는 이가 있다면, 그 자리에서 목을 베어도 좋다. 이는 어명이다."

한명회는 당황했다.

아무 말도 하지 못하고 그저 왕의 얼굴을 바라보기만 했다.

"무엇 하느냐. 내 말이 들리지 않는 게냐?"

왕이 두루마리를 한명회의 얼굴로 집어던졌다. 놀라 입만 벌린 압구정의 얼굴을 바라보며 으르렁거렸다.

"그 더러운 것은 꼴도 보기 싫다! 당장 갖고 나가!"

"분, 분부 받들겠습니다!"

한명회는 황망하여 두루마리를 챙겨 방 밖으로 뛰쳐나갔다. 몇 걸음 걷지 못해 주저앉았다. 소란을 알고 달려온 무사며 내관 들이 그런 한명회를 일으켜 세웠다.

지금껏 단 한 번도 왕이 명을 내린 적이 없었다. 저렇게 서슬이 시퍼런 얼굴로 자신을 바라본 일도 없었다.

게다가 그 어명은 무엇인가. 지금 왕은 월산대군을 죽여도 좋다고 하지 않는가.

한명회가 기분 좋게 웃었다.

수양대군을 그대로 쏙 빼다 박으셨다. 분명 수양대군은 형제를 죽인 후에 진정한 성군 세조가 되셨지…….

월산은 거문고를 퉁기던 손을 멈췄다. 물 냄새 때문이었다. 고개를 들어 정자 밖 하늘을 올려다보았더니, 역시나 구름이 잔뜩 끼었다.

좋은 소식이 오려나 보다. 비가 내려 오랜 가뭄이 해소된다는 그런 소식.

월산은 기분 좋게 거문고를 퉁겼다.

한데 다음 순간 거문고 현이 끊어졌다. 끊어진 현이 월산의 손을 퉁겼다.

생채기가 났다.

월산은 저도 모르게 입술에 손가락을 갖다댔다. 이 방법을 자신에게 일러준 이를 떠올렸다.

박일산이…… 네놈은 어찌 된 거냐.

드디어 왕과 박일산이 우애를 쌓기 시작했다. 왕은 연

일 박일산의 이야기를 하며 눈을 반짝거렸다.

그런데 갑자기 박일산이 행방을 감추었다.

대체 박일산에게 무슨 일이 일어난 것인가.

다음 순간이었다.

월산에게 칼을 든 어명이 온 것은.

이극균의 집에 금군이 몰려들었다. 이극균보다 그 두 아들 세후와 세건이 먼저 알고 뛰쳐나왔다. 어린 누이들 앞에 서서 소리쳤다.

"물러나라!"

"감히 여기가 어디라고 들이닥치느냐!"

"후, 건! 너희는 가만히 있어라!"

그때 이극균이 나섰다. 이극균은 어느덧 갓을 쓰고 두루마기까지 모두 갖춰 입었다.

"어딜 가세요, 아버지!"

"왜 금군이 우리 집을 찾습니까! 왜 아버지를 나오라고 합니까!"

"어찌 소란을 피우더냐."

이극균이 차갑게 말했다.

"그저 전하께서 날 보고 싶다 하시지 않느냐. 경회루 상량 잔치를 한다고 이르셨다지 않느냐."

"소자, 경회루를 새로 올렸다는 말은 전혀 듣지 못했습니다!"

"후야, 듣거라."

"아버님, 소자는……."

"이것은 어명이다!"

이극균이 소리쳤다.

"그리고 나는 전하의 신하다. 어디 신하 된 도리로 전하의 부름을 어기겠느냐!"

좁긴 좁구나.

이비는 빙그레 웃었다.

왕이 경회루를 수리하겠다고 말한 연유를 이해했다. 장식은 으리으리하나 월산대군의 정자보다 작았다. 한두 명이 들어서면 그만일 듯했다.

때문에 신하들은 모두 경회루 아래 일렬로 자리를 잡았다. 우편으로 월산대군, 이극균, 매월당이, 좌편으로는 한명회와 정휘가 앉아 있었다. 풍악이 울렸다. 궁녀들이 춤을 췄다. 말 그대로 경회루 상량 잔치라 해도 좋았으나 표정 편한 이가 단 한 명도 없었다.

모두 탐탁잖은 표정으로 중앙에 앉은 이비만 바라보고 있었다.

아마 의아하리라. 왜 왕은 이름 모를 선비를 상량 잔치의 중앙에 앉혔는가, 그리고 왕이 왜 땡볕이 내리쬐는 대낮에 그들을 불러내 상량 잔치를 열었는지 알 수 없으리라.

이비 역시 마찬가지였다.

몇 달 전까지는 설마 자신이 이런 곳에 오리라고는, 왕을 똑바로 올려다보게 될 줄은 상상도 하지 못했다.

그래도 이비는 해야만 했다.

이비가 손을 가슴으로 갖다댔다. 여염집 아낙이라면 은장도를 숨길 가슴 계곡 사이에 숨겨둔 화살촉이 있는 자리를 만지작거리며 중얼거렸다.

오라비, 나에게 힘을 줘.

다음 순간 이비는 인상을 썼다. 화살촉이 움직이며 가슴을 찔렀는지, 따끔한 통증이 있었다.

기생들이 물러갔다. 음악이 잦아들었다.

피리가 울었다.

그를 신호로 모두가 몸가짐을 바로 했다.

이 풍류회의 주인공이 납실 차례였다.

"주상전하 납시오!"

이비는 덜컹 가슴이 내려앉았다. 아직 왕을 본 것이 아니었다. 단지 그가 온다는 말을 들었을 뿐인데 가슴이 뛰었다. 하염없이 왕이 나타나기를 기다리며 몸을 세웠다.

그런 이비를 향해 무관이 소리쳤다.

"무엄하다!"

이비는 고개를 숙이고 싶지 않았다.

"어서 고개를 숙여라!"

어서 왕을 보고 싶었다. 언제나처럼 그 얼굴을 마주보고 여러 이야기를 나누고 싶었다. 하지만 그럴 수 없었다. 이곳은 궁이다. 그리고 그 사람은 이 나라의 왕이다.

이비가 고개를 숙였다.

귀 기울였다. 옷깃이 스치는 소리, 발이 움직이는 소리, 무엇 하나 놓치지 않으려 노력했다. 그 소리 중 섞여 있을 왕을 찾았다.

"고개를 들라."

왕이 먼저 이비를 찾았다.

이비가 고개를 들었다.

왕을 바라보았다.

전하, 잘 지내셨나요.

마음으로 물었다.

"내 친히 묻겠다."

부리는 잘 지냈나요.

"네 이름이 박일산이냐."

저는 잘 지내지 못했어요.

"네놈이 정녕 순천 박씨, 박팽년의 자손이냐."

그간 너무나 많은 일이 있었거든요.

"대답하거라."

그리하여 이제 저는 전하와 이승에서 더 이상 뵙지 못할 것만 같습니다.

이비의 눈에서 눈물이 흘렀다.

이혈은 갑갑했다.

평소엔 입을 다물어라, 말을 줄여라 그리 잔소리를 하여도 재잘재잘 잘도 떠들던 박일산이 오늘따라 그 입이 천근만근 무거웠다. 그러더니 마침내 울었다.

이혈은 자리에서 벌떡 일어났다.

당장 이대로 박일산에게 다가가고 싶었다. 그 눈물을 손등으로 훔치고 입을 열라 하고 싶었다. 하지만 그럴 수 없었다. 눈이 너무 많았다. 그리고 박일산의 얼굴에 서린 묘한 기색 역시 이혈의 발을 막았다. 이혈은 그 기색을 익히 알고 있었다. 그 표정도, 얼굴도 모두 낯익었다.

이혈의 비, 공혜왕후.

그녀가 죽기 얼마 전, 이혈에게 다가오시라 청하였을 때, 그 귀에 낮게 속삭였을 때, 저런 표정을 지었다.

설마 박일산이, 네놈.

이혈은 자리에 털썩 앉았다. 눈물을 뚝뚝 흘리는 박일산의 두 눈을 보며 생각했다.

네놈도 내 앞에서 죽으려는 게냐…….

"무엇 하느냐, 대답하지 않고!"

한명회가 초조한 듯 재촉했다.

"그래, 대답하거라."

월산대군도 한마디 거들었다.

이비가 그들의 말에 고개를 돌렸다. 한명회를 빤히 본 후 다음으로 월산대군을 바라보았다. 이극균을 보고 정휘를 보았다. 마지막으로 일생을 통틀어 유일한 스승, 김시습을 바라보았다.

김시습은 어렸을 때부터 우문현답을 즐겼다. 쥐구멍에 볕 들 날이 어떤 날인가, 소 잃고 외양간을 고쳤는데 그 외양간에 말을 키우면 어떻게 되는가, 천하에 둘도 없는 천재가 천하에 둘도 없는 천치를 가르치면 어떻게 되는가.

김시습은 이 중 마지막 답을 최근 알아냈다.

답답해서 천재 속이 터진다.

그것이 김시습이 이비에게 한자를 가르치기 시작했을 때의 첫 감상이었다. 천자문도 못 외우고 꾸벅꾸벅 졸 때 멍청한 놈인 것은 알았으나 설마 이토록 한심할 줄은 몰랐다.

대체 왜 넌 박비와 함께 명나라로 도망치지 않았느냐.

안소희가 나타나면 도망칠 줄 알았다. 하지만 저 멍청한 놈은 그런 안소희를 공격했다. 자신이 뒤에서 수를 썼다는 사실마저 알아냈다.

어쩔 수 없이 매월당이 나섰다. 저놈을 죽인다고 협박해서라도 여기서 도망치게 할 셈이었다.

모든 건 박비와 짜고 치는 윷판이었다.

선목이 피운 꽃으로 담근 도화주.

그날, 압구정의 풍류회에서 박비는 김시습에게 일종의 암호를 말했다. 다른 사람이라면 그 말을 있는 그대로 받아들였겠지만 김시습은 달랐다. 박비가 자신을 알기에 이런 말을 했으리라 생각했다. 때문에 김시습은 풍류회가 끝나자마자 무계정사로 달려갔다. 그리고 그곳에서 두 명의 왕을 목격했다.

각기 다른 복장을 한 두 명의 왕, 쌍둥이처럼 닮은 두 명의 왕은 선목 아래서 만났다. 융복 차림의 왕이 궁 방향으로 사라지자, 홀로 남은 왕이 허공을 보고 말했다.

"이만 내려오시지요, 매월당."

"어명 받들겠습니다."

김시습이 빈정거리며 나무에서 뛰어내렸다.

"어찌 된 영문인가 궁금하시지요?"

박비가 웃었다.

"그렇지 않다. 이곳에 도착해 너와 전하를 배알하자마자 모든 걸 깨달았다. 네놈은 이곳 무계정사 근처에서 전하와 우연히 만났을 것이다. 전하는 네놈의 외모가 자신과 비슷한 것을 보고 묘안을 떠올리셨겠지. 귀찮은 일에는 네놈을 내보내겠다, 이런 단순한 생각 탓에 오늘 풍류회도 네놈이 대신 온 것이렷다. 그사이 전하께서는 이 근처서 사냥이라도 즐기셨을 게다."

"모두 맞히셨습니다."

박비가 웃었다. 허나 다음 순간 이어진 말에 박비는 웃음을 거뒀다.

김시습은 말했다.

"게다가 나는 네놈이 왜 전하와 꼭 닮은 꼴인가 그 연유도 알고 있다."

안 그래도 박비는 늘 의아했었다. 어찌하여 자신이 왕의 존안과 닮았는가, 그런 우연이 어떻게 이리 쉽게 일어났는가 궁금했었다.

한데 김시습이 그 까닭을 알고 있다니.

"네 어머니가 전하와 같은 왕족이기 때문이다. 세종대왕의 여식, 옹주님이 바로 네 어머니시지. 하여 아마도 너는 왕을 쏙 빼닮았을 것이다."

그런 것이었는가.

박비는 김시습의 말에 잠시 할 말을 잃었다. 뒷짐 진 손에서 힘이 턱 풀렸다. 더불어 그간 마음에 품었던 여러 수수께끼가 풀렸다.

단순한 노비라고 볼 수 없었던 어머니의 높은 지식과 소양, 그것은 모두 본디 어머니가 귀한 분이셨기 때문이었다.

"그렇다면 저희 어머니는 지금…… 어찌 지내십니까."

"복권되신 후 재가하셨다."

"다행입니다."

박비는 안도했다. 그간 혹여 어머니가 불상사를 겪지나 않았을까 늘 노심초사했었다.

"그래서 저희 어머넌 어떤 분이십니까? 지금은 어디에 사시나요? 성함은요?"

"밝힐 수 없다."

김시습이 딱 잘라 말했다.

"말씀하지 말라 하셨다."

박비는 김시습의 말에 잠시 실망한 표정을 지었다가 다시 웃었다.

"……그래도 다행입니다. 어머니께서 행복하게 사신다면 그것으로 충분히 다행입니다."

"그보다 오늘 내가 온 것은 이런 것을 너에게 알리기 위함이 아니다. 나는 네게 부탁을 하기 위해 왔다."

"무슨 부탁을 하실 것이 있습니까?"

"네가 가진 화살로 나를 쏘거라."

"네?"

"내가 칼을 들고 이비를 죽이겠다고 말할 것이다. 한데 이비가 도망을 치지 않는다면, 너는 내게 화살을 쏴야한다. 내 오른팔을 맞히고, 다음으로는 오른 다리다."

"농담이 지나치십니다."

박비가 웃었다.

"지금 매월당은 제가 왕의 대역을 했다는 것만큼이나 터무니없는 말씀을 하십니다."

"아니면 이비가 죽는다."

그 말에 박비의 표정이 굳었다.

"그게 무슨 이야깁니까?"

"이비의 정체 때문이다."

"이비가 본래 노비인 게 무슨 죽을 이유가 됩니까?"

"일전 박팽년이 사사될 때 그 일족 중 노비가 된 자들이 다른 양반의 사노비들과 바꿔치기된 일을 아느냐?"

"기억합니다. 어머니도 그렇게 바꿔치기됐다 들었습니다."

"그래, 그때 네 어미와 바꿔치기한 노비가 문제였다. 그 노비는 바로 한명회의 계집이었다. 한명회는 그때 제 계집종과 네 어머니를 바꿔치기할 셈으로 임신한 계집종을 경상감사에 보냈다. 임신을 한 종은 임신을 한 종으로만 바꿀 수 있기 때문이다. 나는 그 사실을 모른 채, 그 계집종의 아이와 네 어머니의 아이를 바꿔치기했다. 내가 이 사실을 안 것은 최근이다. 이극균이 너를 시켜 나를 찾았을 때 말해주었다. 명나라에서 이비를 데리고 올 때 그 어미가 이 사실을 밝혔다더구나. 한명회는 아직 이비가 자신의 친딸이라는 사실을 모른다. 만약 한명회가 이비의 정체를 알게 되면, 그가 자신의 친딸이라 공혜왕후를 빼닮았다는 사실을 깨닫는다면 어떻게 될까. 이비를 죽이려 들 게다. 이비를 죽이고 그 얼굴을 마구 훼손해 본래 모습을 알아볼 수 없게 만든 후 시체를 동강 내 어딘가의 들개 먹이로 뿌리고도 남는다. 그 전에 우리가 이비를 왕의 앞에 대령하면 어떻게 될까. 한명회는 죗값을 치러야 할 게다. 자신이 임신한 계집종을 박팽년의 곁으로 보낸 탓에,

그 자손이 바꿔치기됐다는 건 분명 대죄다. 처음엔 그럴 셈이었다. 이비를 왕의 앞에 박일산인 척 내놓은 후, 그 앞에서 정체를 드러내게 해서 한명회를 무너뜨릴 작정이었다. 한명회는 능지처참을 면하지 못할 것이다. 제 손으로 죽인 네 조부처럼 자신도 죽고, 그 가족도 모두 멸문당할 것이다. 완벽한 복수다. 나는 이 방법을 실행할 셈이었다. 이제 이비를 그 앞에 내놓고 죽이기만 하면 된다고 생각했건만…… 마음이 달라졌다. 내 최초이자 최악의 제자 때문이다. 천치 같은 계집 때문이다. 나는 이비, 그년을 그렇게 죽이고 싶지 않아졌다. 그리고……."

김시습은 입을 다물었다. 잠시 박비를 보다가 다시 입을 열었다.

"마침 네가 내 앞에 그 모습으로 나타났기 때문에 가능한 방법이 생겼다."

"그 방법이 무엇입니까? 제가 무엇을 하면 됩니까?"

"직언하거라."

"직언이요?"

"왕께 직접 네 정체를 고하거라. 자신의 분신과도 같은 이가 그런 일을 당했다면 긍휼히 여기지 않겠느냐. 이후 때가 되면 이비를 다시 부르자꾸나. 명나라에서 이비를 데려와 네 진짜 색시로 삼자꾸나. 그리하면 모든 것이 잘될 것이다."

"이 모든 연유를 이비에게 밝히면 안 됩니까. 이런 연유가 있으니 명나라로 도망치라고 하면요."

"……안 된다."

김시습이 고개를 돌렸다.

"이비는 결코 한양을 떠나지 않으려 할 것이기 때문이다."

"왜 이비가 안 떠나려고 합니까?"

"정녕 알고 싶으냐."

"당연히 알고 싶죠!"

"아플지도 모른다."

"무섭지 않습니다. 한 팔이 부러져도, 아니 잘려도 상관없습니다."

박비가 말했다.

"제가 두려운 것은 단 하나, 이 세상에서 이비가 사라지는 것뿐입니다. 이 손으로 그 아이를 지키지 못하는 것뿐입니다."

"그러하다면 이야기해주마."

김시습이 고개를 돌렸다. 멀리, 소년 왕이 사라진 방향을 바라보며 말을 이었다.

"이비에게 정인이 생겼다."

"네?"

"이제 이비는 정인의 곁을 떠나지 못하게 되었다. 그리고 그 정인은…… 박비, 네가 아니다. 그리고 그 이유로 이비는 더더욱 이 나라를 떠나야만 한다."

"누굽니까 이비가 은애하는 또 다른 이는 도대체 누굽니까."

"이 나라의 왕이다."

김시습이 소년 왕이 사라진 방향을 향해 봉을 늘었다.

"네가 대역을 해줄 때 왕이 만난다는 매사냥 친구가 바로 이비다."

"왕도 그 사실을 압니까?"

박비의 얼굴이 굳었다.

"이비가 왕을 사모한다는 사실을 알고 있습니까?"

"모른다."

김시습이 고개를 저었다.

"왕은 이비가 사내인 줄로만 알고 있어. 때문에라도 나는 이비를 왕 앞에 내보일 수 없다. 너는 할 수 있느냐. 이 나라의 어린 왕이, 자신이 사랑하는 이를 떠나보낸 지 얼마나 됐다고, 그 손으로 가까스로 정 붙인 이를 죽이게 할 수 있느냐. 나는 할 수 없다. 다시는 이 나라의 어린 왕이 왕좌에서 슬퍼하는 모습을 보고 싶지 않다. 17년 전 그날 이후, 나는 언제나 산 채로 지옥 불을 걷고 있다. 머릿속이 뒤죽박죽되어 온갖 글자가 갈기갈기 날뛰는 기분이라 어느 한 곳 정착할 수 없다. 술에 취해 차라리 붓을 든다. 시를 적는다. 너는 이 기분을 견딜 수 있느냐. 나처럼 살 수 있냔 말이다."

"못 삽니다."

박비는 고개를 저었다.

"그렇게는 못 삽니다."

그리하여 김시습은 이비에게 칼을 들이댔다. 이비를 위하여, 왕을 위하여, 그리고 자기 자신을 위하여.

하지만 결과는 지금과 같았다.

이비는 결국 왕 앞에 나섰다. 김시습을 바라보았다.

김시습은 이비가 왜 자신을 바라보는지 충분히 알았다. 그 정도도 몰라서야 세상에 둘도 없는 천재란 호칭이 아까웠다. 하지만 김시습은 망설이고 있었다. 지금 전하께 바칠 이 글이 어떤 일을 불러일으킬지 예상이 전혀 되지 않았다.

전하께서는 우실 것이다. 분노할 것이다. 웃으실 것이다. 허탈해하실 것이다. 아니면 광증을 보이실 수도 있다. 그런데도 너는 지금, 나에게 이 글을 바치라 하느냐. 아무도 모를 미래에 널 던지려 하느냐. 어림 반 푼어치도 없는 일이다. 이렇듯 운에 맡기는 일은 불가능하다.

허나.

이비의 눈에는 흔들림이 없었다. 여전히 김시습만 바라보고 있었다.

제자야.

김시습은 웃었다.

운에 모든 것을 맡기려는 너는, 역시 천하에 둘도 없을 천치다.

김시습이 말했다.

"소생 간밤에 글을 적었습니다."

모두가 놀라 김시습을 바라보았다. 감히 왕이 먼저 말을 붙이지 않았는데 입을 열다니, 이런 일은 전대미문이다.

"이름하여 몽유도원기夢遊桃源記 부제는 금오신화 을집金鰲新話 乙集이라 붙였습니다. 그리고 이 내용은…… 저 박일산이란 자의 출생과 그 살아온 이야기입니다. 하여 졸문을 전하께 바치고 싶습니다."

왕이 미쳤다!

두루마리를 받은 이혈은 아무 말도 하지 않았다.

경회루와 그 주변을 가득 채운 대신들은 무슨 일이 일어난 것인가 의아해했으나, 이혈은 두루마리에 집중할 뿐이었다.

이혈은 혼란스러웠다. 김시습은 이것이 분명 박일산에 관한 이야기라 말했다. 한데 안소희는 왜 나오며 이비와 박비는 무슨 까닭으로 이야기에 등장했는가?

이혈은 의아하면서도 두루마리를 꾸준히 읽었다. 너무나 잘 읽히는 데다 재미있기까지 했다. 그런데 가면 갈수록 어디선가 많이 본 듯한 이야기들이 나오는 것 같더니만, 마지막 장면은 마치 '예언'과도 같은, 지금 이 순간 눈앞에서 벌어질 이야기를 들려주고 있었다.

"전하, 신 박일산이 고합니다!"

이비가 소리쳤다.

"압구정나리께옵서 하시는 말씀은 외람되게도 사실이
아닌 줄로 아옵니다!"

왕의 우편과 좌편이 전혀 다른 반응을 보였다.

우편에 선 월산대군과 이극균, 김시습은 안도했고, 좌
편에 선 한명회와 정훼는 무어라 한마디로 표현할 수 없
는 표정을 지었다.

"그게 무슨 말이더냐?"

왕이 말했다.

"김시습이 거짓을 고했더냐?"

"아닙니다."

"하면 압구정이 거짓을 고했더냐?"

"그것도 아닙니다."

"그렇다면 누가 거짓을 고했더냐?"

"제가 거짓을 고했습니다."

그 말에 또 한 번 좌중이 웅성거렸다.

"제가 압구정을 찾아 거짓을 고했고, 제가 거짓을 고한
탓에 혼란이 왔으며, 제가 거짓을 고한 탓에 그 그림이 거
짓으로 그려졌습니다."

"네가 무슨 거짓을 고했다는 것이냐?"

"저는 박팽년의 손자 박일산이 아닙니다."

"그렇다면 넌 누구냐?"

"모릅니다."

"몰라?"

"본래 저는 명나라 광대입니다."

이비가 갓을 풀었다. 머리를 풀어헤쳤다.

그 모습을 본 모두의 머릿속에 단 하나의 이름이 떠올랐다.

공혜왕후 한씨.

단일하고 성장하며 유한하고 정정한 자질로, 명문에서 빼어난 재주를 길러 일찍이 언월의 자태를 이루고 견천의 덕을 드러냈도다……

허나 다음 순간 눈앞의 작자는 매우 묘한 행동을 했다.

제자리에서 공중제비를 돌았다.

평소 같으면 박수가 날 풍경이었다. 하지만 지금 이 순간, 그 누구도 박수를 치지 않았다. 오히려 그 광경에 모두 두려워 몸을 떨었다. 임금의 앞이다. 경거망동했다가는 목이 달아난다. 한데 저 계집은 대체 무엇을 하는 것인가. 어찌하여 이곳에서 공중제비를 도는가. 그리고 휘파람을 부는가.

"저는 본래 명나라 광대였습니다. 보시다시피 몸 날래

기가 사내 뺨쳐 다들 사내인 줄로 알았죠. 그러던 중 우연히 이극균을 만났습니다. 이극균은 무슨 생각을 했는지 절 수양아들로 삼으려고 했습니다. 저는 그 뒤를 파보았습죠. 그랬더니 이 작자, 대단한 양반이었던 겁니다. 이 작자가 박팽년의 손자를 찾고 있었습니다. 하여 저는 그 손자인 척 수양아들이 되었던 것입니다. 한데 일이 꼬여 그만 제가 사내가 아닌 계집이란 사실이 알려졌습니다. 때문에 소생은 달아났습죠. 압구정에게 몸을 의탁하였습니다. 같은 소리를 해서 이번엔 저들을 해할 셈이었는데, 일이 묘하게 꼬여버렸습니다. 압구정이 주상께 상소문을 올려 모든 사람을 이곳 경회루에 모아놓으니, 소생은 곰곰이 생각했습니다. 여기서 또 한 번 거짓말을 하느냐, 아니면 사실을 고하느냐. 결론은 금방 났습니다. 자칫 거짓말을 잘못했다가는 오히려 더 큰 죄를 받을 수 있을 것 같았기에 사실을 고하기로 했습니다.”

“그 말이 참이더냐?”

“참입니다.”

“허나 너는 나에게 분명 사내라고…….”

“본래는 제 정체를 드러내려고 했습니다!”

이비가 왕의 말을 끊었다.

“월산대군이 제 얼굴을 보고 놀란 것을 알고 그 연유를 파악해 왕을 회유할 셈이었습니다! 허나 일이 잘못되었다가는 제가 계집인 게 들통날 것 같았습니다! 하여 저는 참았던 겁니다! 제기랄!"

다시 한번 이비가 공중제비를 돌았다.

"차라리 그때 계집인 것을 드러내는 것인데! 그리하여 치마폭으로 이 나라의 왕을 갖고 노는 것인데!"

"무, 무엄하다!"

그 말에 가까스로 대신들이 정신이 들었다. 정훼를 중심으로 좌편부터 들썩였다.

"네 이놈! 예가 어디라고 감히!"

우편도 소리를 지르기 시작했다. 이비를 향해 하나같이 삿대질을 했다.

이비는 그 사이에서 아랑곳하지 않았다. 계속해서 공중제비를 놀고 재주를 피웠다.

생각했다.

나는 왜 태어났는가.

명나라에서 신명나게 공중을 돌 땐 그래, 이 유랑극단의 일원이 되기 위해 태어났구나 생각했다. 이극균의 수양딸이 될 땐 아, 나는 엄마가 그리 그리워하던 조선에 돌아와 엄마의 소원인 복숭아밭을 다시 보기 위해 태어났구나 했다. 김시습을 만나고 나서 생각이 바뀌었다. 내가 태어난 것은 조부의 명예를 되찾는 것이다. 그것이 내 삶의 이유다.

그렇게 생각하고 얼마나 지났던가.

이비는 또 다른 이야기를 들어야 했다.

너는 '아무도' 아니라는 이야기.

이비는 허탈했다. 지금껏 해온 것이 무엇이었나 생각했다. 발은 박비를 구하기 위해 움직이면서 마음속은 혼란스럽기 짝이 없었다.

그 어느 것에도 '나'의 진정한 의미는 없었다. 이비는 유랑극단을 위해, 엄마를 위해, 조부를 위해 산다고 생각했다.

하지만 지금 이 순간, 하늘로 날아오르며 깨달았다.

나는 그저, 태어났다.

단지 이렇듯 웃고, 재주넘고, 하늘을 보고, 또 사랑하는 이를 보기 위해 태어났다. 사람이 사는 이유는 그것 이상도 이하도 아니다.

때문에 이비는 행복했다.

지금 이 순간이 마지막이라는 사실을 알기에 그 어느 때보다 멋지게 공중을 돌 수 있었다.

푸른 하늘을 볼 수 있었다. 사랑하는 이의 얼굴을 한없이 바라볼 수 있었다.

두루마리는 고했다. 눈앞에 무릎 꿇은 박일산이 계집이며, 본래 이름은 이비라고. 이비가 이제 곧 거짓을 고하고 스스로 죽을 셈이라고 예언했다.

그럴 수는 없었다.

이혈은 자리에서 벌떡 일어났다.

"짐은 당장 경연으로 나아간다!"

주변을 향해 소리쳤다.

"내가 돌아올 때까지 대신들은 이곳에서 상량 잔치를 즐기시게!"

뒤에서 신하들이 웅성거렸지만 이혈은 신경 쓰지 않았다. 오직 손에 든 두루마리만 생각하였다.

〈몽유도원기〉, 이 얼마나 놀라운 이야기인가.

이 두루마리를 통해 이혈은 모든 것을 새롭게 볼 수 있었다.

형님 월산대군의 마음을 알 수 있었다. 언제나 자신을 염려한 형님, 이비에게 계집 옷을 입어달라 부탁하여 자신의 앞에 대령한 형님. 형님은 얼마나 큰 심려 끝에 이러한 일을 하셨을까.

박비도 안타까웠다. 도적에게 쫓겨 한양에 올라온 후로 사랑하는 이를 만나지 못했다. 꿈을 꾼다고 생각하며 왕의 대역이 되었다. 사랑하는 이를 만나고도 그가 사랑하는 이인 줄 몰랐다. 이비를 살리려 했으나 이비는 박비를 버렸다.

한명회의 진심도 알았다. 이혈의 마음속에서 한명회는 늘 경계해야 할 대상이었다. 분명 자신을 이용해 권력을 누리려는 속셈밖에 없다고 생각했지만, 그의 마음속에도 두려움은 있었다.

그리고 마침내 이비가 이 모든 것을 바로잡기 위해 스스로 한명회를 찾아가는 장면에서, 더불어 이비가 자신을 사랑한다는 그 이야기에서 이혈은 신음했다. 무엇보다 충격적인 것은 바로 이 소설의 결말이었다. '경회루의 상량 잔치'에서 김시습은 '지금부터 일어날 일'을 적어놓았다.

그것은 이비의 죽음.

이혈은 이런 결말을 원하지 않았다.

대체 어떻게 해야 하는가. 어떻게 해야 이 모든 일을 해결할 수 있는가.

모두를 물리치고 홀로 있을 때, 가까이서 매 울음소리가 났다. 이것은 박비가 곁에 다가온다는 뜻이었다.

"이 이야기가 정녕 사실이오?"

이혈은 그림자와 같은 박비에게 물었다.

"전하, 저를 죽여주시옵소서."

박비가 바로 모습을 드러냈다. 이혈의 앞에 한쪽 무릎

을 꿇고 앉으며 소리쳤다.

"지금 저를 죽이면 모든 것이 해결됩니다. 그러니 저를 죽여주시옵소서."

"어찌 그래."

이혈이 박비를 일으켜 세우며 말했다.

"나는 그대를 만나 진정으로 행복해졌소. 왕비를 잃고 슬퍼하던 나를 구한 것은 다름 아닌 그대, 박비였소. 또 한 명의 비, 이비였소. 한데 어찌 내 손으로 그대들 중 누구 한 명을 죽일 수 있겠소. 그대들에게 은혜 갚을 길을 가르쳐주시게. 그대들을 살릴 방법을 무엇이든 알려준다면 내 그대로 따르겠네."

"그렇다면 전하…… 한 가지 청이 있습니다. 이 청을 들어주신다면 저와 이비가 모두 살 수 있습니다……."

"어디 내게 이야기를 해보시게."

"모두의 앞에서 이비를 발가벗기십시오. 이비를 기생이라, 이것은 모두 상량 잔치를 위한 장난이었다고 말씀하십시오."

"짐은 이 나라의 왕이다!"

말도 안 되는 일이었다.

대신들 앞에서 옷을 발가벗기라니, 이혈은 상상만 해도 얼굴이 화끈거렸다.

"어찌 그리 무엄한 소리를 하느냐!"

"그리하여 제가 이곳에 있는 것입니다. 제가 대역을 서겠습니다."

두 시진이 지나도록 전하는 돌아오지 않았다. 신하들은 이제 지쳐 꾸벅꾸벅 졸았다. 개중에는 연로하여 몸이 불편한 이들도 있건만, 모두 어린 왕 때문에 땡볕 아래 벌받듯 앉아 대기했다. 이대로 계속 있다가는 몇은 실려가고도 남았다.

한명회 역시 몸이 좋지 않았다. 하지만 그보다는 마음이 더 안 좋았다. 김시습이 두루마리를 바칠 것은 이미 알고 있었다. 그 내용도 미리 짐작해 요약본도 바치지 않았던가. 때문에 한명회는 불안했다.

설마 그사이에 내용이 바뀌었다?

그럴 리 없었다. 고작 며칠 사이에 내용이 바뀌다니, 그런 일이 가능한 인간이 세상에 존재할 리 없었다. 김시습이 천재가 아니고서야…….

그때 우렁찬 소리가 흘러나왔다.

"주상전하 납시오!"

모두 놀라 몸을 빳빳하게 폈다.

다시 나타난 소년 왕은 여느 때보다 심기가 불편해 보

였다. 무표정하게 다가와 다시 옥좌에 자리를 잡았다. 거의 눕다시피 앉아서는 아래를 내려다보았다.

대신들의 입에서 절로 낮은 한숨이 나왔다.

역대 왕 중 그 누구도 옥좌에 저런 모습으로 앉은 적이 없었다. 이리 많은 대신을 앞에 두고 저런 자세를 취하다니 역시 소년 왕은 한참 멀었다. 수렴청정은 계속되어야 한다. 아까 갑자기 튀어 나간 것도 문제였다. 어찌 왕이 이런 자리에서 갑자기 자리를 비운단 말인가. 천부당만부당한 일이었다.

"보라매 길들이는 법을 아시오?"

마침내 왕이 말했다.

"처음엔 다가오게 해야 합니다. 잠자코 그저 지켜보며 제때 먹이를 주고 묵묵히 바라보게 합니다. 가까이 다가와 알짱거리며 뭔가 눈치를 보고 가끔 내게 기어오르면 태도를 바꿔야 합니다. 명령을 내려야 하지요. 매는 본디 말 못 하는 금수입니다. 다정히 달래지 말고 명령을 내려 겁을 줘야 알아듣거든요. 한데 살다 보니 그거 아십니까. 사람도 마찬가지입니다. 인간이란 본래 비겁한 존재입니다. 겁을 주고 막말을 하는 사람을 두려워 공경합니다."

"전하……?"

한명회가 조심스레 입을 열었다.

"무슨 말씀을 하려 하십니까?"

"시간이 늦었으니 상량 잔치는 그만합시다."

왕이 하품을 하며 말했다.

"충분히 즐겼잖습니까. 다들 돌아가세요."

"전하 그게 무슨 말씀이십니까. 아직 전하께서는 박일산을……."

"묻겠는데, 압구정."

왕이 한명회의 말을 끊으며 그를 바라보았다.

"그렇다면 이것은 상량 잔치가 아닙니까? 짐이 이것을 상량 잔치라 일컫는데, 압구정이 이것을 가리켜 상량 잔치가 아니라고 한다면, 이는 짐을 능멸하려 듦이오?"

"무슨 말씀을 하십니까! 다만 소생은 직언을 올려 저 사내가 박팽년의 손자라 말씀을 올리려고……."

"사내? 사내가 어디 있는데?"

"무슨 말씀을 하십니까! 저기 앉아 있는 사내 말입니다! 벌써 세 시진째 저기 쭈그리고 앉은 저 사내 말입니다."

"아아, 이비를 말하는가."

"……이비요?"

"그래, 이비!"

왕이 성큼성큼 걸어 이비에게 다가갔다.

이비는 영문을 모른 채 왕을 바라보는데 왕이 이비를

일으켜 세웠다. 그러고는 모두가 보는 앞에서 꽉 끌어안았다. 그 얼굴을 붙잡고 입 맞췄다.

모두 웅성거렸다.

왕이 미쳤다!

왕이 사내를 끌어안고 입을 맞춘다!

"다들 보시게!"

왕이 이비의 옷을 발가벗겼다. 주변을 보며 소리쳤다.

"이년이 어디로 봐서 사내로 보이는가!"

"계, 계집……!"

"계, 계집이다! 계집이야!"

모두 놀라 고함을 질렀다. 누군가는 그대로 뒤로 나자빠지기도 했다.

눈앞의 사내가 알고 보니 계집인 데다 그 고운 자태에 놀란 탓이었다.

천상의 천녀에 비견할까 달나라의 항아가 저러할까, 혹은 반도원의 성왕모를 일컬을까. 빼어나다. 참으로 아름다운 계집이로다.

"이 계집은 내가 이번에 사가에서 안은 계집이다."

왕이 웃으며 소리쳤다.

"보다시피 죽은 왕비를 쏙 빼닮아 내 마음에 들었지. 내가 도통 안아주지 않자 칭얼거린 모양이다. 한명회는 이런 날 위로하려 계집을 챙겨 경회루에서 상량 잔치를 열어 깜짝 연극을 선보인 것이다. 대신들은 부디 언짢아 마시게. 이 모든 일을 한여름, 무더위가 보여준 『용궁부연록』[41]이라 여겨주셨으면 좋겠네. 어찌 생각하십니까, 압구정?"

"저, 저는……."

한명회는 혼란스러웠다. 대체 뭐가 어떻게 된 건지 알 수 없었다.

"아니면 뭔가, 그대는."

그런 한명회를 향해 이혈이 다시 한번 말했다.

"진정 이 계집이 박팽년의 손자라고 우겨 나를 능멸할 셈인가……?"

"다, 당치도 않습니다! 천부당만부당합니다!"

그 순간 한명회의 얼굴에 물방울이 떨어졌다. 하늘을 올려다보았다. 하늘엔 잔뜩 먹구름이 끼어 있었다.

"비가 옵니다, 전하!"

한명회가 말하기 전에 영의정이 벌떡 일어났다.

"용신이 비를 몰고 왔습니다!"

그 말에 모두 자리에서 일어났다. 환호는 곧 무섭게 쏟아지는 비로 묻혔다.

왕은 재빨리 이비를 끌어안고 경회루로 오르며 소리쳤다.

"모두 비를 피해라!"

왕은 급히 이비의 몸을 두루마리로 가렸다. 이비를 번쩍 안아 경회루에 올랐다. 좁은 경회루, 사방이 비로 가로막힌 그곳엔 감히 왕 이외에 누구도 오를 생각을 하지 못했다.

"너희들도 비를 피해라."

왕은 경회루의 사방을 지키는 무사들에게도 소리쳤다. 무사들이 당황하여 서로를 바라보자 왕은 다시 한번 낮게 말했다.

"내 명을 거역할 셈이냐."

그 말에 무사들이 빠르게 움직여 흩어졌다.

김시습은 비를 피해 궁으로 뛰어들었다. 다른 이들과 마찬가지로 준비된 방으로 몸을 옮기려는데 누군가 김시습을 옆으로 잡아당겼다.

"이쪽이오!"

김시습은 아직 다리가 성치 않았다. 절뚝이다 중심을 잃고 넘어졌다.

"무, 무슨 짓이야! 누구냐!"

김시습이 화가 나 소리쳤다. 고개를 들어 자신을 잡아당긴 상대를 올려다보았더니 너무나 낯익은 인물이 서 있었다.

"……전하!"

경회루에 있어야 할 왕이 눈앞에 서 있었다.

"매월당."

왕이 웃었다.

"내가 정녕 전하로 보입니까?"

그 말에 김시습은 다시 한번 눈앞의 왕을 바라보았다. 다음으로 빗속에 갇힌 경회루를 바라보았다.

태어나서 이런 일은 처음이었다.

김시습은 대답할 수 없었다.

눈앞의 이가 왕인지 아닌지 도통 분간할 수 없었으니, 흡사 천치가 된 기분이었다.

비는 더욱 거세져, 경회루는 순식간에 무인도가 되었다.

"비야, 들리느냐."

왕이 이비에게 입 맞췄다.

"비가 오는 소리다."

"그러네요."

"참으로 이상한 말 아니냐."

"무엇이요?"

"나에겐 이미 너라는 비가 있는데, 무슨 비가 더 온다는 것인지 모르겠구나."

"전하……."

"다행이다."

왕이 이비를 꽉 끌어안았다.

"네가 나의 비라서 다행이다."

다시 한번 이비의 입에 입 맞췄다.

품에 안았다.

"달아나자. 비가 그치면, 이곳에서 달아나 우리 둘이 떠나자."

이비는 그 말에 대답하지 않았다.

그저 눈을 감고 왕에게 자신의 모든 것을 맡겼다.

이비가 김시습에게 〈몽유도원기〉를 적으라고 한 것은, 그리하여 그 소설을 왕에게 바치라고 한 것은 결코 운에 모든 것을 맡기려 한 것이 아니었다.

이비는 믿었다.

왕이 자신을 은애함. 반드시 왕이 자신을 구해줄 것을.

그리고 이비의 예상은 맞았다.

이비는 왕에게 구원받았다.

부드러운 입술로 알았다.

지금 자신을 품에 안는 이가 이 세상에서 가장 존귀한 자라는 사실을.

태어나서 단 한 번도 굳은살이 박인 적 없는 부드러운

손길로 알았다.

이 비가 그치면, 다시는 이 남자를 만나지 못할 것을.

금오신화에 쓰노라

금오신화에 쓰노라

오막살이 푸른 털 담요 포근하여라

매화나무 꽃그늘이 창문에 비낀

달 밝은 밤이구나

긴긴 이 밤에 등잔불 돋워놓고

향불 피워놓고

이 세상 사람들은 보지도 못한

이 글을 한가로이 쓰노라

옥당 벼슬길은 잊은 지 오래

산 깊고 물 깊은 데 단정히 앉았으니

밤은 바야흐로 깊어만 가네

향로에 향 피우고

먹을 함빡 갈아서

기이한 새 이야기를 두루 적고 적노라 [42]

언제나 그랬다. 글은 제멋대로 시작해 제멋대로 끝났으니, 2월의 마지막 밤에 시작한 글은 3월 둘째 날 새벽에 끝났다.

늙은 중은 아직 하고픈 이야기가 많았다. 이후 이비와 박비는 어떻게 되었는가, 그리고 이비는 왜 죽었는가, 그 이야기를 모두 적고 싶었지만 붓은 더 이상 움직이지 않았다. 지금 이 순간, 경회루에서 왕과 사랑을 나누는 이비의 모습에서 이야기를 멈추라며 붓은 중을 부렸다.

어쩔 수 없이 중은 붓을 내려놓았다. 한 손에 술병을 들어 한 모금 길게 들이켜며 그 후의 일을 돌이켰다.

왕은 다시 만든 〈몽유도원도〉 삼절을 불태워 없앴다. 김시습이 적은 두루마리 역시 마찬가지의 운명을 겪었다. 이날 경회루에서 있었던 일은 모두 꿈, 말 그대로 용궁에서 일어났을 법한 일로 치부하기 위함이었으니 실록에도 그 기록이 남지 않았다.

박비, 박일산은 복권되었다. 본래 매월당이 계획한 대

로 조용히 왕을 통해 직언하였다.

이극균은 참판직에 올랐다. 이극균과 그 일가가 조정에 모두 녹을 먹었기에 왕은 이후로도 크게 신임하였다.

한명회는 예전보다 훨씬 수그러들었다. 왕은 이듬해 윤씨와 혼인하였다. 이후 수많은 후궁을 거느리고 자손을 낳았다.

그리고 이비.

이비는 그 누구와도 혼인하지 않았다. 사람을 피했다. 이극균이며 그 가족이 짬을 내어 찾아와도, 월산대군이나 김시습이 찾아와도 마찬가지, 오직 이비가 만나는 이는 가끔 야음을 틈타 들르는 사내뿐이었다.

사내가 오면 이비는 문을 열었다. 이비는 마루 위에서, 사내는 마당에 서서 서로를 바라보며 시를 읊었다.

무릉도원 들어서니 꽃은 피어 만발이라

님 그리던 이 정회를 에이 다 이르리오

쌓고 늘인 머리에 금비녀 나직하고

초록색 모시 적삼 봄빛이 새로워라

봄바람에 피어나는 두 송이 꽃이거니

애꿎은 비바람이 꽃가지를 스칠세라

선남선녀 옷자락은 봄바람에 너울너울

계수나무 그늘 속에 항아아씨 춤이런 듯

좋은 일 끝나기 전에 시름도 따르나니

앵무새야 이 노래를 퍼뜨리지 말아다오 [43]

이비가 갑자기 앓아누운 것은 1477년의 일이었다.[44] 병세가 심각하여 돌볼 사람이 없었다.

이비는 김시습과 명목상 혼인하고 그의 간호를 받았다. 김시습은 그런 이비에게 안씨 성을 붙였다.

"본래 한명회의 여식이니 한韓씨 성을 받아야 맞으나 그 살아온 삶은 이李씨에 어울린다. 그렇다면 성씨 이가 아니라 둘 이二로 따져 한씨에서 두 획을 빼 안安씨가 제격이로구나."

"한자로 따지면 이상한데요?"

"네놈이 한자를 모르는 까막눈이니, 한문과 언문을 섞어 내 멋대로 지어봤다."

"엉터리입니다."

김시습은 웃는 이비를 보며 속으로 중얼거렸다.

엉터리라고 웃어도 좋다, 늘 비웃어도 좋으니 제발 오래 살아라.

너는 '유일한' 나의 비니까. 지붕 아래 함께 산 유일한

계집, 유일한 제자, 유일한 아내…… 온갖 유일이란 단어
는 몽땅 붙은 천치 같은 계집.

하지만 이비는 김시습의 소원을 들어주지 못했다.

이듬해 7월, 죽었다. 이비가 죽은 연유는 뜻밖에 비상
砒霜에 중독된 탓이었다.

김시습은 이해할 수 없었다. 어찌하여 이비가 독약을
먹었단 말인가.

김시습은 사내에게 이 말을 전했다.

사내는 넋이 나갔다. 죽은 이비의 시신을 모셔둔 방에
들어가지도 못했다. 그저 그 방문 앞에 서서 가만히 주먹
을 꽉 쥐었다.

"그만 돌아가겠습니다."

"마지막으로 얼굴을 보셔야지요."

"아닙니다, 지금의 전 비를 볼 면목이 없습니다."

얼마 지나지 않아 김시습은 폐비 윤씨가 사사되었다는
이야기를 들었다. 폐비 윤씨가 비상을 품은 까닭이었다. [45]

김시습은 수락산을 떠났다. 머리에는 이비가 남긴 유품
평량자를 쓰고 이곳저곳 돌아다니며 수많은 제자를 만들
고 시를 가르쳤다.

하지만 그 어느 제자 중에도 김시습의 마음에 쏙 드는
이는 없었다. 때문에 김시습은 시시때때로 최악의 제자를

떠올렸다.

이런 김시습의 얼굴을 안소희가 그림으로 남겼다.[46] 김시습은 자신의 얼굴이 우스꽝스럽다 하면서도 평량자를 쓴 자신을 결코 품에서 놓지 않았다.

"난 약속을 지켰소."

김시습이 천장의 그림을 올려다보며 말했다.

"그러니 이번엔 주상께서 약속을 지킬 차례요. 이 책을 이 세상 모든 사람에게 읽히도록 손써주시오. 나는 그것으로 여한이 없소. 이비도 그러할 것이오."

김시습은 길게 하품하였다.

갑자기 잠이 쏟아졌다. 3월, 그 봄을 담은 복사꽃을 머금은 나무줄기가 천장에서 내려왔다. 달콤한 향이 김시습의 몸을 감싸 안았다. 그대로 다시는 눈을 뜨지 못했으니 1493년 3월의 일이었다.

다음 날, 매월당의 제자들은 천장을 뒤졌다. 자주 매월당이 천장을 바라보며 감탄할 만큼 아름다운 시를 읊었으니, 분명 저곳에 무언가 있으리라 여겼다.

허나 천장엔 아무것도 없었다. 〈몽유도원기〉도 《금오신화 을집》도 찾을 수 없었다.

왕은 약속을 지키지 못했다. 매월당의 모든 글을 모아 사람들이 두루 보도록 책으로 내지 못한 채 숨을 거뒀으니 이듬해인 1494년 12월의 일이었다.

이후 왕은 성종이란 이름을 받았다.

성종이 지키지 못한 약속은 선조가 지켰다.

선조는 《매월당집》을 편찬했다. 시집 15권과 문집 6권을 간행하였으나, 그 중 《몽유도원기夢遊桃源記 : 금오신화 을집金鰲新話 乙集》은 존재하지 않았다.

작가의 말

　《몽유도원도》는 흔히 그림으로 알려져 있지만, 사실은 삼절이라 하여 시서화가 함께 있는 종합예술입니다. 안평대군의 발문, 당시 시대를 대표하던 스물두 명 문인의 찬시, 그리고 프랑스 요리로 따지면 메인요리에 해당하는 안견의 그림이 어우러진 작품이죠.

　이 《몽유도원도》에는 여러 가지 수수께끼가 존재합니다.

　첫째는 그림을 그린 화가 안견의 수수께끼입니다. 안견은 생몰연도를 모릅니다. 1400년대 초에 태어난 것이 아닌가 하였으나 요즘엔 작품의 제작연도로 미루어 짐작할 때 1390년대 초 생이라는 설도 나오고 있습니다. 그렇다는 말은 무려 여든 살 넘게 살았다는 이야기인데, 대체 안견은 몇 년 생일까, 그리고 이 그림은 그가 몇 살에 그린 그림일까.

두 번째는 《몽유도원도》 발문의 수수께끼. 즉 안평대군이 꾼 꿈을 바탕으로 적은 이 〈몽유도원기〉가 사실 계유정난의 '예지몽'이었다는 이야기입니다.

안평대군은 꿈에서 무릉도원을 찾아갑니다. 그 과정에서 박팽년과 함께 길을 가다가 신숙주와 최항을 만나지만, 어느 순간 신숙주와 최항은 사라집니다.

이는 후에 일어난 사건과 맞아떨어집니다. 계유정난과 사육신 사건을 거치며 박팽년은 끝까지 안평대군의 곁을 지켰으나, 신숙주와 최항은 중간에 돌아섭니다. 이런 계유정난과 사육신 사건을 볼 때 〈몽유도원기〉의 내용과 꼭 닮지 않았는가 하는 이야기죠.

세 번째는 안평대군이 지었다는 무계정사 이야기입니다. 안평대군은 꿈에서 본 곳이 이러했다며 북악산에 무계정사를 짓습니다만, 무계정사를 지은 곳이 후에 '방룡소흥의 땅'이라 하여 세조를 음해하고 왕권을 노렸다는 누명을 씁니다. 1453년 계유년에 사사당해, 계유정난이라 불립니다. 무릉도원을 짓자 목숨을 빼앗기다니, 마치 이승의 것은 그 누구 하나 무릉도원에 들어갈 수 없다고 말하는 듯합니다.

하여 저는 한 가지 생각을 떠올렸습니다. 이 세 가지

수수께끼를 이야기로 풀어본다면, 수수께끼의 중심에 문제의 그림 《몽유도원도》를 집어넣는다면 어떨까, 하고 말입니다.

그리하여 저는 또 하나의 《몽유도원도》를 제작해 보았습니다. 계유정난이 일어나고 20년 후 제작된 이 《몽유도원도》는 앞서 존재했던 《몽유도원도》가 불러일으킨 사건을 모두 '본래의 자리로 돌려보내는' 역할을 했었다면 어떨까. 더불어 그 모든 이야기를 매월당 김시습이 《금오신화》의 두 번째 이야기로 재탄생시켰다면 어떨까.

기본 내러티브가 되는 박팽년의 후손이 살아 있었다, 그가 복권되었다는 것은 성종 시대에 실제 있었던 일화입니다.

『연려실기술(燃藜室記述)』 제4권, 단종조 고사본말(端宗朝故事本末), 정난(靖難)에 죽은 여러 신하 가운데, 박팽년에 대한 기록을 보면 '공이 죽을 때에 아들 순(珣)의 아내 이씨(李氏)가 임신 중이었다. 대구(大邱)에 사는 교동(喬桐) 현감 이일근(李軼根, 또는 이철근)의 딸인데, 자청하여 대구로 갔다. 조정에서 명하기를, "아들을 낳거든 죽이라." 하였다. 박팽년의 여종 또한 임신 중이었는데, 스스로 생각하기를, "주인이 딸을 낳으면 다행이요, 나와 똑같이 아들을 낳더라도 종이 낳은 자식으로 대신 죽게 하리라." 하였는데, 해산을 하니, 주인은 아들을 낳고 종은 딸을 낳았다. 바꾸어 자기 자식을 삼고, 이름을 박비(朴婢)라 하였다.'라는 기록이 있다. (중략) 1472년(성종3)은 박비가 17살이 되던 해였다. 당시 경상도에 부임해 있던 이극균(1437년(세종 19)~1504년(연산군 10)/본관 :광주(廣州)/1469년 경상우도 병마절도사 부임)은 박비의 아버지 박순과 동서 사이였다. 이극균이 처가인 하빈면 묘골 성주 이씨 집안에 왔다가 박비가 생존해 있으며, 그 사연을 알게 되었던 것이다. 이 사연을 들은 이극균은 박비에게 세조도 이미 세상을 떠났으니 자수하라고 권하였고, 이에 박비는 자수를 하였다. 그러자 성종은 '오직 하나뿐인 산호보석 같은 귀한 존재'라는 뜻으로 일산(壹珊)이라고 이름을 하사하였다. 그래서 이후 박비(朴婢 혹은 朴斐)는 이름이 박일산(朴壹珊)으로 변하게 되었던 것이다. (출처 : http://www.sjsori.com/news/articleView.html?idxno=11536)

저는 이 일화를 보고 궁금증이 생겼습니다. 박비는 그렇다 치고, 그렇다면 본래 여종의 자식은 어떻게 되었을까? 그래서 저는 여종의 딸을 이비라 설정한 후, 이비의 이야기를 만들어보았습니다.

이 이야기는 이런 발칙한 상상에서 태어난 메타픽션입

니다. 이야기에 등장하는 에피소드는 모두 《금오신화》의 다섯 가지 이야기 〈만복사저포기萬福寺樗蒲記〉, 〈이생규장전李生窺牆傳〉, 〈취유부벽정기醉遊浮碧亭記〉, 〈용궁부연록龍宮赴宴錄〉, 〈남염부주지南炎浮洲志〉 등 5편을 재해석, 응용하여 적었습니다. 이 기회에 《금오신화》에 관심이 생긴 분들은, 이 책을 쓸 때 가장 큰 도움을 받은 책 《금오신화에 쓰노라》를 보시며 어디가 어떻게 바뀌었나, 비교해보는 것도 재미있는 일이 되겠습니다.

어쩌면, 그런 일을 통해 당신만의 새로운 금오신화 을집, 혹은 병집, 정집이 태어날지도 모르지요.

2022년 복사꽃이 피는 계절 즈음,

조영주 드림

하늘 틈 사이로 공중제비하는 온전한 자아

작품해제 _ 차무진/소설가

　　공중제비하면서 그는 생각한다. 비장하고 비릿한 비밀과, 무언가를 끊임없이 도모하던 자들의 운명과, 미래를 위해 밝혀야 할 지금 일에 관해서. 빙글빙글 드러나는 푸른빛 하늘 틈 사이로 이것저것이 보인다. 도움 준 사람과, 미워한 사람과, 속인 사람과 그리고 그렇게 연모했던 님의 얼굴이. 하늘 틈 사이로 보이는 시선의 마지막은 바로 그들 앞에서 죽기로 한 자신의 운명이다.

　　경거망동을 지적하는 인물들의 호통을 외면하며 이비는 제비 도는 행위를 계속한다. 자신은 어찌하여 이곳에서 공중제비를 도는가, 어찌하여 휘파람을 부는가, 나는 광대인가, 아니면 다른 누구인가. 이윽고 자각한다.

"나는 나다. 나는 그저 태어났다."

이비는 그렇게 계속 공중제비한다. 푸른빛 하늘 틈 사이로 얼핏 얼핏 드러나는 그분에게 눈을 흘기면서.

소설 《비와 비》 속 '이비의 이야기'를 이해하기 위해서는 두 가지 배경을 알 필요가 있을 듯하다. 그것은 서사 속 배경이 아니라 서사에 이르도록 한 배경인데, 하나는 《몽유도원도》로 상징되는 조선 초기 유일하게 고매했고 우아했으며 찰나의 삶을 살았던 풍류왕자 안평대군(1418~1453)이고, 또 하나는 계유정난癸酉靖難을 거부했던 집현전 학사들과 지사들이 일으킨 단종 복위 운동(1456)이다.

조선이 '동아시아 최고 문화 국가 되기'가 좌절된 것은 이상하게 들릴지 모르겠지만 문종의 짧은 수명 때문이었다. 세종의 아들들은 전부 탁월했다. 특히 장남 문종은 일찌감치 적장자로 승인받고 세 살 때부터 29년간 세자로 살면서 세종의 업적에 힘을 보탰다. 세종 치세 실적의 반은 세자의 것이기도 했다(그가 왕으로 산 시기는 고작 7년이다). 문종의 세 동생, 수양, 안평, 금성의 재능을 이야기하기엔 지면이 좁고 좁다. 전부 형만 한 아우들이었다.

문종은 어린 아들(단종)을 남기고 죽었다. 문제는 단종을 도울 왕실 어른이 없었다는 데에 있다. 숙부인 수양과 안평은 조카 왕을 두고 대립했다. 대세는 수양이 1453년 계유년 가을, 김종서와 고명대신들을 척살하고 기울어졌다. 수양과 대적했던 안평 역시 척살 대상이었다. 안평은 그해 가을이 끝나기도 전에 교동도에서 독배를 마셨다. 안평의 어린 아들도 전부 죽임을 당해 안평 가계는 그야말로 먼지처럼 사라졌다. 안평의 죽음으로 조선은 예술 국가가 될 기회를 상실했다.

안평대군 이용은 아버지 세종의 예술성을 고스란히 이어받았다고 한다. 세종은 소리만 듣고도 편경의 두께까지 단번에 맞추는 절대음감의 예술가였다. 세종은 자신을 닮은 안평을 총애했다. 세종은 안평을 요절한 성녕대군의 호적에 넣는다. 성녕대군은 태종 이방원이 끔찍이도 아꼈던 넷째 아들이며 세종의 손아래 동생이다. 안평은 아버지(세종)가 내려주는 재산과 요절한 양아버지(삼촌인 성녕대군)의 재산을 전부 가질 수 있었고 그 어마어마한 재력으로 예술을 즐겼다. 인왕산 수성 계곡에 자리한 그의 별장에는 갖은 예술품들이 켜켜이 쌓여 갔다. 안평에게 없는 것은 중국에도, 일본에도 없는 것이었다. 모으기만

한 수집가였냐고? 천만에. 안평은 그야말로 진짜 예술가였다. 조선 사신이 중국에서 글씨를 얻으려 하면 "너희 나라에 최고 명필이 있는데 왜 여기서 글씨를 찾느냐"는 소리를 들어야 했다. 아닌 게 아니라 조선에 들어오는 중국 사신은 누구나 할 것 없이 안평의 글씨를 얻어 갔다. 안평 별장인 비해당이 있는 인왕산 계곡은 그를 흠모한 전국의 선비와 붓쟁이들이 북적거리는 바람에 계곡 골을 잇는 돌다리를 새로 놔야만 했다. 서른여섯 살 젊은이에게 그런 힘이 있었다.

안평은 늘 무릉도원을 꿈꿔 그 비슷한 자리를 찾아다녔다. 그래서 잡은 자리가 인왕산 비해당과 창의문 밖 무계정사이다. 두 곳 다 별장이며 가족이 살던 본집은 인왕산 중턱에 따로 있었다. 비해당은 인왕산 옥류동 계곡 기린교 언저리로 비정하고, 무계정사는 자하문 터널 너머 부암동 오르막에 위치한다. 안평은 그 두 곳에서 시서화에 침잠했다. 특히 무계정사에서 북한산 보현봉을 바라보면 정확하게 《몽유도원도》의 구도가 나온다. U라인의 산허리 구도이다. 안평이 꿈에서 본 별유천지를 붓으로 살려낸 한반도 최고의 예술품 《몽유도원도》는 그 무계정사에서 기획된 것이다.

소설 속 무계정사는 빈터로 등장한다. 그곳은 왕 혈이 죽은 아내를 찾던 곳이고 닮은 비를 만나던 곳이다. 비가 비를 찾으려던 곳이며 화가가 귀신을 만나려던 곳이다. 또 매월당이 계략을 실현하던 곳이기도 하다. 이는 소설가가 안평대군의 한恨을 소설 속 인물들에 조목조목 대입해 전개한바, 서사 밖 배경을 캐릭터라이징 한 것이라 볼 수 있다. 그래서 주인 없는 무계정사 터를 돌아다니는 인물들의 모습은 어딘가 아름답고 애절하기 그지없다. 특히 달밤, 어디서 나는지 모를 복숭아 향이 가득한 그 터에서 초롱 하나만 들고 윷을 노는 장면이란!

안평이 스스로 왕이 될 꿈을 꾼 것인지, 도원에 사는 신선이 될 꿈을 꾼 것인지 우리는 알 수 없다. 다만 소설가는 안평이 안견에게 그리게 한 《몽유도원도》 삼절에 그의 정치 의지가 숨어 있다고 판단했다. 그리고 제2의 《몽유도원도》를 도구 삼아 성종의 애망愛望을, 월산의 예술취를, 매월당의 복수를, 한명회의 야망을 담게 했다. 그것들은 전부 안평의 것이었다.

한편, 계유정난으로 친동생 안평을 죽인 수양은 어린 조카를 상왕으로 올리고 스스로 왕이 되었다. 그가 세조다. 세조는 흐지부지하지 않고 과단성 있는 정책가였지만, 자신의 똘마니들을 함부로 내버려 두었다. 늘 공신들을 두둔했고 그들의 행패를 눈감아 주었다. 공신들 잘못이 없어야 본인 잘못도 없는 것이다. 집단 범죄자들에게 보이는 동질적 투영이다. 세조의 공신 중 한명회는 단연 정점에 있었다. 소설 속에서 보이는 기세등등 한명회는 실제로도 그랬다. 역사적으로 한명회의 기세를 누른 건 세조가 아닌 그의 손자인 성종이다.

뜻있는 집현전 신하들과 몇몇 무신들은 세조를 왕으로 여기지 않고 '나으리'로 여겼다. 성삼문, 박팽년, 하위지, 이개, 유성원 등이 그들이다. 그들은 상왕으로 밀려난 단종을 복위하려는 거사를 일으키려다 발각되었다. 세조가 집권한 지 2년째 되던 해였다. 몰살은 한 치의 어긋남이 없었다. 전부 몸이 찢기는 거열형을 당했고 박팽년은 고문 중 죽었다. 삼족이 멸해졌다. 16세 이상의 사내는 죽였고 아녀자는 공신들이 앞다투어 나누어 가졌다. 집들도 연못이 되었거나 공신들의 별장이 되었다(안평의 집은 삼촌인 효령대군이 차지했다). 그런데 박팽년의 후손이 몰래 살아남았다면?

소설 속 박비의 모티브인 박팽년의 후손에 관한 기록

이 실제로 남아 있다. 야사가 아닌 실록의 기록이다. 《선조실록》 161권에 보면 태안 군수 박충후를 탄핵하면서 그가 박팽년의 후손이라고 써 놓았다. 박팽년의 가계는 이미 멸당해 후손이 끊어졌는데 박충후가 존재한 이유는 박팽년의 며느리한테 유복자가 있었기 때문이라고 《선조실록》은 친절하게 말한다. 며느리가 '현명한 사람'에 힘입어 딸을 낳았고 이름을 '박비'라고 했다는 것도.

소설가는 《비와 비》 속에서 이 '박비'를 사내로 두고, 그 사내를 살리기 위해 여종의 여식을 또 다른 비로 두어 그녀에게 이인 일역을 담당하게 했다. 실록에 등장하는 '현명한 사람'은 다름 아닌 매월당 김시습일 테다. 이 이야기는 '이인 일역' 서사 원형과 '아이 교체' 서사 원형을 차용하고 있지만, 놀랍게도 후반에 그 원형들이 전부 뭉그러진다. 소설가는 주인공 이비가 진짜 원하는 것을 찾게 하면서 우리가 기대하는 결말을 과감하게 틀어버리기 때문이다. 이 이야기는 이비와 박비라는 두 인물의 운명의 엇갈림으로 포장한 서사가 아니다. 애절했던 박비 살리기, 복숭아 향 나는 왕과의 밀당, 박비와 왕 사이에 낀 이비, 까면 깔수록 흥미진진해지는 조력자와 대적자의 음모는 금세 사그라들고 이비의 '자기 찾기'로 자연히 시선이 넘어가고 만다.

소설 《비와 비》는 틈틈이 《금오신화》 속 〈만복사저포기〉 〈취유부벽정기〉 등의 장면들을 기막히게 오마주하고 때마다 매혹적인 한시들을 배치해서 눈을 즐겁게 한다. 드라마를 보는듯한 통통 튀는 대사, 한국 문학에서 느낄 수 있는 아련하고 아찔한 서정성, 중심을 잃지 않고 굳게 밀고 나가는 서사의 힘, 하마 더불어 웹소설을 읽는 듯한 화사한 세련미까지, 정말이지 우리에게 제대로 된 작품을 즐긴다는 환희를 심어준다.

다시 푸른 빛 하늘을 넘보며 공중제비하는 이비의 장면으로 돌아가자. 소설가는 박일산이 된 이비가 스스로 공중제비 돌며 자기가 누구인지 되묻게 한다. 이비의 신분과 성이 자꾸 변모하는 것은 이비의 애틋한 자아를 찾아주려는 소설가의 의지다. 종국에 이비는 매월당의 여자로 둔갑된다. 소설가는 이비가 누구의 연인도, 누구의 자식도, 누구의 제자도 아닌 오직 있는 그대로의 본질을 알아가길 바랐다. 이비는 제비를 도는 광대다. 그 광대는 안평대군이 피운 복숭아 내음 퍼지는 북악산 언저리에서 한바탕 멋진 흥을 돋우고 사라졌다.

참고문헌

도서

『68년의 나날들 조선의 일상사』, 문숙자, 너머북스, 2009

『금오신화에 쓰노라』, 김시습, 류수·김주철 역, 보리, 2005

『나는 노비로소이다』, 임상혁, 너머북스, 2010

『노비의 딸 조선 왕을 낳다』, 이경민, 예문, 2010

『사라진 몽유도원도를 찾아서』, 김경임, 산처럼, 2013

『성종 조선의 태평을 누리다』, 이한우, 해냄출판사, 2006

『영남을 알면 한국사가 보인다』, 역사학자, 푸른역사, 2005

『용을 그리고 봉황을 수놓다』, 이민주, 한국학중앙연구원출판부, 2013

『조선 여성의 일생』, 규장각한국학연구원, 글항아리, 2010

『조선인의 유토피아』, 서신혜, 문학동네, 2010

『조선전기 私奴婢의 사회 경제적 성격』, 안승준, 경인문화사, 2007

『한국의 미술가』, 안휘준, 사회평론, 2006

논문

『朝鮮時代 廣州李氏의 삶과 文學』 한국역사문화연구원, 서울역사박물관, 2007년

웹사이트

네이버 지식백과
새전북신문 http://www.sjbnews.com
세종의 소리 http://www.sjsori.com
영남일보 http://www.yeongnam.com
조선왕조실록 http://sillok.history.go.kr

그 밖에 도움받은 곳

장서각 아카데미 왕실문화강좌 http://jsg.aks.ac.kr
단종애사:월중도(김문식 단국대학교 교수)
왕의 글씨와 예술적 취향:열성어필(이완우 한국학중앙연구원 교수)
왕실 여성들의 여가와 문학:낙선재본 소설(정병설 서울대학교 교수)

주석 46수

01 또 다른 『금오신화』가 존재하는가에 대한 논란은 계속되어왔다. 『금오신화』가 일본에서 출간되었을 당시 갑집(甲集)이라는 표시가 있었기 때문이다. 하지만 현재까지 후속 발견이 없는 데다, 그 소설을 썼던 김시습의 당시 상황 등으로 미루어 을집을 만들 만큼 소설을 쓸 수 없었으리라 추측하고 있다. 본 소설은 김시습의 『금오신화』가 을집이 존재한다고 가정하나, 『금오신화』를 적었던 시기가 아니라 그 후 다시 한번 김시습이 북악산에 터를 잡았을 때, 본래 썼던 『금오신화』의 내용을 바탕으로 하여 장난치듯 두 명의 실존 인물을 주인공으로 등장시킨 소설을 적었다고 가정하고 이야기를 진행한다. 이는 실제 당시 조선에서 유행하였던 언문소설을 참고하였다. 당시 조선에선 세종시대 최초의 언문소설 『홍길동전』이 나온 이후 많은 언문소설(최근에는 『홍길동전』이 가장 오래된 언문소설로 추정된다는 식으로 가설이 바뀌었다)이 나왔다. 이 언문소설은 꽤 많은 인기를 얻어 왕실 안에서도 많이 읽혔다. 왕실의 후궁 등이 지루한 궁궐 생활을 보내기 위해 많은 소설을 읽었던 것으로 추정한다(실제로 규장각 등에는 당시 왕실에서 읽힌 소설들을 보관하고 있다). 특히 왕실에서 많이 읽힌 소설의 경우 몇십 권에 이르는 장편, 이른바 대소설이 많았다. 그리고 그 등장인물 중에는 실존인물을 바탕으로 적어 '복잡한 갈등 관계'가 주요 이야기가 되

는 경우가 많았다. 이 소설은 김시습이 만약 언문으로 소설을 적는다면 이러한 시대의 유행 등을 반영했으리라 판단, 갈등과 실제 인물들을 주인공으로 삼아 적었다.

02 亥時, 21~23시

03 성조실록 5년 5월 22일, 성종의 왕비였던 공혜왕후의 시호를 정할 때 공혜왕후를 칭송한 표현 중 하나다.

아아! 대행 왕비 한씨(韓氏)는 단일(端一)하고 성장(誠莊)하며 유한(幽閑)하고 정정(貞靜)한 자질로, 명문(名門)에서 빼어난 재주를 길러 일찍이 언월(偃月)의 자태를 이루고, 잠저(潛邸)에 빈(嬪)으로 들어와서는 일찍부터 견천(俔天)의 덕(德)을 드러냈도다.

이중 언월(偃月)은 흔히 임금의 배필이 될 만한 골상을 뜻하며, 견천(俔天)은 천제(天帝)의 누이에 견줄 만한 사람을 가리킨다.

04 「이생규장전」에 실린 또 다른 한시다. 본문에서는 최랑이 복숭아나무 근처 별당에서 이생을 맞을 때에 나온다. 최랑이 술을 한 잔따라 이생에게 권한 후 시를 한 수 읊자, 이생은 그에 화답하여 본문의 시를 읊는다.(『금오신화에 쓰노라』, 414쪽, 앞의 책)

05 김시습의 호남 땅을 떠돌 때 지었다는 한시를 인용했다.(『금오신화에 쓰노라』, 80쪽, 김시습 작, 류슈·김주철 역, 보리, 2005)

06 방형과 열경은 각각 이극균과 김시습의 별칭이다.

07 김시습은 스물두 살 되던 해 사육신의 난을 지켜본 후, 그 시신을

수습하여 노량진에 묻고 작은 돌로 묘표를 대신했다고 한다. 그때 지은 한시가 「접동새(子規詞)」이다. 본문의 접동새는 『금오신화에 쓰노라』 272장에 수록된 것으로, 297장에서는 또 다른 「접동새」, 단종의 '두견가'에 화운한 시를 볼 수 있다.

08 『대명률』의 설대언어율을 뜻한다. 설대언어율은 말 그대로 입을 함부로 놀리는 일을 죄로 여겼다. 즉 쓸데없이 참언하거나 꿈을 이야기하는 이를 벌준다는 것으로, 당시엔 예사롭지 않은 꿈을 꾸고 그 이야기를 할 경우 벌을 받았다. 실제 성종실록에는 의금부에서 이결이 꿈을 꾼 이야기를 퍼뜨렸기에 참형에 처하라는 기록이 남아 있다.

의금부(議禁府)에서 아뢰기를,

"선군(船軍) 이결(李結)은 상사(賞賜) 받기를 꾀하여 장고(狀告)하기를, '꿈에 수양 대왕(首陽大王)이 나타나 하교하시기를, 「4천 불(四千佛) 속에 내가 이제 중임(重任)을 맡았으니, 모름지기 이 뜻을 가지고 금상(今上)께 진달하라.」 하고 또 말씀하기를, 「능소(陵所)의 풍락조(豐樂鳥)는 마땅히 대궐(大闕)의 종루(鐘樓)에 보내고, 대업(大業)은 마땅히 궐내의 백미고(白米庫)에 보내야 한다.」 하고 또 말씀하기를, 「내가 생전에 거둥하였을 때의 도롱이[簑衣]와 밥그릇[飯鉢] 등의 물건은 마땅히 능소(陵所)에 보내야 한다.」 하고, 또 말씀하기를, 「서천 불국 세계(西天佛國世界)의 바닷속에 사는 김수앙(金守卬)의 딸 검물덕(檢勿德)은 『조선국 인명 총록책(朝鮮國人名摠錄冊)』을 가졌는데, 그 책에 금상(今上)이 나라를 다스리는 주략[籌]의 차례를 당하였다고 하였다.」 하고, 또 이르기를, 「검물덕(檢勿德)이 이번 경인년 1209)에 아이를 낳을 해였는데, 이 해 3월 초5일에 과연 아이를 낳았다. 산후(産後)에 홍로(紅露)가 흘러내렸으므로 홍로를 모두 없어지도록 하느라고 오래도록 가물어 실농(失農)하였으나, 오는 신묘년(1210)은 마땅히 대풍(大豊)이 될 것이다.」하고 또 이르기를, 「검물덕이 낳은 남자 아이는 그 이름을 생사귀(生死鬼)라 하고, 그 머리와 몸은 흑색(黑色)이다. 그 뿔[角]은 다섯 가지로 갈라져 나왔으며, 이 남자아이가 조선인(朝鮮人)의 생사 대명(生死大命)을 가지고 있다. 만약 이 귀신이 궐내(闕內)에 들어오지 못하게 하려면, 마땅히 8지(八枝)의 녹각(鹿角)과 흑두호(黑頭狐)·대저아(大豬牙)를 궐내의 사방(四方)에 묻으라.」하고, 또 이르기를, 「장영기(張永奇)의 흥행(興行)으로 금상(今上)이 안심(安心)할 수 없으니, 사천불(四千佛)과 완도(莞島)의 송 대장(宋大將) 등을 붙잡으라.」하고 또 이르기를, 「모든 국가의 일은 내가 마땅히 힘써 도모할 것이니, 아울러 이 뜻을 가지고 상달(上達)하라.」하셨다.' 하면서, 요언(妖言)으로 뭇사람을 미혹한 죄는, 율(律)이 참형(斬刑)에 해당합니다.」

하니, 명하여 감사(減死)하게 하였다.

성종 2년 4월 27일의 기록이다.

이러한 상황에서 월산대군이 꿈을 꿔 그 이야기를 했다면 분명 문제가 생길 수 있었으리라. 더불어 꿈 이야기에서 흥미롭게 봐야 할 부분은 도적 '장영기'의 언급이다. 앞서 본문에서 밝혔다시피 도적 장영기는 실제 존재하였던 도적으로, 당시 전라도와 경상도에서 악명을 떨치며 후에는 해적질까지 했다고 전해진다. 한데 이 꿈의 내용에 보면 "사천불과 송대장을 완도에서 잡으라"는 말이 나온다. 이는 실제 장영기가 했던 도적질의 행태와 당시 전라도 감찰사가 장영기를 잡았던 일로 미루어 짐작해볼 때에, 실제 이야기와 이 꿈의 내용이 어느 정도 합당한 부분이 있어 더욱 문제가 되었을 것으로 보인다.

09 이 문장을 요즘 말로 바꾸면 이렇게 된다. "복숭아나무엔 사악한 것을 물리치는 힘이 있어요. 사악하고 불길한 것, 귀신이나 악마와 완벽하게 거리가 있는 것이란 뜻이에요. 귀신을 물리치고 마귀를 몰아 내쫓는 영력이 있어 백 가지 귀신을 모두 없애는 선인의 나무, 혹은 선인의 것에 속하는 나무라고도 부르죠."인데, 이대로 적으면 참 멋이 없어서 어렵게 적었다.

10 조선시대엔 마음에 드는 관노비가 있으면 자신의 사노비와 바꿔치기하는 경우가 상당히 잦았다. 때문에 양반의 처나 첩 중 빼어난 미색이나 재주를 가진 이가 관노비가 되면, 미리 탐하였다가 양반들이 그를 빼돌린 기록을 심심찮게 볼 수 있다.

11 주석 5번 참조

12 산수화엔 안견, 인물화엔 최경이라 부를 정도로 최경은 인물화로 유명하였다. 그 아비는 경기도 안산에서 소금 굽는 염부였으나, 최경은 그림 재주가 뛰어나 화원이 된다. 이후 인물 그림에 뛰어나 재주를 인정받았다. 세종 때 화원이 되어 성종 때에 가장 이름을 날렸으나, 이후 일생이 파란만장하였다. 허세가 심하고 자기과시를 자주 하여 후에 결국 도화원에서 파직, 관노비가 되었다고 한다.

13 성종 10년 1월 8일의 기록에 안견의 아들 안소희가 등장한다.

"안소희는 바로 화공 안견의 아들이니, 감찰이 될 수 없습니다."하니, 임금이 말하기를, "안소희는 이미 과거에 급제하였으니, 감찰에 제수한들 무엇이 해롭겠는가?" 하였다. 예조 판서 이승소가 말하기를, "화공의 아들이 어찌 감찰이 될 수 있습니까?" 하니, 임금이 말하기를, "그렇다면 안소희를 개차(改差)함이 옳겠다."하였다.

14 조선왕조실록에 따르면, 성종 5년 8월 15일에 월식이 있었다.

15 어느 날 우연히 북문 밖을 나선 안평대군은 북악산에 들렀다. 그리고 그곳에서 보형봉을 돌다 우연히 한 계곡에 들렀으니, 그 풍경에 참으로 탄복하였다. "꿈에 본 무릉도원의 계곡이 이곳에 있더라." 이후 안평대군은 그 계곡에 정자를 지었으니 그 이름을 '무릉도원에 있는 정자다' 하여 무계정사라 이름 붙였다.

16 안견은 안평대군이 자신을 지나치게 예뻐하자 부러 벼루를 훔친다. 이에 안평대군은 안견에게 아무 말도 안 하고 그를 쫓아내니, 그로부터 얼마 후 문제의 계유정난이 일어난다. 훗날의 세조, 수양대군은 안견은 이때 벼루를 훔친 사건으로 안평대군과 의절했다고 판단하여 그를 살려준다.

17 김시습이 지은 「선행과 함께 윷놀이를 하면서」의 앞 2행 번역본이다.(『금오신화에 쓰노라』, 159~160쪽, 앞의 책)

18 안평대군이 말년에 지었다고 전해지는 사언고시 중 하나.

19 왕의 윤허를 받았다는 이 부분에는 부가 설명이 필요하겠다. 안평대군에 관한 이야기는 조정 내에서 금기였다. 허나 성종은 안평대군 비해당을 그리워한 듯 「비해당사십팔영」을 시제로 수창하는가 하면, 성종 14년엔 창덕궁 내에 남빈청을 짓고 비궁당이라는 당호를 내리기도 했었다. 이런 성종이라면 충분히 월산대군이 꿈속

에서 〈몽유도원도〉를 보았다고 한다면 분명 그림을 그리라 윤허했을 것이다.

20   18번 주석 참조

21   앞서 주석 5번에서 소개한 「이생규장전」에 실린 한시의 앞부분, 최랑이 읊은 시다.

22   『금오신화에 쓰노라』 「부벽정의 달맞이」 중 457페이지에 실린 시로, 홍생이 선녀를 추억하여 읊었다.

23   앞의 주석 참조

24   성종은 서증을 자주 앓아 수반을 먹곤 하였다. 서증은 더위를 먹는 것을 뜻한다. 재위 19년, 월산대군이 죽었을 때를 비롯하여 성종은 서증을 자주 토로했다. 그 주요 증세는 다음과 같다.

심하게 가슴이 두근거린다/잘 흥분하고 예민하다/묘하게 마음이 상하면 가슴이 아프다

수반은 이러한 더위가 심할 때 성종이 주로 받던 수라로, 물에 밥을 말아 먹는 것을 뜻한다.

25   『금오신화』 중 한 편인 「남염부주지」에 보면 이런 명부가 등장한다. 박생은 하나는 검은 표지, 하나는 흰 표지로 된 책을 본다. 이 중 박생의 이름은 흰 책에 붉은 글씨로 적혀 있었다. 그 연유인즉, "검은 책은 악한 자의 명부이며 흰 책은 선한 자의 명부"이며 "흰 책에 적힌 자는 선비의 예절로, 검은 책에 이름이 적힌 자는

죄는 주지 않아도 노예로 취급한다."였다.

26 계유정난으로 공신이 된 사람을 일컫는다. 세조는 이때 자신을 도운
이는 노비까지 모두 공신으로 추대하여 그 정당성을 찾고자 했다.

27 「만복사저포기」 마지막 부분의 대사를 그대로 가져왔다. 양생이
하룻밤 사랑하였던 처녀를 잊지 못해 그리워하자, 그 처녀의 영혼
이 어느 날 그를 찾아와 말한다. 자신은 이미 남자로 환생하였다
며, 양생에게 업을 닦아 윤회를 벗어나라고 충고한다. 이후 양생은
다시는 결혼하지 않고 지리산으로 들어가 약을 캐며 살았다.

28 주석 5번 참조

29 왕이 머물면 궁은 그 이름이 바뀌어 왕궁이 된다. 실제로 월산의
집은 후에 선조가 머물러 정릉동행궁으로 그 이름이 바뀐 후 경운
궁, 서궁 등으로 이름이 바뀌었다가 고종이 황제가 되었을 때 정
궁으로 등극, 현재의 덕수궁이 되었다.

30 실제로 지도 기준 북악산 표시 지점에서 경복궁 교태전까지 걸어
가면 얼마나 걸릴까. 네이버 지도를 통해 검색해보니, 요즘 기준
으로 본문에 나오는 사냥터를 통과하는 길이 아니라 인도를 통해
갈 경우, 50분에서 1시간 정도가 걸린다고 나온다.

31 「남염부주지」에서 염라대왕과 박생이 나누는 대화를 바탕으로
「중용」의 몇 구절을 떠오르는 대로 첨가하여 재구성하였다.

32 성종 5년 9월 1일, 일식이 있었다.

33 성종실록 5년 9월 10일의 기록에 의하면 이날 성종은 경연에 무려 네 차례 나아갔다. 이렇듯 잦은 경연은 성종의 특징이기도 했다. 9월 들어 성종은 3일 세 차례, 4일 한 차례, 5일 네 차례, 6일 세 차례, 9일 네 차례 등 자주 경연에 나아갔다.

34 실제로 압구정 한명회는 자신의 호를 따 압구정이란 이름의 정자를 세운다.

35 주석 21번 참조

36 성종 5년 9월 21일, 이극균은 형조 참판에 임명된다. 그 전에 한양에 있었다는 기록은 없다. 오히려 그 전, 이극균은 왜구를 조심하라고 하서를 받았기에 전라감영을 굳건히 지키고 있었을 것이다. 실제, 그 후로도 전라도 관찰사로서 이극균에게 하서한 내용이 실록 9월 23일 기록에 나온다. 이 부분에서는 그를 조금 다르게 바꿔, 이극균이 이유 없이 전라도 관찰사에서 해직당하고 한양에 올라왔다고 설정하였다.

37 성종 5년 8월 15일, 27일과 9월 11일, 이극균은 각각 왜적에 대한 방비 및 그 대책에 대해 몇 번이고 어명을 받는다.

38 지금 왕이 입고 등장한 옷은 이른바 원유관복으로 '수배신 조현지복'에 해당한다. 하례, 가례, 친제, 길례 등에 착용한다. 즉 원유관복은 시사복이 아닌 성복으로 왕이 원유관복을 입고 납시었다는 것은 굉장히 중요한 자리라는 사실을 뜻한다. 참고로 시사복은 앞서 박비가 등장할 때 입었던 옷을 일컫는다. 이는 평상시 착용하는 상복으로 주로 업무를 볼 때 입으며, 융복은 주로 왕이 사냥 등

의 궁 밖 행차를 할 때 입는 옷이다.

39 이 부분은 완벽한 허구임을 밝힌다. 이극균이 박팽년의 둘째 며느리를 처로 맞은 기록도, 또 그 처가 옹주라는 기록도 없다.

40 박팽년은 세조 당시 신하라 불리는 것을 거부하여 臣 대신 巨를 적었다는 이야기가 있다.

41 김시습의 금오신화 중 하나인 「용궁부연록」을 뜻한다.

42 『금오신화에 쓰노라』 책 350페이지에 번역되어 있는 발문 시 「題金鰲新話 二首」의 번역본이다. 원문은 같은 책 351페이지에서 볼 수 있다.

43 주석 5번 참조

44 김시습은 1481년까지 수락산에 있었다. 그리고 그해, 마흔일곱 살에 안씨 여인과 혼인하였다. 허나 안씨 여인은 이듬해 바로 죽는다. 더불어 일어난 폐비 윤씨 사건에 크게 실망해 다시 관동지방으로 떠난다.

45 폐비 윤씨는 연산군의 어머니다. 공혜왕후가 사망하고 2년 후인 1476년, 중전이 되었다. 실록에는 윤씨가 궁에 있을 때 저지른 죄가 상세히 거론되어 있다. 대부분 성종이 아끼는 후궁을 질투해 벌인 일로, 인형을 만들어 저주를 하거나 비상으로 해치려고 한 일을 비롯해 반신불수가 되도록 빌거나 사람을 해치는 방법을 적은 책을 주변에 두곤 했다고 한다. 그중에서도 가장 유명한 사건은 1479년, 성종의 얼굴에 손톱자국을 낸 사건이다. 이 사건이 결

정적인 계기가 되어 그해 6월 2일, 폐서인이 되어 사가로 쫓겨났다. 이후, 성종은 훗날 연산군의 세자 책봉과 관련하여 폐비 윤씨 문제가 거론될 것을 염려해 1482년 8월 16일, 폐비 윤씨에게 사약을 내린다. 이야기 속에서는 그런 폐비 윤씨가 성종과 이비의 관계를 눈치채고 살해했다고 적었다.

46   현존하는 김시습의 초상화는 작자 미상, 그린 자는 분명치 않다.

참고

2005년 출간된 『금오신화에 쓰노라』는 현재 이 책을 국내에서 발간한 출판사와 역자와의 저작권 계약이 만료된 상태입니다. 소설에서 인용을 한 만큼 저작권자에게 저작권료를 지불해야 마땅하나, 역자 김주철과 류수가 북한 작가인 이유로 저작권료를 지불할 방법을 찾지 못하였습니다. 추후 연락이 가능한 때가 오면 반드시 인용에 관한 저작권료를 지불하겠습니다. 또한 주석은 책 겉표지 뒷면에서도 쉽게 찾아보실 수 있습니다 _편집자

폴앤니나 소설 시리즈 009

비와 비

ⓒ조영주, 2022

초판인쇄	2022년 7월 15일
초판발행	2022년 7월 15일
지은이	조영주
펴낸이	김서령
책임편집	이진
편집	김은경
디자인	얼앤똘비악
제작	최지환
제작처	영신사
펴낸곳	폴앤니나
출판등록	2018년 3월 14일 제2018-09호
전화	070-7782-8078
팩스	031-624-8078
대표메일	titatita74@naver.com
블로그	blog.naver.com/paul_and_nina
인스타그램	@titatita74
ISBN	979-11-91816-12-9 03810

이 책은 조영주 장편소설 《몽유도원기》의 전면 개정작입니다.